改变，从阅读开始

漢唐陽光 · HTYG

阿城文集　之六

文化不是味精

江苏凤凰文艺出版社
JIANGSU PHOENIX LITERATURE AND ART PUBLISHING, LTD

图书在版编目（CIP）数据

文化不是味精 / 阿城著. —南京：江苏凤凰文艺出版社，2016

（阿城文集）

ISBN 978-7-5399-7931-1

Ⅰ. ①文… Ⅱ. ①阿… Ⅲ. ①随笔—作品集—中国—当代 Ⅳ. ①I267.1

中国版本图书馆 CIP 数据核字（2014）第 281667 号

书　　名	文化不是味精
著　　者	阿　城
责任编辑	黄孝阳　汪　旭
出版发行	凤凰出版传媒股份有限公司 江苏凤凰文艺出版社
出版社地址	南京市中央路 165 号，邮编：210009
出版社网址	http: //www.jswenyi.com
经　　销	凤凰出版传媒股份有限公司
印　　刷	鸿博昊天科技有限公司
开　　本	880 × 1230 毫米　1/32
印　　张	13.25
字　　数	260 千字
版　　次	2016 年 3 月第 1 版　2019 年 7 月第 3 次印刷
标准书号	ISBN 978-7-5399-7931-1
定　　价	68.00 元

目 录

文化

电影

绘画 & 摄影

音乐

人物

其他

文化

文化不是味精

今天的题目叫“文化不是味精”。

我估计在座的诸位都尝过味精。尤其大陆的餐馆做菜都要放味精，每样菜里都要放。对味精过敏的人，要特别跟餐馆说“我不要放味精”。但是不放味精，炒的菜也是在炒过放味精的菜的锅里炒，出来还是有点儿味精，味精是躲不开的。我的意思是，从大陆“文化大革命”之后，“文化”这个词使用的频率越来越高，现在已经达到了味精的地步，什么事情都说是文化，比如“军事文化”，我认为这相当不合适。那我今天就讲讲为什么文化不是一个装饰性的东西，它不是味精，它自己有很实在的东西。

前两天有朋友警告我：一个东西“不是什么”容易讲，“是什么”非常难讲。但我觉得，“文化”恰恰是特别容易说“是什么”的一个东西。在我看来，文化是什么？——文化就是一种关系，我和你，你和他，班级对班级，学校对学校，甚至上升到集团对集团、国家对国家，它们的关系是什么？是“文”还是“武”？中国“文化”

注：本文是2007年11月16日作者在香港岭南大学所作的演讲。文字内容根据现场录音整理，收进本书时编辑进行了少量精简。

的“文”是很早就定下来，非常简单、明确，它是针对“武化”提出的。周公制礼作乐，这个“礼”，就是文。为什么要这样做？周初建立政权，自己力量小，施行的是军事殖民，面对的是随时可能出现的武化事件，所以周公为了安定天下“制礼”，“礼”就是文的意思。也就是说，大家放弃武的关系，约定文的关系。

“武”是什么呢？只要我的力气大、实力强，你面前的面包我抢过来。这就是“武”。你的资源，我一把就抢过来，你没有办法。这就是武。

而文的关系中，资源是这样的，每个人都要有一点，不能是谁的力量大，谁就可以全部拿走。所以，中国的“文”非常简单明确，就是相对于“武”提出的。

那么“化”是什么？以前大陆“文革”有一句话：“融化在血液中，落实在行动上。”“融化在血液中”是什么意思？——它本来不是血液里就有的东西，为什么要把这个东西融化进去？因为它是后天的，不是先天的。“文”不是我们的本能，而是后天的一种规定。“落实在行动中”，就是一举一动，包括你心里怎么想、怎么考虑这个事等，所有细节、行为，都是按“文”的方式去处理，这就是“化”，就像春风化雨，把整个地都浸湿了。比如现在大家这么有礼貌地坐在这儿听，而不是每个人挽着胳膊围在我的边上，电影里经常看到把一个人围起来，意思就是要动手了。

到了春秋晚期，孔子常常说很久没有梦到周公了，心里不踏实。为什么？因为孔子那个时代，社会又开始逐渐武化，春秋晚期非常剧烈，到了战国，就完全是“武”的关系了。孔子那个时代面对的是武化的环境，他重提周公，是因为当初制定“文”的制度是周公提出的。孔子在晚年，已经确认自己是殷商的后裔，也就是周所灭亡的商的后裔。但是，孔子提出“郁郁乎文哉，吾从周”，因为周建立了一个“文”的制度，这个制度非常完整，“郁郁”，就像森林一样，有秩序又旺盛。这个“文”的制度，是好的，所以从这个角度上，孔子是遵从周早期的做法。不幸，他所处的时代，是“武”的时代。

我们翻看历史年表，常常会看到文帝、文宗，或者武帝。在中国传统里，“文”比“武”高，所以帝王不管生前做了多少“武”的事情，总希望死后给他的号是“文”而非“武”。唐太宗死之前对他的小舅子长孙无忌嘱咐了一件事：我死以后，你们给我的号不要是“武”，要“文”。为什么？唐太宗的“武”功非常大，唐初的统一基本靠唐太宗的“武”功，比如收复洛阳，打得非常惨烈。总之，唐太宗在老百姓的传说和历史记载中，他的“武”功不得了，但是，唐太宗关心的是：你不要给我“武”，不要用打天下那点儿事说我，我要一个“文”。所以，“文”在中国的地位相当高。

“文”是一种关系。文化不等同于知识。现在我们说一个人“有文化”，常常是指他有知识。但是对于中国来说，文化不是一种知识，它是如何处理相互间的关系，是处理成“文”，还是处理“武”。

历代帝王都提倡“文”或者“孝”，没有人敢提倡以“武”治国。可是到了一九六六年的八月十八日，毛泽东在天安门接见红卫兵，一个女红卫兵给他戴袖标，他问这个小姑娘：“你叫什么？”小姑娘说：“我叫宋彬彬，文质彬彬的‘彬’。”他就说：“要武嘛。”当天，这个新闻出现在头版头条，配了大幅的照片，它向全国发出一个信号：“武”，这个国家要武化。这种情况在中国历史上不是说没有，但这么明目张胆，是非常罕见的。八月十八日晚上，整个武化开始。其实这不是偶然，从一九四九年开始的历次运动就是武化，没有一次是要求文化。“无产阶级专政”，“专政”是什么？就是武化，“阶级斗争”是什么？就是武化。我一九四九年出生，从小长大，我环境里的声音就是“武化、武化、武化”，到一九六六年的八月十八日这一天的时候，“武”终于被明确提出，这是对中国“文”的一个大否定。“文化大革命”，就是革“文”的大革命。

一九七六年“文化大革命”宣布结束，但武化的影响一直到现在还有遗留。武化的状态在大陆到处都能看到，比如因为一点儿小事就吵起来、打起来，每个人的言谈话语里总是有攻击的成分。八十年代初，我家附近有一个餐厅，一进门就有一个告示：本店不打骂顾客。这个非常奇怪：为什么餐厅会打骂顾客？因为在以前，打骂顾客是正常的，现在特别告诉大家：本店不打骂顾客。“武”真是到了“化”的程度了，觉得“武”是正常的。当时还有“五讲四美三热爱”的口号被提出来，满大街贴标语：“要说‘请，谢谢’。”不管真假，中国有几千年的以“文”立国治天下的传统，到现在连“请”和“谢谢”都不会说了，可见这个社会武化到了什么地步！

“武”是我们的动物性。在动物性的角度上说，人的本性是恶，这个“恶”是一个道德判断。人之初，是动物，动物的世界是一个武化的世界。但我们之所以是人，是因为我们发明出了“文”，来抑制我们的动物性。如果不抑制动物性，今天这么多人，如果我们在这个屋子里实行武化，我肯定走不出这个屋子。这就是丛林法则。如果在这儿大家都遵守“文”的关系，大家都能走出去。所以把“文”等同于知识时，就是小看了文化。文化是我们安身立命的基础。

那么，为什么从一八四〇年鸦片战争一直到五四运动，我们这么多的前辈质疑、力图否定甚至消灭中国自己的文化？这是因为他们认为中国要以“武”对武。这个问题争执了一百年。我自己认为，文化的基本要义没有问题，没有文化谁都走不出这个屋子，它是我们安身立命的东西。

我觉得大家在一个问题上忽略了——凡是人发明的东西，这个东西一定会异化，这个异化会影响到我们。从周公“制礼作乐”开始，中国文化的“文”不断地被异化过好几次，比较严重的是明清，宋有一次，明有一次，到清是最为异化的，这导致我们的前辈怀疑文化出了问题。其实按现在来看，他们言语里处处说到的，是文化的异化，比如吃人的礼教。异化到一定程度时，人是受不了的，一定要反抗。所以我觉得对于文化来说，时刻反省和监视的是它异化的部分，而对于文化来说，不能质疑。

在我说的文化意义上，有“没有知识的文化人”，有“有知识的武化人”。比如大学是一个学术机构，论文和学术辩论，为什么会有那么多规矩？因为学术的攻击性非常强。那么好，一条一条规定下来，像运动比赛一样，这条不能犯，那条不能犯，犯了就是违规。不规定的话，一定会在什么时候，读书人说着说着就打起来了。凡是规定得特别多、特别详细、有成套规定的地方，都要注意背后的武化因素，而且这个因素特别强，所以规定得特别严格。

我记得宋代的朱熹记录过一个老年妇女的话，老太太说：“我虽然不识字，但我可以堂堂正正做人。”这句话是什么意思？——我没有知识，但我待人处事是“文”的关系，堂堂正正做人，按照规定做。

从我的生活经验来说，“文革”前后，街道、居民委员会的老太太，她们都是武化的，她们既没知识又武化，这就非常难办，你家的门一把推开就进来，没有先敲门征得许可再进来，没有“文”的关系规定。

现场提问：一八四〇年时，中国是一个比较讲究文化的社会，但当西方先进技术以武化的方式进攻中国时，中国无以抵抗。我想问，在世界上很多时候是武化的力量压制住文化的冲动，在这种境遇下，您觉得文化如何生存？

阿　城：文化不是生存，它是规定。我们是在规定下才能够生存。不是文化自己单独生存。

我没有生在清末，也没有生在五四，对于我的前辈来说，我生得很晚，我能够做的是越来越客观，所以，我会仔细地留意历史，留意前辈告诉我们的历史是不是那样的。

大概是一九九六年的时候，香港的一个商会找人写剧本，拍一部电影，讲鸦片战争。他们找到我，我就开始写剧本。但是剧本写出来后，很难通过，因为那是我对鸦片战争的认识。

刚才你说，西方以武力进攻中国。按照当时的武力来说，西方就是把中国全部占领都没有问题。但他们没有。只要你说谈，他们马上就停战。那么，坐下来谈的是什么呢？当年道光皇帝有点生气，他们打到天津了，一问，原来英国人说我们做贸易好不好？不要阻碍我们做贸易。道光很生气：这件事为什么没有人告诉我？所以，林则徐在这点上是有责任的，他把事情妖魔化了。

英国人想卖给中国呢绒。但清朝是北方的游牧民族立的朝，他们对呢绒最重视，因此地毯的编织、朝服、呢子做得非常好，跟英国相比并不差，大清不需要英国的呢绒。但是，英国发生的工业革命，其中重要的产品就是纺织品，他们织出的呢绒，希望全世界都来买，也当然希望有四亿人的中国也买，可中国不需要。最后怎么办？只能用毒品。当时白银出入超的差别简直是吓死人，英国人只能够从中国买东西，但卖不进来，他们认为这不叫贸易。

比如说，现在的瓷器是不是真的、古的，一个简单的鉴别方法，就是拿手提，如果是重的，八九不离十，为什么？因为当时的贸易是这样的，要买瓷器，这边的瓷器放在秤上，用相等的白银来压平，就是这个价。所以瓷器越做越重。不用于贸易的，皇家用的，都是薄如蝉翼，因为不需要压秤。凡是做贸易的，卖给英国人，全是重的。

还有一个例子。英国造船需要桐油，桐油产在江浙，但大清不许他们到江浙买桐油，桐油一定要运到广州来，而且晚上不许买，只能白天。所以一八四〇年的《南京条约》，英国和大清坐下来谈，现在来看，就是我用武力逼迫你坐下来谈，你跟我做买卖。开放的几个通商口岸，无一不是原材料产地。宁波为什么开了？因为桐油、丝，英国人可以直接到那儿去买，不要把运到广州的运费加在我们头上；九江是瓷，我要到那儿去买，不要把景德镇的瓷运到广州来，把运费加上去。开放的通商口岸都是原产地。而大清一直没有彻底懂这件事，所以后来又打了一次，叫第二次鸦片战争。

我们后人会比前辈客观一些，我们的资讯多，检索材料非常方便，看到的书比前辈多得多，那么多原始材料都能看到。当然，我把这些看法写成剧本，如果拍成那就完蛋了。你是替谁说话？这里面有道德的、民族国家的问题等等。

但我自己认为，西方列强在清末时进入中国的行为就是贸易行为，逼迫一个古老帝国跟他做贸易。后来，一直到“文革”结束，我们还不懂这件事。为什么？在进入不进入、加不加入WTO问题上，一直在争吵。说不要加入，不要跟别人做买卖，不要跟世界做买卖。还有人认为他们会来控制我们。你不加入，不培养这样的能力，那么就算有先进的武器也没有用。最后，终于加入了世贸组织，终于过了一百年，彻底地认识到要做买卖。这件事的讽刺非常大。世贸组织有很多规定，其实就是“文”的规定。

现场提问：阿城老师，您对于文化这个概念的诠释让我耳目一新。但我有一个问题：关于文明的概念您是怎么理解的？因为在我看来，我理解的文明跟您讲的文化有很大的关系或者有重合的部分。谢谢。

阿　城：这与我们碰到的一个问题有关，就是翻译问题。比如英文的“Cultrue”、“Civilization”，它们的中文是从日文翻译而来的。文明是日本的汉字词，直接拿来，造成了混乱。从“文”和文化来说，在中国是有非常明确的定义的，不是全新的观念，它几乎是我们几千年来的一个常识。但到了近代，尤其是这一百年来我们争论这个问题时，出现了混淆，于是我们开始使用“文明”这个词。我认为，有很多事归到文明上去说时，反而会说得清楚。比如，文明更多是指技术性的东西，或者积累性的东西。因此我们才会说“野蛮文明”，不说“野蛮文化”。野蛮社会也有积累，比如为了攻击而发明的弓箭，这是文明，不是文化。

鲁迅所说的拿来主义，文化不能够做到，但文明可以做到拿来主义。如电视机，文明里的东西是可以拿来的，清末洋务运动就是这样。在文明上，有先进和落后的区分，先进的文明会打败落后的文明，但在文化上，各个民族自己都有一套文化系统，也就是说，自己规定的人和人、集团和集团、实力和实力之间的关系。在此基础上，终于在后现代的现在，人类提出多元文化。多元文化是什么意思？就是在文化上都是平等的，假如文化有先进和落后的话，谁跟你多元？你没有资格跟我多元，没有资格摆在一个平面上，只有灭亡、被消灭，如落后文明一样。当年英军的船坚炮利，清军的大刀再怎么锋利，有青龙偃月刀也不行，因为你在军事文明上落后。

现场提问：今天感觉阿城先生有儒家的气象，我非常佩服。您讲的文化是中国文化的理想状态，中国文化出现像您讲的状态是很短暂的时期，而长期是武化的，这说明中国文化里“君子道中庸，小人反中庸”，反中庸可能倒是常态，你讲的是非常态，往往很少出现或者是被美化的状态。毛泽东所推崇的秦皇汉武唐宗宋祖，都不是你讲的“文”，都是“武”的一面。我认为礼乐之所以容易异化，与中国集权政治是一个常态有关系。荀子时，礼变成法，门下如韩非、李斯，都异化成法家。但是毛泽东写过一首诗，送给郭沫若，“十批不是好文章，劝君莫骂秦始皇”，里面有一句话讲得非常经典，“百代皆行秦法制”，中国各个朝代推行的都是法家。所以我想，您讲的文化是儒家道统里的文化，是孔孟到荀子的理想状态，是知识分子希望看到的文化，但实际上，这个状态出现的几率非常小，您是不是把文化缩小看的？

阿　城：我的话题是“文化不是味精”，有针对性。为什么要有文化？因为没有文化、没有一种制约，人这个种就没有了。一九七四年诺贝尔生物医学奖获得者有三个人，其中一个是奥地利的动物行为学家劳伦斯，他提出攻击性是动物的本能之一。之前，我们只提到“食、色”，

“食”使物种可以存在，“色”使我们物种可以传续。现在，我们明确地把攻击性纳入到人的本能中。明确之后，对西方法律改变很大，很多相应的东西都是根据“攻击性是人的本能”这一条进行修改的。

把攻击性纳入到人的本能里，再返回去看，能看清很多问题——如你所说，社会为什么大部分时间其实是武化？这是因为人的攻击本性不会改变。儒家其实知道人性恶，但说“人之初性本善”，是一种引导式的说法，武化的状态总是要以“文”来束缚它。中国的皇帝，开国的或者不开国的，总是强调本朝以“孝”治天下。这对西方人来说非常离奇，因为没有对应的一个词能翻译“孝”，西方没有这个词。这个话是什么意思？是一个作用在思想里的判别标准，也就是说，“孝”这件事其实不是我们的本性和本能。一个小动物长大后就要独立，大动物把它赶开，小动物不愿意离开也要把它赶开，让它独立。所以没有反哺，这是非人类本性的东西。那么中国为什么要规定一个“孝”？从社会学来说，我们老祖宗很聪明，把老年保险制度分配到每一个家庭里，国家可以不管。西方没有“孝”，但有养老院，人老后去养老院。这是中国人深刻认识到，既然“孝”不是你的本能，我就用“孝”来约束你，如果能够做到“孝”，证明你的攻击本能被成功地约束了一部分，因此你这个人可以做官。“举孝廉”，孝和廉都是违反本性的，哪个人不贪？不爱钱？但你廉洁，证明约束你的攻击性的东西是比较成功的。有孝和廉这两条，那么这个人完全可以做官。做不到、很难做到的东西，所以才特别提出。现在总提安定团结，一定是因为不安定团结，才会说要安定团结。

前面说的动物行为学家劳伦斯，因为证明攻击性是人类本能而得了诺贝尔奖。七十年代，我那时还在云南乡下，通过听敌台听到了这个消息。他说的“struggle”，在中国就是“斗争”。八十年代我看到台湾有一个译本，译成“攻击性”，我觉得这个翻译很好。当时世界上有非常多的人参与了这个讨论，大家都想要安全感，于是有人提出如何把人的攻击性降低甚至消除，或者是否有什么手术，可以让小孩出生时，就弄成没有攻击性。

劳伦斯指出：你们的愿望都是好的，但是我得告诉大家，你把人类的攻击性去掉的话，人类将丧失创造性。人类的历史进步、技术进步等等，后面有一个动力在推它：攻击性。不可以去掉它，去掉它我们就没有创造性了。但是，它在推创造性的同时，也在推动别的。我们要怎么去处理它，使我们既不丧失创造性，又不用武力伤害他人？到现在为止，这个问题也解决得不是很好。但正是因为解决得不是很好，我们才有事情可做。

现场提问：阿城老师您好，谢谢您带来一个充满文本细读味道的讲座。我有一点点困惑，您提到文化是相对于武化来讲的，但我想，这里面的文化是否依赖于武化？文化可能是因为武化而存在。正如您说的，文化是一种规定，是一种教化和约束，而您说人性是恶的，那么作为一个恶的人，他为什么要接受这种规定约束？是因为要避害趋利。从原始社会开始，人类有一个人群组织方式去避免野兽攻击，他们之所以接受社群的组织方式，是因为对野兽的恐惧，所以接受了教化。而在人类社会内部，之所以要接受某种社会方式、组织方式，是担心如果不接受这种组织方式，就有生存的威胁。如果人性是恶的，文化是依赖于武化的。除非人性是善的，才有像您说“化”是春风细雨的化，如果人性是恶的，那么这种“化”应该是潜移默化的“化”。文化或者礼在很多时候走向法，我觉得从礼到法，是一种明示了的武化的文化，如果礼没有走向法的话，就隐含着武化，只不过没有被明示出来。就像我们现在说道德是一种软力量，而法律是一种硬力量，无论软硬，都是力量；道德也好，文化也好，是以武化为基石才得以推行的。

阿　城：我们人类不要太得意，以为“文”是人类发明出来的，不是。凡是社会性动物，都有仪式。动物学家常常观察大雁、野鹅，因为它们是非常社会化的动物。他们观察到，两只年轻的雄鹅会突然打起来，用翅膀互相打。之后鹅群会把它们冲散。冲散之后，两只雄鹅非常有意思，常常一只鹅看到另一只过来后，假装看不见。那只也是，也假装看不见。如果没有办法，狭路相逢了，两个鹅都会低下头，非常害羞，然后借故分开，回避对方。终于七八天之后，鹅的肾上腺激素水平下降，两个雄鹅开始寻找和解机会。鹅没有语言，但是有仪式，好像偶然碰到了，一个鹅扇几下它的翅膀，另一只鹅接受到信号，“文”的信号，也扇几下它的翅膀。当两个雄鹅做完仪式之后，就显得非常亲密，而且亲密得过火，整个鹅群也松了口气。社会性动物的仪式非常重要，保证了它们的种族能够生存下去。“武”和“文”的关系，就是很简单的生物“本能”和“约束本能”的关系。为什么我们的礼有那么多仪式？它们是从动物演化而带来的。

［附1］要文化不要武化

4个0.5相加也等于2

人物周刊：您对一个人知识结构的强调，实际上提出了一个问题，我们该读什么书？怎么读？

阿　城：先不要判断好书坏书，先什么都看，你才会有一个自己的结果，必须要有这样一个过程。中国传统有一种读书方法，叫“素读”，就是看书的时候不带自己的观点看，脑子空白地看，看它说什么，完了再用自己积累的东西跟它有一个思想上的对谈。中国自从旧传统切断之后，就没有素读了。才看一眼、一段，“这写得不对啊”，就开始批判。现在网上那些吵架，一看就知道，他都不知道人家在说什么。

书应该是越看越少。人生有限，你要不提高效率的话，读的书一定少。对角线阅读，譬如这一页，你头里选个词，中间选个词，斜下角再选一个，对这一页的信息就基本有个判断，如果是知道的，那就翻过去了。还有大量的形容词、修饰语，也都翻过去嘛。那些你没读过的信息

注：本文原载于《南方人物周刊》，2006年18期。

会自动跳出来，也许这本书读完只有一句话。

我为什么说知识结构和文化构成要越开阔越好？你如果只有那么一小块，看什么都“啊，好新鲜”，那你是抓不着东西的。开阔之后，当下就能判断，这是不是新的。

人物周刊：您没想过开些书单？

阿　城：开书单这件事是害人的，因为人是不一样的。到底“仁”是什么？孔子回答过很多人问的这个问题，弟子们后来把他的话整理出来。现在的人发现有关“仁”没有统一答案。不同的人来问“仁是什么”，他是针对不同人回答的，给你的回答跟给他的是不一样的。书单不能开就是这个道理，跟禅宗的公案是一个道理。

人物周刊：可常有统一的标准答案塞给我们。

阿　城：这就是集权性的教育。现在能上好学校的孩子，常常是因为他们只知道一个答案，老师也在诱导或者灌输：“哎，只能这么答啊，那么答没分儿。”1 + 1 = 2，但4个0.5相加等于2就是不对的，所以能考上好学校的人在中国意味着这个人的思想是非常简单的。毕业证书是什么意思？就是我们把这个人改造得符合这个社会的要求了，那证就是产品合格证。4个0.5相加也等于2，不需要很高的智商也能想出来，但就是没分儿。

人物周刊：现在不少人让孩子家学。

阿　城：社会经验、人的判断力是要从小培养的，所谓察言观色。你连外面是什么都不知道，怎么行？人总要碰到流氓什么的，总是那种童稚，文化构成就简单了。

我有个朋友叫叶扬，小时候是家学，他父亲教到初中发现不行，这样下去这孩子会“残疾”，投到社会上要“死掉”的，因为在家学的都是文化、知识，对世事的理解和判断都没有。他后来同等学力考进上海的中学，然后就下乡了。这一下乡，全补回来了。现在他在哈佛东亚语言系当教授，开的课是《世说新语》。

人物周刊：那到底该怎么教孩子呢？

阿　城：教育系统要是主动些，就不会是现在这样子。就好比自助餐，每个人吃得都不太一样，但都活了。一个班三十个学生，一定是每个人自己取：教材里这部分我有兴趣，那就把这部分学好，别的阅读就完了，一样给你5分儿！老师这时候起什么作用呢？就是在你身边观察，然后问，你为什么对这个有兴趣？然后可能会说，哎，那个也挺有意思。为什么有意思？一点、两点，告诉你。然后你发现，确实如此。因为人除了本能的兴趣，还可能有潜在的兴趣，需要点拨。只要教材对了，足够宽泛，学生越多，教起来越容易。就跟放羊一样，一养一大群出去了。就像畜牧，草地上什么都有，不是高尔夫球场上只有一种草。我们现在好多教材都是政治教材。

以前有个很了不起的系，本科，也不是博士点，叫家政系。涉及多少项目啊！家庭财务收入支出、营养学、医学、社会学、美学。以前清华有家政系，一个同学的母亲就是那儿毕业的，家里什么东西破了，永远不是方方正正一块补丁了事，永远是设计一个什么东西，比如一朵梅花补上，总之你不会觉得那儿是破了。我童年震动最大的就是看到了曾经的生活方式，所以老师一天到晚讲“旧社会旧社会”的时候，我就产生怀疑。

谁是一流人才?

人物周刊：这些年身在体制外，您有什么感触?

阿　城：就是我很同情那些在体制内的人，他们那些抱怨我都深深地同情。体制有各种各样的，比如你买房，就进入一个售房体制……

人物周刊：我们刚做了一期房奴。

阿　城：对，房子的奴隶。如果这个社会投资很活跃的话，也不怕，因为你可以抵押。国外人贷款买房然后月供，他的目的是为了建个工厂，拿房产抵押再申请贷款。房屋作为不动产，作为结构中的一环，是创业的一个信用。中国是求安身，不过是安身的时候不免要求好一点、宽敞一点。不仅个人知识结构有问题，整个社会结构也有问题。脑子里有点东西的人，想做点事情，社会却不提供结构性的条件给你。

中国有句话，好汉不挣有数的钱。美国读商学院的，毕业的时候没有挣够或者没有潜力挣够一百万的话，你等于没毕业。月薪多少，那只能供房供车，你要用一个结构性的东西去生钱。中国人认为“书中自有黄金屋，书中自有颜如玉”，读完书，这些都来了。美国人则认为机会随时出现，如果大学一年级有个机会，那就去做了。只有在经济萧条的时候，美国大学里才人满为患；有人退休以后去读大学，因为没什么事做了。

人物周刊：为什么您说一流人才是商业人才？

阿　城：面临相同的数据，这一亿美金到底要不要投下去？有可能一点水声都听不到就没了。投是不投？这就是考验一个人的心理素质。你看民间那些做得好的所谓“土大款”，不要小看他们，人家心理素质是一流的。读书人还在区分什么是美的、高尚的，人家早就超越那个阶段了。对人际关系的精确判断，对多方压力的判断，到底吃得住吃不住，还有这后面自己应该承担的义务。这样的人是一流人才，这样的人打仗是没有问题的。反过来，一流的军事人才拿到金融市场上也是没有问题的。

心理素质这个东西不是能教出来的。就像拍照，啪一下，我决断这个瞬间、投资这个瞬间，有点接近这个意思。有的小子，天生就狠叨叨的，这不是谁教的。这样的人，我觉得才是精英，他可能数学不及格。数学不及格那部分，雇一个数学博士、雇一个好会计就完了嘛。我出国以后，发现这些常识都还在，在中国，都没了呀。

王朔有点像侯孝贤

人物周刊：您总说安身立命，安身在先。回城以后，安身是个问题，因为好多知青发现城里容不下他们。

阿　城：这个城市就是容不下你。你十多年不在这个城里，没有人脉，哪去找工作？我一个快三十岁的人，什么都没有，在父母家搭个行军床，每个月还要父母给你一块钱两块钱零花钱。耻辱啊！你在这个城市耻辱感特别强，因为你不能独立。音乐绘画小说诗歌，解决的不是安身问题。整天聊天，那是二流子。到美国去，我一看，这地方好，打工不必认识人，好活。

人物周刊：王安忆说您的小说里“全是骨头”，跟您谈过话的人都说您通透。您现在是怎样的心态？

阿　城：通透？没有。通透弄不好会毒化你。很多出身不好的人到现在还骂骂咧咧，“我这一辈子就给耽误了”。耽误是实情，但这种情绪也可能会毒化你。

我们现在返回去说以前的很多事，是不准确的，你没有办法说出当时的状态。当时你就像一只小兔子、一条小狗一样，不会去做一个价值判断，只是有一个生存判断。但现在说通透，这是一个价值判断，这里有一个误差。兑成文字，误差就更大。

我到意大利一所大学去开讲座，阶梯教室。引荐我的是一个教授，他说，我读过阿城的小说，我真想过那样的生活，因为那样才会有些什么东西。我当即打断他，我说人生不是这样，不是因为你穷就必然产生什么。人生是任何人都会有绝境的，穷人会有，身价百亿者也有，在绝境面前，人是平等的。当时阶梯教室里有几个意大利学生就哭了。我猜是有钱人家的孩子，因为一般人不认为富人也会有心理绝境。现在这个从中国来的秃头小子说人人有绝境，你怎么知道的？他当然要哭了。人生是这样的。

人物周刊：您喜欢结交的男人，都有点像古代的人。

阿　城：像旧社会的人。他们有忠、有信、有仁、有义，有做人起码的东西。

人物周刊：您对王朔评价挺高。可他那种文体从语言到立场，民间本来就有，王朔只是把它们写出来了。

阿　城：但为什么别人没有这样做？这是选择，选择是非常非常重要的。王朔早期的东西不是这样的。他先是辞职了，不在主流里面了，从社会人格上把自己给剥离出来了。从这点说，王朔有点像侯孝贤。

面对主流和专制，他的态度是拒绝。魏晋时候，天下就是这样，没有办法，晋人，像王羲之，传下来的内容总是哀痛，“痛哉”。个人能承担多少？这是叫人心很痛的无奈，也是新时期个人在能与不能之下的选择。这些有谁写出来？大作家用大话、大叙述回避了。反而像王安忆、何立伟、陈村这样的，原来就有这个素质，摆脱大叙述，用细节去完成。好东西啊，王朔（的小说）。

艺术人格和社会人格是两回事情

人物周刊：前一阵看到说匈牙利作家彼得·纳达斯有本《回忆录》非常好，可之前听都没听说过。怎么就没人引进呢？

阿　城：我也奇怪啊，我不一直在推介嘛。八十年代初看到黄仁宇《万历十五年》，中华书局出的。我当时一翻，讲的是大历史，却从细节讲起。哎，这个书好，我就跟李陀他们大力推荐。意大利那个卡尔维诺也是我先推介的，译本不错，意大利原文还有音韵之美，是可以朗读的。

一九三七年以前是个黄金时期，那些从欧洲回来的无名留学生翻译了大量作品，后来全部中断。一九四九年以后一个运动接一个运动，谁有精力来做这个？

现在要续上，有一个是可以操作的，就是到国外念文科的学生把教授开的必读书目引进来，先不要内容，只要书名。教授让你必读并且要写报告的，把报告翻译过来。这样就有一个开始，铺开一个基本的面了。任何人有心有时间，就来做这个事。但那些留学生挺保守，教授让我看什么，我不告诉你。（笑）

人物周刊：桑塔格说，她通过自己的作品去看自己。

阿　城：（点烟）中国有个说法是误人很多年的，叫“文如其人”或“字如其人”。蔡京，我们可能认为他是个坏家伙，但字写得非常好。王献之，在《世说新语》里是个不堪的家伙，但字写得妩媚。董其昌也是这样。

艺术人格和社会人格是两回事情。往往是做不到的，他就把它放到作品里。黑道大哥往往很尊敬读书人，就是因为他缺这个，他会对读书人有一个人格想象。两者统一的也有，像侯孝贤，极个别的特例，普遍的规律不是这样。

文化与文明是两个概念

人物周刊：中国一些诗人见到西方大诗人毕恭毕敬，崔健在滚石现场头两句没唱出声，今天的中国文化，是不是挣扎在西方巨大的阴影里？我们众多的焦虑中是否也包含文化焦虑？

阿　城：那是文明的焦虑。文化与文明我当它们是两个概念，当然文化里形成制度的东西，可以归到文明。

文化是相对武化而言的。这两化都是在讲关系。也就是说，人和人、集团和集团、阶层和阶层、民族和民族、国家和国家，他们之间的关系，是文化的还是武化的。

清末时，洋人船坚炮利，后来又发明了电视机、电脑等等，那叫文明。文明有先进落后之分，先进文明你可以拿来用，但文化没有先进与落后之分，文化可以在文明程度很低的地方譬如非洲的一个小部落里形成。清末的时候搞混了，说我们的文化出问题了，其实未必，是我们的文明程度不够高。文化和文明这两个问题到现在还是混讲。鲁迅先生说的“拿来主义”应该理解为拿文明，而不是拿文化。

日本在古代是既拿中国的文化，又拿中国的文明，但明治维新变成拿西方的文明而保留自己的文化，所以才能既保有自己的文化，又能成为当今世界七个工业强国之一。日本在日体（也就是文化）西用（也就是文明）这个问题上比我们清楚。

中国文化的主动性，发生得过早，三千年前有了“制礼作乐”，两千五百年前有了孔子的“有教无类”。而欧洲是在工业革命时代才有教育的普及，因为要教工人识字，才能开动机器，此前只有贵族才能受教育。

制礼，是规定文化关系的行为规范。而作乐，常常会改变一个人的状态。听完音乐会出来，你至少有半小时还在那个状态里。可到了公交车上，特别挤，完蛋了，你又开始骂人，但之前那半小时你不想骂人。这叫文化，文渗入到所有的细节里去了。

为什么孔子说几天没有梦到周公，心里就有点不踏实？因为春秋晚期和战国又开始武化了。孔子虽是殷人的后代，但他跟从周公的“文化”，“郁郁乎文哉”，郁郁就是绵密、深远、有生命力。

今天一个开发商，对于拆迁地的居民，对于周围的环境，完全是武化的概念，他只要老子挣钱。哎，我们坐下来谈一谈，这才叫文化。现在知识分子说的文化，那其实是知识。文化没有了，要补回来，我们只有回到文化的本意。

人物周刊：这个话题蛮有意思的，“不能因为你胳膊腿比我粗，就要我服从”。但是文化发展到后来，也会变成一种势力，也会压迫人的。

阿　城：这是我们要从武化的经验教训中不断反省的。当文化形成到一定程度开始变形而对创造力造成束缚的时候，实际上就变成了武化。这时文化就像一件外衣，专制就常常爱披上它。现在的南北对话、六方会谈，都是在说，我们要文化，不要武化。

人物周刊：从前像安徽这种地方，农民家里不管怎么穷，都有个书箱，传几本书给子孙读。今天风气好像在变，都跑出来打工了，挣钱最要紧。

阿　城：我见到的不完全是这样。浙江一个给法国做扣子的商人跟我说：“听说你是文化人呐。”我说，未必啦。他问我，你在美国怎么看星星？我说，一走出去就看见了呀。他把一个按钮一按，那屋顶刷地就开了。他说：“我们不用走出去。”我当时也觉得，牛。接着他说：“我们再富，也弄不出当年的书院了。原来我们这个村，有进士第、大夫第，还有个小书院。”怎么怎么的。富到一定程度，他觉得最大的面子还是在文化，不是有多少钱。我相信最基本、最朴素的东西不会变，它会往回走。

人物周刊：说说您收藏的这些文物。

阿　城：中国有一个东西是世界没有的：孝。从周代开始就有，是一个非常超前的老年保险制度。工业社会是把养老社会化了，但中国那时候都是分散在家庭里头，老人你一定得养，老人去世你得守三年孝。年过七十，可以得到皇家发给你的这么一个手杖，叫鸠杖，有了它，你可以挪到皇帝跟前，有话要跟皇帝说，卫士不敢拦你。

这里还有一点，中国传统上对智慧的积累是尊重的。你七十岁了，经过的事情比我皇帝多，因此，有许多大事情就要召集国内有鸠杖的老人一起讨论。“啊啊啊，我三十岁的时候，楚国打来过。”当时是怎么怎么的，粮食运不上去时是怎么办的，皇帝大受启发。老人没有什么权力，但可以发言。现在是认为老人在身体上没有价值，连他的经验也没有价值了。

这个是唐代贵族妇女用的胭脂盒，但不是唐朝人做的，是波斯人做的，盒上刻的是鲸。唐朝是拿来主义的朝代。另外从盒的大小可以测出唐代贵族妇女的身量是很大的，现在女性用的小包放不下这个。这么大一胭脂盒，拿过来啪啪地就往脸上抹啊。（大家笑）

关于人性善恶

阿　城：真善美太狭窄，它背后有更宽阔的东西。恶是非常有力量的，它常常是本能造成的。比较起来，真善美是教化，也就是后天的。上帝不阻止恶，反而常常通过恶，让人知道善。凡是你说这是恶，就说明你已经知道什么是善了。凡事扣住一个字：人。人在社会上生活，他们在社会当中的关系，美不美不是最重要的。

大到战乱、权争、名利，小到家庭、人事，它的纷扰根源都在资源的分配。全人类都逃不出这一道。聪明人会让每一个人都有资源。

人物周刊：洞察人性到这种程度，人活着能快乐吗？

阿　城：老快乐就觉不到快乐了。知道人性会平静。

人物周刊：您快乐吗？

阿　城：佛说慈悲，是因为他知道人性中恶的底线。因为知道人的本能底线，所以慈悲。慈是慈爱，悲是悲悯。人都有救，杀过人的，放下屠刀，回头是岸。死不肯放的，万劫不复。

触到人性中恶的底线，只要回头，一步步就是往快乐走。最好大家都有恶的预反应，然后回头，看见光明。

［附2］“保守”是个褒义词

我不是公众人物，只是关注人物。公众人物要承担的是自己的一切都该被大众知道，他们类似官员。而关注人物，只需要大家关注他的某一方面就可以了，媒体把这两种人物混淆了。

对一些事情有自己的看法，我会和朋友说，而不会去和媒体说。如果希望自己的话语影响力扩大，是公众人物心态。影响力是一种权力。如今，公众人物的生活方式是很多人迷恋的生活方式，以前没有机会，现在有机会了。我自己的生活方式很早就固定了，公众人物的生活方式不会是我的生活方式，我毫无兴趣。你不爱吃什么东西，那个东西即使摆在面前你也不会去吃。你会被它诱惑吗？不会。

你看不看《动物世界》？不看？那么对人类的认识会有很长一段糊涂期。

对动物来说，不是理性决定，而是基因决定它从来不吃饱。因为吃饱之后整体的反应慢下来了，不能预防敌

注：本文原载于《新周刊》第272期，2008年4月。由访谈整理而成，整理人朱慧憬。

害。它要永远保持自己体能、感官最好的状态。同样，人是吃饱就困。动物永远不吃饱，饥饿感消除为界限。

豹子追羚羊，到一定的时候会自动停下来，为什么？它“知道”再追下去，体力开始下降，被敌害捕食的危险增大，支出和得到不成正比，就是上海人说的——不合算。因为它不思想，所以放弃也不会生气。不像人，眼看到手的东西，失去之后特别生气，到晚上做梦还想着这事。动物不会，等体力恢复到原来的水平再猎捕。捕到了，又绝对不吃完，饥饿感消失，就停止，剩下的另外的动物会去吃。食物链有两类，一类是一类吃另外一类，一类是多类分吃同一类。人不一样，拼命吃，贪。

人是贪婪的，他会思想所以他“贪”；动物不贪。谁说“贪”是动物性啊，凭什么诬蔑动物啊？人因为会思想，产生价值观，“贪”是价值观的问题。动物占有资源有限制，没有像人那么希望无限地占有，因为它们没思想。

什么动物会吃其他动物吃到把自己撑死？没有那种动物，有的话早就绝种了。凡是能活下来的动物都是因为不贪而活下来的。动物永远有一种本能的警觉，相对来说，人没有这种警觉性。就是因为人贪，地球才会毁灭。

人不肯做食物链当中的一环。为什么不能忍受动物吃人？人认为自己高高在上，是食物链的顶端，结果切断了生物链。因为这个“断”，生物链就不能保持一种循环，人类把它切断了。

"知而丕显"，是谦和虚。有人发现了一，就兴奋，奔走告诉；往前再走走，知道九，状态就不一样了；等你知道十的时候，你早就明白还会有更多的。当年《棋王》在刊物上发表，主人公提到巴尔扎克的小说《邦斯舅舅》。老人就说怎么会这样啊，意思是掉书袋了。

教育就是种下一颗种子，后来某年某月某日某时，因为经历，会有所悟，那就是种子发芽了。用你自己的经历浇灌它，它会发芽。

现在这么多人在宣扬所谓个性，其实知道共性才会知道个性。对共性知道得越多越清楚，个性也才会更清楚。人被共性异化的时候，才该宣扬个性，抵制异化。个性是很难的，它是原创性，创造性，不是每个人都能有的。我？没有。

我是愿意做建设性的事情。不过做建设性工作的人非常多。当年有人说《棋王》好，我觉得它只是在水泥地缝里长出的一棵草。如果是一片草地，它长得比较高，就是说大家做得都非常好，你比别人还好一些，那才是重要的。水泥地里钻出棵草，算什么。

我一直强调生态。一片草地是说小说生态。我觉得小说生态比高出的那棵草更重要。现在是文化生态被毁了，还没恢复。不要去说什么文艺复兴那种大词，老老实实先恢复生态。

我们总在说文化，其实这样说的文化只是知识的意思。“文”的本义是纹、章，按照一定的规矩造成，引申为人之间的关系、规定、制度、契约。文是相对武而提出的。人的本能是武的，也就是动物性。文是对武，也就是动物性的约束。相对武化，文化是我们安身立命的东西。

礼仪也是文。礼仪并不是周公发明的，是人类从社会性动物那里带来的。社会性动物当中有非常多的礼仪来维持物种的存在。对资源的掠夺和占有，是动物的本性，也是人的本性。为什么这种掠夺占取资源的武性绝不能通过生物技术去掉？动物行为学家劳伦斯提示我们，去掉的话，人类也就失去创造性了。

人和人之间、国和国之间随时在发生关系，我们应该随时注意整个关系。有些东西被破坏了，这个系统会不会崩溃？NBA为什么好看，因为高高跳起来接球那一刹那，要知道队友在哪里，队友和对手处在什么关系当中。因此，所谓的团队精神就是关系至上，整个社会都是这样的。

中国在关系这方面是有点早熟，过分成熟。过分成熟就是一种异化，已经变得不是原来的样子。反对、警惕的应该是异化，异化之后创造性就没有了。这个异化应该梳理掉，但是文化不可以被梳理掉。一个人如果老谋深算，但还有创造性，可取；如果他老谋深算到连一点建设性、创造性都没有了，就是被异化掉了。我们要记住一个底线，就是我们人有“武”，也就是动物性、攻击性，这一点要保持，这是我们的创造性所在，凡是没有这个就是文化被异化了。

比如说儒家，孔子非常棒，但是汉儒、宋儒、明儒、清儒，儒一次次被异化。异化得一塌糊涂的时候，我们说中国文化出了问题，孔子出了问题，儒家如何如何，其实，是异化的问题。

拿艳照给你爸看？直接拿给他看，在礼仪上叫冒犯；不要去做冒犯的事情，但是你可以通过其他的途径。你可以在实验室做艳照的反应试验，但出了实验室在社会上就叫冒犯。你做冒犯的事情，之后你跟人家的关系永远被自己破坏了，这就是我们说的瓶中的魔鬼放出来，永远装不回去了。禁忌，越是原始的民族，禁忌越严格。因为一定是这些禁忌的东西曾经把这个氏族或者附近的民族毁灭了。不可能百无禁忌，百无禁忌的人掌权是很可怕的。

我们小时候被教育不要骗人，不要撒谎，人类其实是在撒谎当中存在的，撒谎就是因为有禁忌。但撒谎是分为恶意的与善意的。儿子从军战死，不是常常要对他们的父母瞒一下吗？就是善意的，不瞒，老人会一下死掉的。有一些东西在人与人之间是不能说开的。对关系的分寸掌握需要一个学习过程。如果经验断掉，禁忌不再遵守的话，大了说就是传统断掉的话，有无数人会受到伤害。

我们的每次进步都是需要保守的，保住守住，将进步落实下来，成为一个保守的形式。比如说厦门PX事件的经验，要转换或者说保守成一个法律条文，以后各个地方碰到这种问题，就可以引用律条，不必援引事件。任何新的东西不能保守下来的话，啪，放二踢脚，灿烂一下就过去了。保守是一个褒义词。我们对待我们的身体永远是一个保守派。女人总是想将青春保守住。任何疾病都是对身体的破坏。人在努力抵抗这些变异、破坏时，就是身体保守派。

英国之所以整个社会能够发展到今天，就是因为保守派起很大的作用，它把英国的每次进步都保持下来，不能让它再后退。保守派对于激进左派更多的质疑是——你的进步意义在哪里？基因的每次有益变异，假如能够保守成功，就会遗传下去。

我对自己的认识，对自己世界观、人生观的认识，从小学毕业开始就固定了。以前物质严重匮乏，各种方面的关系险恶，个人承担比较重，所以生活方式、世界观等等都会形成得很早。现在，新生代普遍成熟晚，幼稚化，二十岁了很多事物还不懂得。时尚潮流鼓励大家幼稚，其实幼稚是一种生殖策略。

不被这些东西异化，这是一种能力。

现在的年轻人茫然，很普遍。你们接受的整个教育都是一种价值观，一旦进入社会，你会发现一切不是这样的。

现在大学生毕业之后，首先想到的是要拿到什么，不觉得要承担什么。西方人担心二十年或者五十年之后，怎么跟中国人打交道，因为到那个时候，独生子女这一代人在掌管中国。这代人的成长过程中缺乏协调、妥协能力，而这是国际交往中必备的素质，西方人不知道这些新生代中国人会做出什么，毕竟是他们掌握着核武器的按钮。这些不懂得妥协的中国的数代人，他们任性，而任性是特别麻烦的。

对策？我没有。思考这个社会是一回事，改变世界是另外一回事。如何改变社会，是一流的能力，我不是一流的人才，我没有办法告诉你如何应对。

（此文有删节）

[附3] 人主宰不了生物链

人生下来就要吃，长大了要交配，资源就是你最大的问题，所有的问题都是因为资源的分配产生的。我们发明了据说目前比较合适的、不是最好、但是目前只能这样叫的民主制度，民主制度就是各个阶层提出自己的资源要求，看看整个社会如何作出妥协的调度，如此而已。

我知道问题发生在资源上，你不注意资源这个问题，你就看不清事情。

但是我觉得我不需要那么多资源。在我生活中最重要的资源是知识的资源。其次是粗粮。艺术资源我占不到。对朋友来说，我是一个提供资源的。

人生两件事：缴税、等死

我觉得中国在资源问题上非常低效，要是高效的话，用不了这么多。

一方面是我们的物质还不够。能够消费得起的还是少部分。另外，我们对能源的开采、对材料的利用效率非常

注：本文原载于《新周刊》第277期，2008年6月。由访谈整理而成，整理人胡赳赳。

低，看起来非常不环保，实际上是效率问题。而效率是跟体制有关的，这就是在中国做环保很难的原因。

国家要提供资源上的可能性。要是民营公司强大的话，会做环保。整个资源都在国家手里的时候，他就不做了。只要一开始生产，对不起，税下来了。那你选择吧，你不放弃的话，你就变成一个愚昧的人。没有人愿意做蠢人。

比如说太阳能，民营公司是只要你买我就卖给你，价钱就能往下走；现在太阳能价钱这么高，跟国家卖给你或让你使用另外的资源有关系。

中国这样一个穷国，人口这么多，应该有自己的方法和生活方式。比如我在美国，旁边的墨西哥，山里边住的都是美国人。自己搭的草棚子，非常简单，自己做手工产品卖。他们实在烦在美国的生活，人生只有两件事：一个是缴税，一个是等死。

勤俭持家的生活方式不容易了

中国老百姓现在还是勤俭持家。勤俭持家的生活方式在中国容不容易实行？不容易了。为什么？后现代的市场进来的时候跟这个搭不上，市场的概念不一样了，对一个勤俭持家的人来说就是致命性的冲击。还有网络，这样的产业在世界上形成的一个系统，跟我们对自己生活方式的处理是不一致的。

中国真的要考虑自己的情况，自己的资源，自己的人力，国家应该在这上面开放一般人能够勤俭持家的资源条件。我们就说吃菜这个问题：我们这个院子里大概有十多个工人，他们买青菜吃的话要花很多钱，就在大铁门外头种了两块菜地，长得非常好。村里不让种，说影响村容。村容是村子里的必要的资源条件吗？不是。这又不是旅游地。这个资源要开放，开放就可以做到勤俭持家。把这个国家分成非常非常多的层次，有层次了，他就可以自力更生，解决很多问题。

这个社会不能够行政性很强。像这样永远剥夺人家可以勤俭持家的资源，这就是破坏啊。这叫什么呢？最高权力和一般人生活方式的关系。

不动产也会动

地震以后有个觉悟，原来不动产也会动。中产阶级什么意思？一个就是要有不动产，第二呢，就是进行再投资。在西方，我有点钱，社会上有点什么项目我就投资。在美国更多的是交给理财公司，我交给你了，你帮我理，到时候分红就来了嘛。还有股票啊什么的这些。因为股市崩溃，或者投资市场萎缩，这是对中产阶级最大的威胁。很多中产阶级现在为了省麻烦，开始租房子，房子漏了打电话，水管漏了打电话，他的财产离开了不动产。

所谓的全球化就是金融的全球化，没有金融的全球化就没有所谓的全球化。中国金融系统究竟对中产阶级开放了没有？没有。他们能不能完成这样的生活方式？不可能。还有一个，当投资市场这么狭窄的时候——这是第一次现代化的特征——他常常不卖。从专制问题到生活方式，我们还处在第一次现代化的时候，甚至初级阶段，所以才会出现血汗工厂、黑煤窑啊这些。

艺术，就是生活方式产生的。国画为什么不行了？因为生活方式没有了。国画用纸这么贵的东西在那里画，不行就揉掉了，当农耕生活方式没有了之后，国画就没有了。艺术就是一种生活方式。

消费流行文化的时候，你得到资源了吗？常常没有得到。

“孝”没有对应的翻译

以孝治天下，是中国文化中最有意思的东西。孝是违反生物本能的。一个动物长到一定时候，大动物就把它赶出去，你自己去开辟一片资源，去占领一片资源。

人的早期也是这样的，日本的电影《楢山节考》可以当环保电影看，现在云南还有这种习俗。当一个人到了牙齿松的时候，就要被寨子里的人送到山上去饿死了，因为他的生产能力下降，而他还在消耗。因此呢，就要把老人给送死。《楢山节考》就演这个寨子里面，他的母亲到这个岁数了，腰已经弯了，按照村子里的风俗规定，你要把你妈弄到山顶上，送死了。这个儿子呢，对他妈还是有感情的。这个老人演得特别好，而且是真做，她就在那个缸的沿上啊，因为她这么大岁数了牙特别好，咔的一下，把那个牙磕了，吃不下东西。然后跟她儿子说：我可以死了。然后她儿子就背着她上山，越到山上越冷，背到那个地方的时候，有很多空架子在那儿，上面有骷髅，都是历年背上去的。他就把他母亲放那儿，他就一直回头看，大雪一直在下。

这是一个自然法则，对资源的分配和消耗有一个残酷的规定，这是我们基因里的一个东西，如果你孝的话，老人养了七八十岁，九十多岁，你克服基因了，你就是一个文人啊，你是文的，人和人的关系是文的，所以不说以文治国，以孝治国就行。举孝廉，孝和廉都是抑制你的动物本能，动物本能抑制到这个地步，你当然能够做官。它这一下就把整个百姓给调整了，把这种抑制道德化，基因的程序也受到了控制。以孝治国的深层的生物含义和浅层的道德含义都在里头了，所以说这个人孝是最牛的。

中国历代以孝治天下，出了一个根本性的东西。还有一个便利，就是把老年人的生活保险、医疗保险分配到每个家庭，西方没有这个东西，所以就要养老院。在这样一个生活水平、资源水平下，国家一定要鼓励提倡。老人有很多病是孤独得来的，你让他有家庭结构，你只要养着这个老人，他的积极性就更高了。

这个孝啊，对整个治理，是安定的因素啊，我们现在跟西方学了半天，自己很多的东西丢掉了，配合这样一个生活水平的东西丢掉了，我们以为买个手机就跟西方人一样了。

孝，我跟你说，在全世界没有对应的词来翻译它，这个孝呢，我就是说他对生物本能啊，资源分配啊，国家管理这些，非常重要。新朝一成立，由皇帝宣布本朝以孝治天下，科举制前，就是举孝廉，只要这两样有了，很多东西都能够抑制住。

人类主宰不了生物链

人类其实是主宰不了生物链的，他只是把自己放到最高端，自然界不一定认为你是最高端。但是因为你能够有技术控制，你就成了最高端，这个生物链就被打断了。

上世纪九十年代初的时候，洛杉矶有一个新闻，一个美国妇女在一个山脉，她周末进去的时候，让一个熊给叼了。说山里有熊，很多环保人士很欣喜，具体到这个人，她就说，是我打搅它了。她就是说我侵入它的领域了。这就是西方环保意识里的突破。

熊猫绝了以后，DNA就没有了。物种消失了，物种消失了会有什么问题？生物链问题。我们可能说熊猫好像跟我们的生物链没有什么关系，那是我们没有更深入的认识。我们现在不知道，我们就存疑吧。第二个就是，大熊猫就是中国的一个脸面啊，送给国外就是送钱啊。你说人命比它值钱吗？真的没有它值钱。

在社会学、人类学和人类组织上，有一个法学意义上的链，这个链对其他人的生存非常重要。西方常常捏着鼻子认可这个。他们真的讨厌黑人，但是，对不起，如果说他们可以消灭的话，你也可以被消灭。

一个法学观点说，假如你可以任意处死它，这个链就崩溃了。这个链上的任意一个个体环节，都不可以去否定它。你没有任何权利去消灭一个生命。否则，按照这个逻辑你也可以被消灭。生命本身是平等的，虽然在进化论上是有高有低的。

人和动物没有形成这个法学链，一个熊猫死的话，你也可以死。他只是说，你如果可以死的话，另外一个人也可以死，他没有形成这个链。如果动物保护最终形成这个链的话，这就得到法学意义上的保护。

最后由人和动物扩展到生物界，这可麻烦了，艾滋病都不能够消灭。我们可以控制它，但不可消灭它，你可以让它保存起来冷冻起来，让它丧失活性。

现在不是有吗？老虎狮子伤了人，就要枪毙、打死它。人是最高级的，人不可以被消灭。人以为自己是最高端，人把这个链给破坏了。

时间有点长

我们已经处于新的世纪里，这多少有点可笑。从何时起算为新世纪，完全是我们自己的规定，任何日子的明天，不妨都可以说它是新世纪。这就有点像一个幼儿园，小朋友们认真地指派谁是好人、谁是坏人，你当爸爸，我当妈妈，哝，小布娃娃躺在摇篮里，快睡快睡快睡，还是先喝点水吧，你不张开嘴我就把你扔到床底下，任意之极。

我们脚下的地球，对不起，你很可能站在刚装修好的地板上，但是我说地球你还是会有概念的，这个地球已经有过45亿年，再过60亿年，将会被逐渐膨胀的太阳蒸发掉。所以我们规定了“年”、“世纪”这样的单位，也有好处，可以明确知道我们死期何夕。

不过对60亿年这样的概念，我们却几乎不能体会，我们只是非常非常模糊地觉得它长得对我们几乎没有意义。所以有个地质学家将过去了的时间列了一个地质时间表：定过去的46亿年为1年（你看我们又碰到了规定），大约3

注：刊于《译林》杂志，2001年。

月的时候有了岩石；5月或更早一点，海洋中有了生物；11月底出现了植物与动物；12月中恐龙横霸世界，之后在12月25日（也许你是基督教徒而纪念这一天）消失；类似人的动物出现在12月31日晚；罗马帝国在这天晚上11点59分45秒到11点59分50秒，也就是说统治了5秒钟；然后在午夜0时前3秒，哥伦布见到美洲大陆；午夜0时前1秒，人才认识到曾经有过恐龙这种动物。滴，答，新年的钟声响了，就是我们现在，当下。

好，让我们脱离开“1年”的规定，回到传统的时间概念里。

2.5亿年前有了恐龙，之后恐龙存在了1.6亿年。若我与恐龙比资格，要到公元1.58亿年才会和恐龙平起平坐，这还是念在恐龙灭绝了0.65亿年的情况下，否则永远别想。我们人类有需要谦虚的足够理由了吧？我们还好意思说什么现代或后现代吗？

多少有点沮丧吧？不过既然时间可以规定，我们不妨忘掉地质年代，从我们人类自封的智人开始，也就是距今二三百万年开始，好像也太长了，那就从晚期智人（Homo sapiens）开始，也就是距今八九千年，就算1万年开始吧。考古学上一派认为从晚期智人，也就是新石器时期的人，算现代人。这有道理，前些年从阿尔卑斯山冰川里发现的一个新石器时期的人，我注意到他的阴毛和腋毛，而旧时器时期的人，比如尼安德特人或北京猿人，是无所谓阴毛和腋毛的，他们全身都是毛。

不过还是有些沮丧，1万年太久，只争——100年，也就是过去的那个世纪吧。

一九八二年增订版的《历史时间表》（*The Timetables of History*, by Bernard Grun. Based on Werner Stein's Kulturfahrplan. Simon and Schuster, New York, 1982），原作者是威纳·斯特恩，德文原版在欧洲畅销数十年，六十年代末才由伯纳德·谷伦删改订正增编翻译为英文，一九七五年开始发行，一九八二年有了增订版。它从公元前5000年开始，整理到一九七八年（当然是公元后）。这是一本任何人都容易读的书，严肃的（历史是怎样的），休闲的（反正闲着没事），愤世嫉俗的（真他妈的），百无聊赖的（正好有聊），孜孜以求的（原来是这样），卖弄知识的（你知道吗），增广益智的（嗯），窥视的（哈），不以为然的（你要有不以为然的对象呀），都可以读。

我手头还有一本一九五八年三联书店的《中外历史年表》，齐思和、刘启戈、聂崇岐、翦伯赞编著，整理了公元前五千年至一九一八年的中外历史。我们可以摘看一九一八年：

一九一八年

中国　戊午　中华民国七年

1月，北京政府财政部与日本正金银行签立借款1000万日元合同。20日，西南自主各省组织联合会。北京政府令曹锟、张怀芝、张敬尧等率军入湘。2月14日，北军十六混成旅旅长冯玉祥在湖北武穴通电吁请南北两方罢兵。中、日合办之中华汇业银行成立。3月，北京政府下令免缉洪宪及复辟两案诸人。北军陷岳州，日使林权助秘密谒见冯国璋，提出共同对西伯利亚出兵要求。4月，曹锟等陷长沙。自是月末起至本年12月止，北洋政府所举外债共约两亿元，其中约有1.4亿元系借自日本者，因日方负责交涉之人为寺内内阁之代表西原龟三，故统称“西原借款”。5月，发行短期公债两期共4800万元，又长期公债4500万元。孙中山向非常国会辞去海陆军大元帅职，旋赴日本：军政府改为总裁制，有总裁7人。

政治经济事件太多，下面摘些耳熟能详的或有趣的。

……7月，公布长途汽车条例。上海银行公会、北京银行公会成立……8月……12日，北京新国会开会，是为安福国会（安福派议员因在北京西单安福胡同聚会而得名）……9月4日，北京国会选举徐世昌为总统……北京政府与日本交换山东问题之公文……11月，北京教育部公布注音字母表。李大钊在《新青年》上发表“庶民的胜利”与“布尔什维克主义的胜利”二文……是岁，山东、湖南、湖北、河南、福建、浙江、江西、广东水。美国运通银行设分行于上海……

同样理由再摘外国的。

[日本]发表台湾新闻纸令。电气博览会开幕……由外务大臣后藤新平与中国驻日公使章宗祥交换山东问题之觉书……第一次世界大战停止，派西园寺公望等为议和代表。

[印度]欧战结束时，印度产业工人总数增至220万人，无产阶级革命力量大增……

[土耳其]……10月30日，土耳其与协约国缔结停战协定……

[保加利亚]9月30日，与协约国签停战条约……

[罗马尼亚]11月10日，协约军进入罗马尼亚，罗马尼亚军重新参加战争……

[希腊]10月18日，希腊共产党成立。

[南斯拉夫]12月4日，“塞尔维亚、克罗地亚与斯罗文尼亚王国”正式成立……

[俄罗斯]……举行第三次全俄苏维埃代表大会……德军占领乌克兰……与中欧同盟签定布列斯

特·立托夫斯克和约……迁都莫斯科……举行俄共（布）第七次代表大会……捷克军团叛变……普列汉诺夫卒……俄罗斯苏维埃社会主义共和国宪法通过……列宁遇刺受伤……

［德意志］……威廉二世逊位，遁赴荷兰……战争历时4年，死伤3000万人，耗直接战费1800亿金元之第一次帝国主义大战至此结束。12月，德意志共产党成立。

［奥匈帝国］……10月4日，与德政府联名吁请和平……奥地利共产党成立……奥匈帝国与协约国签立停战协定……奥皇查理逊位……奥地利宣布为共和国。

［芬兰18月29日，芬兰共产党成立。

［荷兰］荷兰共产党成立。

［合众国］……12月中旬，威尔逊抵巴黎。

［阿根廷］1月，阿根廷共产党成立。

我不能说《中外历史年表》资料不够，但完全偏于政治和与政治有关的经济，除了为专家备查，一般人很少能看下去。我删省的部分。是为了篇幅。

《历史时间年表》除了有《中外历史年表》的内容（也许后者得益于前者的德文版甚多？），还有大量的有趣内容，《中外历史年表》既然止于一九一八年，那就大略点选一下《历史时间年表》的一九一九年几百条中的几条：

罗莎·卢森堡被杀。

美国开始禁酒。

从纽芬兰首次飞越大西洋到爱尔兰，历时16小时27分钟。

观测日全食证实了爱因斯坦的相对论。

RCA成立。

美国铁路达25.5万英里（还记得孙中山辞职后做什么吗？调查中国铁路）。

共产第三国际成立。

开始试验短波。

开始实验有声电影。

毕加索的*Pierrot et Harlequin*。

Juilliard去世，捐两千万美元给以他命名的纽约音乐学院。

于华盛顿召开的国际劳工会议批准8小时工作制。

爵士乐传至欧洲。

加州的Oliver Smith发明机器兔，开始现代赛狗。

一九一九这一年中国发生了著名的五四运动，《历史时间年表》没有提到，在它的艺术栏里也没有提到影响中国文学至深的新文学运动，其实《历史时间年表》对亚洲都极少提到。我们可以有充分确实的证据指责它是一个西方中心主义的代表作，为此书两次作序的美国国会图书馆馆长丹尼尔·布尔斯廷（Daniel Boorstin）也指出“作者们没有作任何努力来调查发生在世界这些地区的历史事件”。不过，我还是认为《历史时间年表》好读，有意思，值得翻译成中文，成为我们的思维材料。

走过欧洲和北美，我发现那里有很多塑铸的人像，很多都是我们耳熟能详的西方思想家、哲学家、艺术家和政治家，但是没有一个中国这方面的人像，当然除了只在唐人街有的孙中山像和孔子像。这是什么意思？在中国，我们可以找到马克思像，普希金像，白求恩像。

意思就是，西方文明里，不需要东方或中国的思想家、政治家、艺术家等等一系列的家，和这些人创造的思维材料。西方的文明自成体系，自给自足，而且还成了世界的强势文明，主流文化。我们则不是。我们需要西方的思维材料，我们现在的所作所为，差不多都是西方文明的证明。民族主义吗？连“民族”和“主义”这两个词都是移自日本，日本翻译自西方的。不用“民族”和“主义”这两个词，你能用中文表达“民族主义”吗？

所以我在规定的新世纪之初，奢望是，尽多译些思维材料，管它是不是西方的什么什么，放轻松，我们还没失掉一种能力叫判断。写下前面一句，我没想到文章会拐到这里。

文化制约着人类

立论于我是极难的事。例如近来许多人在议论创作自由，我却糊涂了多时。我在公开发表文字之前，也写点儿东西给自己，极少，却没有谁来干涉，自由自在，连爱人都不大理会。我想，任何人私下写点儿东西，恐怕不受干涉的程度都不会低于我，何以突然极其感奋于创作自由？尤其在宪法修改之后，他人不得随意抄检别人私人物品的今天。但若以此立论，我必遭抨击无疑。幸亏仔细再想，大家感奋的创作自由，实际可能是发表自由，但将两者混为一谈。人有许多习惯，其中之一是若得到珍宝，或有所创作，便要示人，从其中得到满足，雅一点的说法是知音。我在未发表文字前，上面所说的习惯很弱，认为自由写的东西若能满足自己这个世界，足够了，没有绝对的必要大事张扬。后来发表文字了，定的标准是若承认自己有要发表的自由，就要承认别人有发不发表的自由，不好只强调单方面的自由，否则容易霸道，当然更没有只许别人说好的自由。那么，除了质量低劣的文字之外，有什么不

注：本文原载于《文艺报》，1985年7月6日。

可发表的呢？其中大约有例如题材方面的原因。那么发表自由是不是应该具体为例如题材自由？我私下想到一些题材，自己的回答就是否定的，不大会有发表的自由。若自己在家写写玩儿，或留或弃，创作上是自由的，不必求发表，因此问题总要具体地去想，限制明确了，才不会有无边的热情，或称之为妄。我初学写作，发表不多，对创作自由尚不知深浅，没有什么发言权，作如上说，只因为我是一个习惯限制的人，不大习惯自由。我的父亲在政治上变故之后，家中经济情况不好，于是在用钱上非常注意不买的限制，连花五角钱的梦也做不出。父亲的日记被抄去，于是小小年纪便改掉了写日记的坏习惯。现在政通人和，可惜已养不成写日记的习惯。所幸后来慢慢悟到限制的乐趣，明白限制即自由。例如做文章，总要找到限制，文章才会做好，否则连风格都区别不开。鲁迅是极好的例子。《庄子·徐无鬼》中讲到一个故事，说有一个善用斧的人能削去另外一个人鼻上的白粉而不伤其鼻，技术很是高超。后来宋元君听说了，便找来使斧的人请他表演一下。善使斧的人叹说不行，因为鼻上涂粉的那个人死了。使斧的人的自由，建立在鼻上涂粉的人的限制之中。《庄子》中庖丁解牛的故事，更是说明庖丁因为清楚牛解剖上的限制，才达到解的自由。老子讲无为而无不为，其中无为就包含限制的意思，懂得了无为，才会无不为，才有自由。父母花了钱送小孩子去学校，就是要他们先去学许多限制，大了才会有创造。有人钟情于艺术，或学舞蹈，或学音乐，或学美术，或学电影。正因为艺术有其门类艺术语言的限制，才有各种门类，不可互相代替，比如若能用文字写出一幅画，使文字的限制代替画的限制，那画便没有存在的理由。世界的丰富令我们欣喜，实在应该感谢因为有各种限制。

最近又常听说，我国的文学，在二十世纪末将达到世界文学先进水平。这种预测以近年中国文学现状为根据，我也许悲观了，总觉得有些根据不足。我的悲观根据是中国文学尚没有建立在一个广泛深厚的文化开掘之中。没有一个强大的、独特的文化限制，大约是不好达到文学先进水平这种自由的，同样也是与世界文化对不起话的。听朋友讲，洋人把中国人的小说拿去，主要是作为社会学的材料，而不作为小说。是不是这样当然待考，但我们的文学常常只包含社会学的内容却是明显的。社会学当然是小说应该观照的层面，但社会学不能涵盖文化，相反文化却能涵盖社会学以及其他。又例如人性，是我国文学正深掘的领域。人类的欲望相同，人性也大致相同，那么独掘人性，深下去文学自然达到世界水平。道理是讲得通的，我却怀疑。用世界语写人性，应该是多快好省的捷径，可偏偏各语种都在讲自己的语言的妙处。语言是什么？当然是文化。英语以其使用地域来说，超种族，超国家，但应用在文学中仍然是在传达不同的文化。常听有作者说，在语言上学海明威，学福克纳，我不免怀疑。仔细去读这些作者的作品，发现他们学的是海明威、福克纳作品的中文译者的语言。好的翻译家其实是文豪，傅雷先生讲过翻译的苦处。我想，苦就苦在语言已是文化，极难转达，非要创造一下，才有些像。这种像，我总认为是此文字所传达的彼文化的幻觉。那么，这里就有了极险的前提：假如海明威作品的中文译者的译笔不那么妙怎么办？即使妙，能说那是海明威的语言吗？我常常替别人捏一把汗。再说到人性，文学中的人性，表达上已经受到文字这种文化积淀的限制，更受到由文化而形成的心态的规定。同为性欲，英人劳伦斯的《查泰莱夫人的情人》与笑笑生的《金瓶梅》即心态大不相同；同为食欲，巴尔扎克的邦斯与陆文夫的美食家也心态大不同。若只认同人类生物意义上的性质，生物教科书足矣，要文学何干？鲁迅与老舍笔下的人性，因为文化形成与其他民族不一样，套用经典说法，才会成为世界文化中人性的“这一个”。

由此，文化是一个绝大的命题。文学不认真对待这个高于自己的命题，不会有出息。我们这个民族是个多灾多难的民族，我们的文化也是这样。本质的东西常被歪曲，哲学上的产生常在产生之后面目全非。尤其是在近世，西方文明无情地暴露着我们的民生。戊戌变法、辛亥革命、五四运动，无一不由民族生存而起，但所借之力，又无一不是借助西方文化。中西方文化的发生与发展，极不相同，某种意义上是不能互相指导的。哲学上，中国哲学是直觉性的，西方哲学是逻辑实证的。东方认同自然，人不过是自然的一种生命形式；西方认同人本，与自然对立。东方艺术是状心之自然流露，所写所画，痕迹而已；西方艺术状物，所写所画，逻辑为本。譬如绘画，中国讲书画同源，就是认为书与画都是心态的流露痕迹，题材甚至不重要，画了几百年的竹，竹也就不重要了，无非是个媒介，以托笔墨，也就是心态在笔墨的限制下的自然流露。这样，西方绘画的素描、透视、构图、色彩，若来批判中国绘画，风马牛不相及。五四运动在社会变革中有着不容否定的进步意义，但它较全面地对民族文化的虚无主义态度，加上中国社会一直动荡不安，使民族文化的断裂，延续至今。“文化大革命”更其彻底，把民族文化判给阶级文化，横扫一遍，我们差点连遮羞布也没有了。胡适先生扫了旧文化之后，又去整理国故，但因带了西方的逻辑实证态度，不但在“红学”上陷入烦琐，而且在禅宗的研究上栽了跟头。逻辑实证的方法确是科学的方法，但方法成为本体，自然不能明白研究客体的本体，而失去科学的意义。我们对自己文化的研究所缺正多，角度又有限，难免形成瞎子摸象，局部都对，但都不是象。譬如禅宗，自从印度佛学被中国道家改造而成中国禅宗之后，已是非常高级的文化，但我们对中国文学与绘画的研究，缺少这种文化与哲学的研究，于是王维的田园诗便多避世意义，画论中的“意在笔先”也嚼成俗套。又譬如中国的性文化，至汉唐已极其发达，反而是我们现在谈虎色变，很不文明，羞羞答答地出一些小册子，只知结构，不成文化状态。再譬如易经的空间结构及其表述的语言，超出我们目前对时空的了解，例如光速的可超。这些，都是因了中国哲学与文化中含有的自然的本质。对中国文化的批判，虽可借用西方的方法论，破除例如封闭的现状，但方法不是本体，否则风马牛不相及。须知，就其封闭来说，世界文化便封闭在地球这个星体上，中国文化不过是整体中的部分。人类创造了文化，文化反过来又制约着人类。闭关锁国倒还在其次，重要的是心态的封闭习惯意识。人类的封闭意识是普遍的，只是中国文化须与世界文化封闭到一起，才是我们所要求的先进水平。常说的知识结构的更新，对中国文化的重新认识应该是重要的一部分。

若将创作自由限定为首先是作者自身意识的自由，那就不能想象一个对本民族文化和世界文化认识肤浅的人能获得多大自由。即使例如题材无限制，也如百米跑道对所有人开放，瘸子万难跑在前列。文化的事，是民族的事，是国家的事，是几代人的事，想要达到先进水平，早烧火早吃饭，不烧火不吃饭。古今中外，不少人已在认真做中国文化的研究，文学家若只攀在社会学这根藤上，其后果可想而知，即使写改革，没有深广的文化背景，也只是头痛写头，痛点转移到脚，写头痛的就不如写脚痛的，文学安在？老一辈的作家，多以否定的角度表现中国文化心理，年轻的作家，开始有肯定的角度表现中国文化心理，陕西作家贾平凹的《商州初录》，出来又进去，返身观照，很是成功，虽然至今未得到重视。湖南作家韩少功的《文学的根》一文，既是对例如汪曾祺先生等前辈对地域文化心理开掘的作品的承认，又是对例如贾平凹、李杭育等新一辈的作品的肯定，从而显示出中国文学将建立在对中国文化的批判继承与发展之中的端倪。这当然令我乐观，但又与前面的悲观成为矛盾。我说过，立论于我是极难的事。

电影

中国电影的世俗性格

中国有两样东西紧追世界水平，一个是杀人的核武器，另一个是电影。

美国制造出第一颗原子弹之后二十年，中国也有了原子弹。法国发明了电影之后十年，一九○五年，中国也开始尝试拍电影，最初是京剧名角谭鑫培的戏曲片断，后来一些搞文明戏，也就是话剧的人，例如郑正秋，开始加入电影制作。很快的，中国有了故事片。

在意大利都灵举办过“中国电影回顾展”，其中有部一九二二年的默片《劳工之爱情》，编剧、导演、演出就都是这个郑正秋。《劳工之爱情》是只有三本的滑稽动作片，一个木匠想讨药店老板（郑正秋饰）的闺女做老婆，药店老板要木匠提供很多买药的人之后才会答应。木匠正被每天在他楼上跳舞的人吵得很烦，于是就将木楼梯改造了。跳舞的人们下楼的时候，木匠转动一个机关，楼梯变成了滑梯，摔伤的人都去药店买药治伤，木匠于是娶到了药店老板的女儿。

注：原刊于意大利《君子》（*Esquire*），1993年。

一个巧妙的世俗故事，类似话本小说开篇的小段子。中国电影的正篇，是紧紧伴随着世俗一路下来的。电影的性格是世俗，“古”今中外都一样。

整个二十年代、三十年代和四十年代，中国都有非常好的电影，包括日本侵略中国的时候。四十年代有一个女演员叫李香兰，她主演的电影在敌占区非常轰动，所有的中国老百姓都以为她是个中国女人，其实她是个日本女人。一九四五年第二次世界大战后，她回到日本，现在是日本的参议员，八十年代初访问中国大陆，很多人还记得她。这段传奇故事，近年香港已经拍成电影。

正当中国电影好景正旺的时候，我说的好景，意思是不但票房好，而且在电影语言上不断有建树，一九四九年，一切都有改变。

都灵影展上最被意大利人看好的《我这一辈子》，四九年的时候，因为中国内战的原因，没有拍完，四九年以后，继续拍完。毛泽东看了这部电影之后，问他的属下：我们有没有这样的演员？他的意思是指主角石挥先生。属下被问得莫明其妙，“我们”是什么意思？难道石挥不是“我们”中国人吗？一九五七年，石挥，投海自杀，他是在去看他母亲的海船上跳下去的。一个星期之后有朋友在上海的一家旧货店发现了石挥的手表，查到了卖表的人，这个人说是从海滩上一具尸体的手腕上摘下来的。尸体呢？不知道。这个中国当代最伟大的演员与导演不属于“我们”，他没有被划为“右派”，是因为他死了，可是他的名字与影片在中国消失了将近三十年，要由意大利人在都灵重新提起他。

费穆的《小城之春》，张爱玲的《太太万岁》，成熟到将世俗性格升华，再多一些这样的影片，形成现象，发展下去，起码这篇文章会好写得多。一九四九年，中国人民解放军兵临城下，制片商将电影史投入火焰与水井，商人永远在政治上比艺术家敏感。

五十年代初，毛泽东批判电影《清宫秘史》，似乎还没有引起广泛的注意，但紧接着对电影《武训传》的批判就是一场运动了，毛泽东在党的《人民日报》上亲自写文章，不少著名的知识分子纷纷参与批判。

列宁说过“电影是最重要的艺术”，但是细查四九年以来的中国大陆电影，仍然是一条世俗的制作路线，称呼上也像，“工农兵电影”，“电影为工农兵服务”。既然是世俗的路子，倒也出了不少喜闻乐见的电影，当然传统中的“教化”也被推到极端，强调“提高群众的革命觉悟”。一直到中国大陆的“文化大革命”，因为世俗生活被彻底破坏，所以没有电影了。忍不住在电影中教化一下是免不了的，尤其是手上有绝对权力的时候，但搞到只有教化的地步，就使中国大陆的电影为世界电影做出了拍不出电影的榜样。

我曾经问过我的父亲一些有关中国电影的问题。之所以要问他，因为他算是中国共产党里的电影评论家。批判电影《武训传》时，毛泽东派了一个调查小组到武训的家乡山东聊城去，他是实际的负责人，组员包括江青，调查组每天将调查材料转送到北京供毛泽东写批判文章。一九五七年，他派记者并亲自去中国电影的发源地上海，搞了一个专题“好的国产片为什么这样少？”。这一年，他还以《文艺报》“本报评论员”的名义写了一篇评论《电影的锣鼓》，指出党对电影的干涉，提到票房价值，说“为工农兵的电影不能内容只有工农兵”，于是毛泽东在最高国务会议上亲自点名批判他，说台湾转载了这篇文章，又说，“钟惦棐这个名字很怪，文章倒还可以看”，这有点像问一个不叫波罗的意大利男人你为什么不叫波罗。

钟惦棐于是带着他的怪名字消失了，那时他三十七岁。二十一年后，一九七九年，允许他用他的怪名字发表影评，于是中国八十年代的电影又开始有他的影响。

我常常从旁观察这个几乎是新中国电影的阴影的父亲，我的第一个问题是，电影文学究竟是怎么回事？当时电影界正在激烈争论电影文学是不是文学。“阴影”回答，电影文学是为电影审查者写的通俗文字，因为审查者看不懂电影工作本。中国电影文学是五十年代初向苏联学的，而苏联建立了社会主义电影审查制度。“阴影”点了支烟，接着说，电影是可以进中南海的艺术。

直到今年，张艺谋的《大红灯笼高高挂》《菊豆》才被允许在中国放映。

八十年代初，“文化大革命”后第一批从电影学院毕业出来的年轻导演开始拍电影了，这几乎是一个偶然。张艺谋与何群在一九七七年考北京电影学院的时候，因为年龄超过，不被录取，但是这件事闹到了当时的文化部长黄震的办公桌上，黄震曾做过很久的驻法国大使。黄震批准了超龄者的入学，造成了超龄者毕业时的麻烦。电影学院将这些当年的超龄者分配到一个边远省份广西的电影制片厂去。那里有世界著名的桂林山水，但优美的风景没有刺激起这个电影厂拍片的欲望。你如果明白，电影市场与你毫无关系，不拍电影也能领到工资，而拍了电影反而可能碰上审查的麻烦，你就知道你该怎么做了。何群的幽默是：还能怎么样？再往下分就到越南河内了。

张艺谋他们轻易地取得了第一次拍电影的机会，重要的是他们没有浪费这个机会。这次机会的结果是影片《一个和八个》，根据诗人郭小川的长诗改编，编剧、导演是张军钊，摄影张艺谋，美工何群。电影在北京审查时造成内部轰动，但是没有通过。我还记得电影放完后，一个上了点儿年纪的审查者一边打毛线衣一边说：怎么自己人把自己人打死了？

“阴影”对张军钊说，不要按审查的要求做修改，否则留下的是一个不完整的电影。这部电影后来还是删去了不该删去的部分，六年以后批准上映，这时陈凯歌的《黄土地》，张艺谋的《红高粱》已经在国际上造成轰动，这一批毕业生已被称为“第五代导演”。《一个和八个》最初虽然没有通过，但它让掌握电影生产的人意识到，这一批人是能拍电影的，而且可能拍出好电影，最低程度，能拍出得奖的电影，于是“第五代”有了最好的条件：机会。

这之后，“第五代”的电影几乎形成了一个规律：拍片，送审，通不过，造成未演先轰动。西方的电影奖助长了导演与当权者双方的敌意。有意思的是，审查者的封杀行为，具有一种广告效果，反而使观众期待被封杀的影片。

八十年代的中国电影无疑是“第五代”的电影。但是从世界电影的范围来看，“第五代”电影在这十年中没有真正的个人对电影的区别思考，我们只要把所有他们的电影放在一起看，就会发现其中的雷同。“第五代”的电影有共同的特征，这个特征使他们能够区别于中国历史与现在的其他电影，但互相的区别不大。如果我们观察“第五代”的文化结构，也许原因在这里：无从了解四九年以前的中国电影文化，童年期的苏联电影的记忆，“文化大革命”前的革命世俗电影，“文化大革命”后大量涌入中国的美国商业电影和日本商业电影，对欧洲当代整体文化生疏，但是对欧洲电影奖非常有兴趣。

这个文化结构正好是一九四九年后中国大陆文化的一个缩影与演变。

“第五代”电影的共同特征在于它们是反世俗的，这一点不易被察觉。有个根本的东西迷住了中国大陆的人，尤其是知识分子，即想要建立一个纯粹的社会。这个社会将割断传统世俗，这种理想与共产主义、超现代国家、古典大同理想等等混杂在一起，从“新民主主义”到“横扫一切牛鬼蛇神”，地是年年扫，到现在的城市居民由街道居民委员会监督管理，自为的世俗生活有何角落得以自处？

“第五代”电影的形象是“人民”，潜移默化的内心意识则是新中国的“反世俗”，这本来可以进入“作家电影”的境地，而且中国大陆的电影制度恰恰歪打正着，拍电影的人不必操心利润，于是电影中或明或暗的切近世俗的因素，就可以不必考虑。说实话，这样优越的条件，可不是全世界到处或随时都有的。

正因为“第五代”反世俗，所以他们有艺术之心，但也因此误会了中国电影的性格。

八十年代末与九十年代初，新的变化悄悄开始了，以改编王朔的小说为特征，中国电影开始走向世俗，九〇年被大陆电影观众称为“王朔年”。比电影更具有世俗性格的电视连续剧中，王朔参与的《渴望》《编辑部的故事》《爱你没商量》，以切近的世俗景观，征服了世俗之心。

王朔的小说语言完全被赋予为另外的意义，形成一种所有人都忍俊不住的“颠覆”景观。由王朔的小说改编的电影，成为所有人的重新发现与发泄的催化剂，而且是开心的娱乐。这种世俗景观，是四十年来没有过的。

原因呢，当然是如今中国大陆的世俗生活开始有了一点点自为的余地。

王朔小说改编为电影的最好的应该是《顽主》。故事讲三个现在的都市失业青年，合伙开了一个“TTT”公司，意思是替人排忧，替人解难，替人受过。例如替丈夫去挨老婆的骂，替不愿意出现的男方去与女方谈恋爱，做一肚子气没处发的人的发泄对象，替想成名的作家制作一个假的发奖大会，然后收取酬金。观众笑破了肚皮，演员们一本正经，男主角的父亲在银幕上一语道破：“你们为人民排忧解难？那要共产党干什么？”

三个年轻人的公司被迫关门了，当他们离开的时候，镜头慢慢地扫描着公司门口成百上千的老百姓在耐心地排队等待排忧解难，剧终。导演米加山年龄与“第五代”相仿，大概因为不是电影学院本科，所以没有被归入第五代。影片中的三个男主角由此成为观众最喜爱的演员，他们松驰、冷淡的幽默控制，成了以后他们参加演出的影片的票房保证。

世俗生活的余地大到导演米家山今年开了一个告别影坛的招待会，转入经商。

当然与此同时还有被官方定为“主旋律”的历史片，耗费巨资，拍摄一九四五年到四九年之间的内战与中国共产党建立新政权的故事，及有关毛泽东、周恩来等人的传记故事。“伟人”以满足世俗愿望的半“俗人”形象出现。在这些影片的角色当中，大陆观众对中国共产党的前敌人蒋介石非常感兴趣，大致说来，四十年的中国大陆电影中，总是反面角色比正面角色演得生动，反面角色常常能传达丰富的世俗质感。

但真的“主旋律”恐怕是中国大陆电影开始恢复传统中的世俗性格，由此而恢复中国电影的生态平衡。电影是一种工业生产系统和商业运转系统，作为市场，必须有足够的电影种类满足世俗需要，例如中国电影中缺乏“歌舞片”的种类，这大概与中国的多数民族汉族缺乏歌舞特征有关。但是中国大陆电影在最近几年有大量的“武侠片”，中国的“武”很容易被转成“舞”。去年中国大陆有一部电影叫《双旗镇刀客》，被认为是最有风格的武侠片，但在熟悉瑟吉欧·雷奥尼（Sergio Leone）的意大利式西部片和日本剑侠片的观众看来，这部电影几乎是一种抄袭。导演忽略了其中一个吹牛而无能的角色，而这一点恰恰被克林·伊索（C. Eastwood）抓住，拍了*UNFORGIVEN*（《无可原谅》），成为今年美国电影票房、影评的抢手货，商业声誉的句号极有可能由奥斯卡奖来点。《双旗镇刀客》痛失变化刀法的良机。

也许中国大陆需要的是将电影文化水平恢复到一九四九以前，倒退有时是一种进步，首先满足本土，国际反而其次。要知道，中国大陆有十一亿人，能看电影的就算五亿人吧，票价就算一元人民币（合0.2美元，实际票价要比这个数字高），不管制作质量如何的一部电影，五亿人每人只看一次，票房就是五千万美元，而中国电影的平均制作费是一部两万美金。这是不是有点像《天方夜谭》？

“第五代”在九十年代初开始用早期认真的态度转向商业电影的制作。张艺谋从《红高粱》《菊豆》《大红灯笼高高挂》一路下来，中国文化的包装功力越来越强，这种包装使巩俐成为明星，明星就像圣贤，是世俗的理想，也因此世俗常常不理会明星在演技上的粗率。张艺谋的最新影片《秋菊打官司》，利用了巩俐是一个本色演员的局限，电影成功了，而巩俐在同时拍的另一部电影《梦醒时分》里，糟糕得令人惊奇。

张艺谋对自己终于可以去电影院观察观众反应感到欣慰。反观他在《红高粱》中的混乱（抬轿一场的歌舞完整到观众以为是部歌舞片，荒原背景中的性与暴力又转向西部片，结尾的民族大义正该煽动，却草草结束。搞对了，会是一部后现代观念的影片呢），《大红灯笼高高挂》中对人物关系的平面处理（这要由编剧负责），《秋菊打官司》确实是他把握中国大陆当代世俗的圆熟之作。张艺谋从做摄影师开始，就显示出他是重量级的商业电影制作人，是什么误导他经历十年才语言顺畅起来？张艺谋是

“第五代”中转向世俗的先行者并且最为成功，商业的正常运行使他的私生活已成为广告，质感饱满，只是这个老实人不明白到此境界，“老实”也是广告。

陈凯歌从《边走边唱》之后，今年完成《霸王别姬》。陈凯歌终于放弃非商业的做法，在这部电影里启用三个明星，包括大陆的巩俐和香港的张国荣，造成拍摄期间的轰动。

何群前年将中国大陆五十年代的革命通俗小说《烈火金刚》改编为电影，票房惊人。

田壮壮对世俗的不敬，浪费了老舍的《鼓书艺人》，摇摆中拍了《摇滚青年》，终于敬了，拍《大太监李莲英》，最近的《蓝风筝》切入世俗情致，却被禁至今。

李少红的《血色清晨》最为可惜，环境质感与影像的力度都超过《秋菊打官司》，戏剧性也直逼十年前的法国名片*THE RETURN OF MARTIN GUERRE*（《马丁格尔归来》），但由于编剧上的犹豫，失却饱满。这是“第五代”早期通病，不能或者走向艺术的鲜明，或者达到通俗的圆融。例如《黄土地》是试验商业影片，评论却被导演的说明误导了，评为试验艺术影片，反过来又误导了导演。“第五代”一个文化情结上的潜台词是：商业是庸俗的。中国大陆的电影评论者很长时间不敢使用“商业片”这个词，后来东张西望地称呼“娱乐片”。

四十多年干瘪的世俗生活，失却了自为的性格与精神，滑稽吧？

其实一九八九年中国有一部《过年》，应该进入中国电影编年史。导演黄建中，被算做“第四代”，突然摆脱以前反世俗的尴尬，拍了一部精妙的影片。影片对中国世俗的把握，对多重角色的呈现，对狭小的戏剧时空的调度，都有令人不易察觉的好。

同是“第四代”的谢飞，也在《香魂女》中达于成熟。有意思的是一直坚持世俗路线的“第三代”谢晋，好像把握不住世俗现状了，从票房中淡出。谢晋前些年的《最后的贵族》，在片名上开了孙中山先生一个玩笑，孙先生推翻了贵族社会，何再来贵族，而且还有最后的？迎合世俗，也要明了中国近代史。白先勇的《谪仙记》不是乱起的题目。

阴影没有看到这些影片，经过长期的疾病折磨，他于一九八七年去世，他没有完成正在主编的《中国电影美学》，那时正是中国大陆电影的一个周期性低潮。

凡是有关中国大陆电影，总是苦难良多。中国大陆电影开始重新展示世俗性格，也许是希望？锁入抽屉里的“反世俗”情结，也许在隐隐作痛？

（此文有删节）

中国人与中国电影

中国电影的特点在于它是世俗的，直到今天，中国没有出现过类似西方的试验电影，或者所说的“知识分子电影”。

中国电影的初期作品，大部分是记录戏曲表演。中国所谓的“戏曲”，就是意大利的“歌剧”的意义。老百姓对戏曲的迷恋，可以用路程来说明，他们常常徒步走很远的路，例如五十公里，去看一个剧团的演出。七十年代，我在乡下，每到放电影，我也是要走十公里去看，如果算上回来的路，是二十公里。

我记得很清楚，一九七六年一个夏天的晚上，我所在的山区放《刘三姐》，有人从早上就开始出发，傍晚赶到，坐在路边吃带来的干粮。《刘三姐》是中国广西的一个很有名的歌剧，当晚赶来了大约四千多人，放映机和银幕摆在两山之间，人们就坐在相对的两座山的斜坡上，情形有点像古罗马的剧场。只要能看到电影，一般人不在乎看银幕反面的故事。

注：原刊于意大利《君子》（*Esquire*），1993年。

当天晚上的高潮是，电影放完后，四千人要求再放一遍，放映员不干，于是放映员被包围了。商量的结果是，放映员要求吃一顿好饭，之后就再放一次。四千人于是等待了一顿饭，从洗菜，淘米，杀鸡，直到喝完最后一口汤和饭后必须的一支香烟。当银幕再次闪亮的时候，我可以给"幸福"下定义了。

中国现在还有七亿人在用古罗马的方式看电影。无论多糟糕的电影，只要十一亿人一人看一次，利润就大得惊人。

当中国电影开始进入故事片的时候，它的题材自然就是世俗的故事，一九八二年在意大利都灵举办的"中国电影回顾展"，充分展示了中国电影的世俗性格。

中国文化里虽然有很艰深的形而上的哲学部分，但中国文化的本质在世俗精神。这也是中国历尽灾荒，战争，革命而仍存在的真正原因。意大利新现实主义电影是第二次世界大战后意大利电影对现实的思考，而中国电影从一出生就在发挥中国文化里的世俗精神，所以这两者不是同样性质的文化现象，其实是不能做出"中国电影里的现实因素早于意大利新现实主义电影"这种判断的。

首先，中国的世俗精神是靠自身净化的，任何外来的东西，都会很快被同质化。将近两千年前的例子是印度佛教传入中国。佛教传入中国的时候，佛教在印度已处于灭亡时期，当中国世俗同质化了佛教以后，佛教以印度佛教的假象流传至今。假如释迦牟尼和马克思现在到中国，中国人一定请他们喝茶，聊一聊天气，病痛，孩子们是不是有出息，待他们如远方的来客。如果两位伟大的创始人非常关心他们的教义，我不知道后来他们会愤怒还是愉快。

一个非常实际的例子是三百年前利玛窦到中国传播天主教，遇到入教的中国人究竟能否拜祖先的问题。利玛窦主张可以，他是懂中国的。远在罗马的教皇同意的时候，黄皮肤的上帝子民就多，不同意，立刻就少。

中国人与中国电影也是如此。我还记得五十年代意大利的《偷自行车的人》放映时，影片结尾父亲被带走，儿子在路旁跟着，电影院里的中国人哭成一遍。三四十年代，中国妇女进电影院一定要带手绢，如果电影没有让她们用上手绢，电影就是不成功的，我还没有发现那时的哪部电影敢于漠视电影院里的手绢。当代中国的导演里，只有谢晋是明白中国世俗精神的。

“第五代导演”陈凯歌的第一部影片《黄土地》，是一个混合物，中国世俗精神里的主要构成物，悲，欢，离，合，《黄土地》里都有，质感也很强，但是这部电影很少有人看，在西方得奖也于事无补。我曾经特别到电影院里去看，观众有四个人。当电影中的男主角最后像佛一样出现在地平线上时，我大概明白了只有四个人看的一部分道理：女主角死了，可以救苦救难的“佛”来干甚么呢？尤其这个“佛”代表的是共产党，代表的是西方科学精神之一的马克思主义，没有让死人复活的神奇能力，它与中国的世俗要求是冲突的，令人讨厌的。这与中国世俗精神的自身净化的规格是不符合的。

所谓世俗，就是现世的。印度佛教的轮回的终极目的是如何脱离现实世界，中国把它改造为回到一个将来的好的现实世界，也就是说，现在不好，再被生出来，会好。这次赌输了，再开局，也许会赢，为甚么要离开赌场？释迦牟尼的原意是离开赌场。

所谓世俗的自我净化，就是用现实当中的现实来解决现实的问题。比如一个人死了，他或她的亲人痛哭不止，中国人的劝慰是：人死如灯灭，死了的就是死了，你哭坏了身体，以后怎么过？哭的人想通了，也就是净化之后，真的不哭了。天主教中的天堂，实在吸引不了中国人，在中国人看来，进天堂的意思就是永远回不到现世了。反而基督能为人治病，基督的复活，对中国人吸引力很大。原罪，中国人根本就怀疑，拒绝承认。

儒家传统里的忠、义，是对现实中的人忠和义。孝，是对老人现实生活的承担。仁，是尊重现实当中的一切人。贞，好像是要求妻子忠于死去的丈夫，其实是对现实中的肉欲生活的持久独占的哀求，因为是宋以后才塞进儒家传统的，与世俗精神有冲突，所以经常成为嘲笑的对象。悲，欢，离，合，悲和离是净化，以使人更看重欢与合。

这一切，都是中国世俗精神里自身净化的具体措施，自成系统，加不进东西了。你可以说这是落后的，保守的，但这是现实的。也正因为是现实的，所以中国近代唯一的思想家鲁迅最后是悲观的，失望的。鲁迅对青年都失去希望，这悲观真正是冷的。鲁迅反对读中国古书，但他晚年在病中只读中国古书，他说洋书太重，古书轻，躺在床上只能读中国古书，这悲观是无奈的。鲁迅死前写道，本来要学基督徒的宽恕，但想来想去，决定一个都不宽恕，这悲观是彻底的。

“第五代导演”中的张艺谋从他的第一部电影《红高粱》开始，就努力走向世俗，之后的《菊豆》《大红灯笼高高挂》，无一不是这种努力的结果，直到得威尼斯电影奖的《秋菊打官司》。这似乎是中国电影与中国世俗精神的再结合的高峰。

其实这很可能连开始都不是。

我上个月又看了一遍我收藏的中国二十年代的电影《神女》的录相带，为的是与《大红灯笼高高挂》做个比较。结果是无声的黑白的《神女》令我感动，而有声的彩色的《大红灯笼高高挂》令我疑惑，中国电影丧失了对中国世俗精神的直觉，在包装上游荡。

我们不妨做一个大概的比较。早期的中国电影，大部分是由直接为电影写的剧本而拍摄的，中国八十年代以来的电影，大部分是由小说改编的剧本而拍摄的。从世界的电影与文学的关系来说，这个比较可能没有意义，但我要说的是，中国当代电影以非常高的比例改编自文学，第一可能暗示出本世纪初电影借助戏曲的原始状态的循环，第二，透露出中国当代电影的原创力其实是软弱的。

由批判电影而引起的中国政治运动，或政治运动必然批判电影，四十年来一直不断，这是世界电影史上的奇观。

当我从这个角度检视八十年代末到现在的中国电影时，发现被中国电影批评忽视的一些电影，充满了中国（大陆）当代的世俗精神，例如由王朔的一系列小说改编的电影，它们由当代的世俗语言构成，其中的《顽主》是最完整顺畅的。从文学批评的角度来看，中国的先锋小说并没有完成对中国专制暴力语言的“颠覆”，它们是另立了一个语言系统。而例如像《顽主》这样的电影，充分使用了四十年来的政治语言，结果却是荒诞的，颠覆的。

我近年对中国电影的经验是，在西方得奖的中国电影缺乏中国的世俗精神（我的意思不是指它们不是中国电影），充满中国世俗精神的中国电影暂时还不会在西方得奖。不过有例外，比如台湾导演侯孝贤的《悲情城市》，也得了威尼斯电影奖，但这部电影没有多少西方人看，好像在证明我的说法有点道理。

（此文有删节）

［附］看电影不是我们的生活方式

程昕明：您怎么看这几年的大片热潮？

阿　城：看电影已经不是我们的生活方式。黑白电影时期是，“文革”以前，甚至到八十年代初期，看电影也还是我们的生活方式。现在大片成为事件，就像出了一个事大家要去看现场，好比一个人要从十楼往下跳，大家都跑过去看，从电影院出来都是看完现场以后的反应。

程昕明：是什么原因让电影不再是我们的生活方式了呢？

阿　城：电影就是个肤浅的东西，大家也就当它是个娱乐，如果你连肤浅的人性都做不到的话，那就没什么说的了。如果电影不娱乐，那个人最后没从十楼跳下来，大家就要骂街，就要继续娱乐，恶搞就是一种娱乐，于是就有了《一个馒头引发的血案》。

在美国，一部新片上映大家都会排着队去看。如果你周末没看一部电影可能周一上班的时候就被“开除”了。大家都在谈电影里的事，你搭不上话，只能装着有好多事

注：本文原刊于《明日风尚》，2006年第1期。

情好忙。

程昕明：您去看《夜宴》了吗？

阿　城：还没有，我一直在等DVD。我不愿意进电影院，设备太差，成本太高了，怎么可以一张电影票是吃一顿大餐的钱？太过分了！六十块钱一个人吃不完还可以打包啊！不可以这样。这种消费水平绝对是破坏生活方式的。

程昕明：您对当前中国电影的整体感觉如何？

阿　城：我对电影比较失望。每年都会做一些电影的事，谈剧本啊什么的，谈来谈去大家都在谈场面怎么拍或者是谈故事的扣儿，都不进入人。一听这个你就知道还不及格嘛！

程昕明：在《卧虎藏龙》里，您帮李安做剧本的整理，当时合作的情况怎么样？

阿　城：当时也没有沟通到人，这也是我比较失望的。李安要我整理对文化的一些看法，这个是非常危险的，因为电影是不能翻字典的艺术，等你查这是怎么回事的时候已经过去了，所以不应造成障碍。我们对文化应该有一个比较平实的了解，不能迷恋文化，我觉得迷恋的应该是人物。

程昕明：您认为《卧虎藏龙》是这股大片风潮的起源吗？

阿　城：李安没有把它拍成大片，就是一个正常制作，不过就是有些特技，不是大片。当时拍完了也就卖亚洲市场，美国都没想。它在美国传播途径是非常奇怪的，就是Chinatown的电影院放，中国小孩看完了回到家又要去看，家长就觉得很奇怪，什么烂片子你们要看两遍？然后就跟去看，看完也觉得不错，家长都在美国公司上班，说最近有部片子不错。然后外国人也去看，结果影片就从三级院线升到一级院线，在美国遍地开花，但最初的制片方针不是这样的，我认为那是一个意外。

程昕明：但是内地导演从中受到了启发。

阿　城：以为外国人要看武打，其实不是。李安拍什么他们就接着拍什么，这回砸了，李安拍同性恋，他们接不接这个？那就没办法了，翻回北京拍沙尘暴吧！

认真地说，李安之前在美国是一个小导演，但就是认认真真地拍人。到《断背山》成为一个大导演，然后投资信用就好了。这之前在经济上他一直很亏啊！

程昕明：除了李安导演，还有其他一些拍大片的导演找您参与创作吗？

阿　城：没有。那我只能坏事儿，因为我觉得大制作大场面没有什么太大意义。就像《甘地传》，当时也拍了一些大场面，但是到最后剪接的时候把这些场面全部都剪掉了，白拍。因为那个大场面对于表现甘地被刺的紧张程度不够，没有用。就是刺客在人群里挤来挤去，然后到前面一刀干掉，甘地慢慢坐到地上，够了！那个大场面对于表达这个人没有用。所以大场面不是救命稻草啊，大场面不一定是大事件。

程昕明：您觉得大制作是主流电影或者电影工业首要的环节吗？

阿　城：不是。大制作也是为了拍人，小制作也是为了拍人。所以在这个意义上大小制作没有太大的区别。现在我们的这几部大片钱都没有砸到人上，其实从剧本上就出问题了，那么这个钱怎么花呢？那就是场面。

都说好莱坞是为了市场拍电影，这是没错的。它是工业投资嘛！拍电影永远是风险投资。所以它必须考虑到，投那么多钱，要在首轮——一个星期之内收回，还得赚，才能继续投资。美国的制片人知道市场要看的是人，是因为片子里这个人让你感兴趣。

最大的商业因素是什么？是人。是看电影里这个人和其他人物的关系，这样大家都要去看，返场要看，市场就会被带动起来。

程昕明：能举一些例子吗？

阿　城：不用举例啊，所有都是这样做，逃不出这个。就是拍科幻片拍什么片都是这样。

程昕明：比如像《金刚》这样的大片也是这样？

阿　城：对，那是把它拟人化了。人是永远关心自己的那点事的。像库布里克的《2001太空漫游》，那是在写人啊！一个非常科技化、很冷酷的环境，最后一刹那你觉得那计算机是个人。

程昕明：您对《满城尽带黄金甲》还有期待吗？希望情况能好转？

阿　城：没有，这个不是一天觉悟的。这些导演都已经是老人，人生观、世界观都相当固定了，社会经验也相当固定了，不会（转变）的。

程昕明：在遭遇了这么多恶评之后您觉得导演们会醒悟过来，重新把重点放在人物身上吗？

阿　城：猜不到，主要我是觉得他们年岁大了之后，真的不是特别容易改。所以在这个意义上我希望看到年轻导演，希望他们一出手就走人物这条路。

程昕明：今年非常火的《疯狂的石头》让您看到希望了吗？

阿　城：那是另外一个问题，电影制作的生态问题，从制作上讲这样的片子应该有个一百多部，像冯小刚、宁浩这样的导演应该多，而不是一两个。多了以后这样的影片才有可能慢慢让观众回到影院，让看电影成为大家的生活方式之一。光靠大片形不成这个。等整个生态层稳定了，再有什么大场面，那就是过节，大家很高兴接受。只要形成这个生态，看电影是大家的生活方式之一，那什么事情都解决了，投资人也有信心了，不会到处去看这个是不是路子，把赌注放在一两部大片上。

程昕明：像贾樟柯这样的导演呢？

阿　城：贾樟柯拍弱势群体，这里有一个对人性认识的问题，就是人其实都是恶的，人本性是恶的。恶是动物性，弱势群体是暂时处于弱势，你给他机会他比你恶。以弱势群体为描写对象的时候要挺小心的，容易让人误会人不是恶的。

程昕明：性本善还是性本恶本来就有争议。

阿　城：这个其实没有什么好争的。我说的这个恶是动物性，动物性对动物来说无所谓。性本善是一个引导，善是后天，人之初绝对是恶的，人生下来就是动物，慢慢把他变成一个人，说人应该是善的。冷了就要穿衣服，饿了就要吃东西，要得到资源，人所有的故事就从这里出来了。当电影被赋予教育意义的时候，就说不能展示动物性，不能暴力、色情、对资源的占有等等。这是人性啊，不展示这个还得了！

程昕明：抛开电影中对人性的挖掘不说，在这些大片中您能看到中国传统的因素吗？

阿　城：这几年我老在讲，不妨再讲一次。文化是什么意思？文化就是人和人的关系是文的关系，而不是武的关系。这种文的关系要具体到各种行为细节当中去，这就是化。现在文化已经变成味精了，炒什么菜都撒一把。文化是非常明确的，是针对武化，武化在前，文化在后。文化是一个后天的约束，不能因为你强就把资源全部拿走了。为什么影片的故事里有危机？就是有个人要灭亡，武化到这个地步，怎么最后把他拯救出来。反映人性要深就是要深入他的动物性。很简单的事情，可惜中国导演就是不走这条路，就只要场面大。

程昕明：如果从长远的眼光去看，您怎么理解今天的这股大片浪潮？

阿　城：就是他们要挣钱，他们不关心看电影是不是生活方式。在美国，电影公司投出很多钱让电影成为生活方式。在中国，私营的力量做不到，那就应该政府做，如果两边都不做，那就是没有这种生活方式。

程昕明：有什么途径可以解决呢？

阿　城：一个国家的观众怎么会因为一两部电影拍得好就形成一种生活方式呢？不可能。我们必须像印度那样。我们看不到印度电影，它也不向我们出口，就是拍给本国老百姓看，就是歌舞片。在印度，不管什么样的人都会到电影院去看，如醉如痴。为什么离我们这么近的国家我们不学，倒要学很远的一个美国？只有我们才会强调：在海外已经卖得不亏了。哪有这样的，一定都是本国。本国市场就是中国最大，谁也比不上。

七天

今年年初，张北海从纽约打电话到洛杉矶来，问是否能帮忙改一部电影的剧本。我的习惯是朋友有忙要帮，先答应下来，再想办法，哪怕砸锅卖铁。我说，好。

之后就没有音讯了。我忽然想起另一个朋友说过，张北海喝酒喝到晚上十一点，说的话不要当真。对，我是晚上八点得到电话，算算时差，正是纽约十一点。但我是长年生活在靠朋友互相帮着才活下来的社会里，于是以常情处之，继续手上的小说。

四月，电话又来了，比较确实，修改时间是一个星期，而且有报酬。我笑了，因为想起在大陆我常是公共厕所，朋友急了，就跑来求得解决，因此甚么样的屁股都帮忙擦过。

于是坐飞机到纽约，望着下面廉价珠宝般的纽约灯火，想，一个星期，怕是没有时间再去看朋友了，也罢。

灯下第一次见到关锦鹏、马斯晨，都是做事情的好年纪，想起认识的香港朋友，也都是鲜鲜活活地忙，捉摸一下自己当年在大陆的这个年纪，苦一声惭愧。

阿关给了我剧本，很厚的一叠。我问，电影是多长时间？阿关说，九十分钟。我想，这么厚，起码是一百二十分钟的量，帮忙删吧。于是闲聊别的，下棋误不了砍头的工。阿关说，戏按原来的拍了一点，实在拍不下去，现在停了。我说，那就先看看拍了甚么罢，想办法用上。我明白，改拍不下去的剧本，常常等于从头做起，拍过的段落，常常是障碍，废掉为上策。但是，我帮的是阿关的忙，而不是我有忙要阿关帮。

第二天，看样片。难，已经把斯琴的角色的床戏都拍了，我心里虽然笑说结婚等不到晚上，但很认真地观察了男女角色在床上的动作。

我在大陆帮朋友改过一部，不是剧本，而是已拍了五分之四的样片，因为人事的关系不可能再拍下去的电影。斟酌的结果是，必须接成另外一种意义，才能完成一个故事。考验我的是必须利用样片上的口形另写台词。

阿关的样片让我看出信心来。第一，斯琴的面部表情另有所思。第二，男角的动作与常人正好相反，下身不动，上身起落，有遮蔽斯琴面部的时刻。改台词，此其时也。

晚上又在张北海家闲聊。见到美术指导阿潘，阿潘讲他设计这部彩色电影为黑白的效果。这使我想起意大利导演ANTONIONI 的*BLOW-UP*，我自己认为这部电影的颜色是多余的，如果不是安东尼奥尼用错了胶片，就是他本质上用黑白构成思考之一，但也许颜色可以安抚票房。我曾经建议张艺谋拍部黑白片，艺谋说，吴天明调查了，黑白片不能参加评奖。

晚上三个女主角也来了。我的观察，她们可以是出色的黑白人物，斯琴有丰富的灰调子，张艾嘉有肯定的线条，张曼玉有透明感。我很佩服阿潘，又很佩服阿关，他们要拍三个黑白感的女人在纽约的故事。纽约，是个没有颜色的城市，纽约的颜色是另外一种故事。柯一正也在这个戏里有角色。我是一九八六年夏天在香港结识柯一正，方育平带我到舒琪的拍摄现场去见侯孝贤，柯一正也在，他们串舒琪的戏里的两个角色。我在北京的时候，荣念曾有《童年往事》的录像带，我看后大为吃惊，心想，原来大师在台湾。我至今认为，大陆还没有导演可以和侯孝贤平起平坐，起码在电影叙述上。这也影响我在很长一段时间内，对整个台湾电影有误会，因为看不到。

现在我应该帮忙了。我下楼去看剧本，让需要帮忙的人们在楼上松弛。

剧本被覆印得像残碑拓片，字呈腐蚀状，不少地方需要猜测，但问题不在这里。

问题是，原作根本漫无节制。但问题也还不在这里，而是，中国三个不同地方的年轻女子同在纽约，何以看出是三个不同地方的中国女子？于是拿出带来的剪刀和浆糊，破土动工。张艾嘉的角色的弟弟完全剪掉，柯一正的角色改变为与原型相反的内敛性，结尾不再大团圆。从量上说，趋近九十分钟，从大结构上说，三个女人的故事是平行的，没有交叉。顺便的，解决了斯琴的床戏的性质。

两情相悦而上床，合情合理。问题是斯琴的角色的床戏是明媒正娶的结婚床戏，开镜就已经是高潮，比较棘手。斯琴的角色是一个刚来纽约和在美国生长的华裔青年结婚的大陆女子，把男女关系整理为不同文化社会的矛盾的过程，床戏也就成为生动的过程了，斯琴的另有所思也就有戏了。斯琴的角色与这个角色的丈夫的关系，除了互不理解，也有各自坚持的一面，故事没有结局，只展现过程。两个角色无所谓善恶，不过是由不同的生活形成的有他们各自的性格的人。当然，编写中斯琴的角色的背景原因丰富一些，以斯琴的表演能力，应该是应付裕如的。

我观察到张艾嘉笑的时候，有一些可以让观众理解为苦的表情。这决定了将她的角色改为一个闯纽约而还没成功的台湾女子。

张曼玉脱鞋打人的剧照已经上了纽约的报纸，让这个透明无羁的角色加上一点情感的历练，故事就迅速结束。

原作被根本改动的，是剧中三个女主角的故事互相没有联系了，她们聚到一起有点偶然。纽约大致就是这样一个城市，高楼大厦不是规划出来的，它们的建立带有偶然性，欧洲的城市显然不是这样形成的，因此同是西方人，欧洲人有时对纽约不以为然，即使美国人也觉得纽约不是一个典型的美国城市。除了每年的移民，纽约又大致是个流动人口的城市，你经常问或被问到去哪里如何走这种性质的问题。联合国总部设在纽约，是有象征意义的。纽约当然有互相认识而且关系很深的人，这似乎对没有关系的三个女人的故事是一个很好的质问。剧本里引用了一段英语课文：纽约人把纽约叫做大苹果，你问为甚么叫大苹果，回答是，为甚么不能叫大苹果？

我还写了个片头，让三个明星级的女主角分别在纽约不同地区的人群中闪过，观众会以为是自己遇到了熟人，刚想招呼，她们消失了。又重写了一个结尾，用上阿关偶然遇到下雪拍的三个女主角各自在街头走的样片，结束的时候，三个女人一起喝酒的瓶子空空地立在天台上，又是一个纽约的早晨。

我在后来写给阿关一个电影本事：

纽约，三个互相不认识的女人。

赵红，刚从中国大陆来到纽约，故事开始的时候，她和华裔青年汤马士结婚了。

黄雄屏，从中国台湾来到纽约好几年了，故事开始的时候，作为汤马士的朋友，在婚宴上认识了赵红。

李凤娇，从香港移民纽约，几乎在故事开始的时候，她去催讨房客欠了许久的租金，遇到房客的同居女友黄雄屏。

学了戏剧而在纽约很难演上戏的黄雄屏陪丈夫很忙而觉得无聊的赵红去吃饭，饭店的领班，是李凤娇。

三个女主角，来自三个很不相同的华人地区的三个女人，就这么认识了，但像生活一样，她们的故事是各自的。

李凤娇，有着香港人的果断，可是当她爱上一个男人的时候，一个爱她的女人使她痛苦了。

黄雄屏，周转于各个男友和各种应试，她对生活有调侃的智慧，也有愤怒，当她父亲虚伪的时候。

赵红，还不能适应纽约，她与大陆中国的苦难相联，所以当她要把母亲接来的时候，汤马士不理解有甚么必要。

当她们聚到一起的时候，像纽约千千万万的人一样，心里各自有不知如何告诉别人的故事。

纽约，不到一个星期，三个聚过三次的女人。

对原作做根本性的删改，当然失去原作的某些精彩处，没甚么可惜，艺术常是由减法造成的，所谓二减一等于三。

我的一个朋友睡不着觉的时候，就打开收音机听他不懂的语言的广播，三分钟可以入睡，比数数管用。我没有睡不着的习惯，所以把这个方法另外使用：听我不懂的语言的广播想事情，既不影响思维，又能让你觉得有甚么在刺激你。我住的房间有一个收音机，但不能听，因为张北海夫妇的卧房，几乎就在隔壁。

这间小屋还有一点在我的经验之外。它只有一扇窗，面对的是一个狭而高的楼间天井。我是干活不看表的人，所以当我感叹纽约安静而漫长的夜晚时，外面其实已经上午了。张北海的太太操持早餐准备上班，我还以为是在搞宵夜。

我在写作上最感激美国的是，工作之后，可以洗澡。这个大感激也就是我对中国假如实现共产主义的希望之一。我洗了一个澡。

我把改好的百纳本交给阿关。因为涂去很多，后来张艾嘉说，我的一句台词看了半句，要找好久才找到下半句喔！在这种急迫的时候，应该雇个抄写员，雇是要钱的，这应该是老板的事了。

阿关和阿潘认真地提了许多意见。我不会讲粤语，只好请阿潘讲国语。这不礼貌，但我来不及学广东话了。

阿潘有一个非常明确的标准，就是，故事是不是像树的枝条那样生出来的。朴素而且严格。阿潘困难的一字一顿的质询，令我很感动。我突然想到大陆的电影审查官员如果是这样的性质，那我也许有拥护审查制度的可能。

第一个百纳本之后的修改，就是在这样的情况下完成的。灯罩下，常常有长时间的沉默。我有时马上重写一场，递给阿关和阿潘的时候，会笑起来，因为我想起电影*AMADEUS* 里SALIERI为垂死的MOZART记录安魂曲，兴奋而紧张地双手递谱纸给天才的那场戏。

阿关还对背景台词有要求，他说以往拍摄的时候，背景演员没有台词，就愣着。写有用的废话正是我的拿手好戏，我亦认为背景台词是拓展戏剧空间的因素。阿关和阿潘的认真，令我看到香港电影的另一面。

在飞回洛杉矶的无聊时刻，我想起大陆的电影。大陆曾经是拍电影的乐园，不必担心票房，花钱少的大场面，众多训练有素的演员，触及政治就像床戏一样有吸引力，于是我从艺术方面怀疑许多人因此而懒惰。

家家都有要认真念的经。

一九八九年

且说侯孝贤

七十年代末，我从乡下返回城里。在乡下的十年真是快，快得像压缩饼干，可是站在北京，痴愣愣竟觉得自行车风驰电掣，久久不敢过街。又喜欢看警察，十年没见过这种人了，好新鲜。尚记得十年前迁户口上山下乡，三龙路派出所的户籍警左右看看，说：“想好喽，迁出去可就迁不回来啦！”我亦看看左右。八〇年，开始厌警察，朋友指导我说这才有个北京人的样子嘛。路何漫漫，接着虚心接受城里人的再教育罢。另一种回到城里的感觉是慌慌张张看电影。北京好像随时都在放“内部电影”，防不胜防，突然就有消息，哪个哪个地方几点几点放甚么电影，有一张票，门口儿见。慌慌张张骑车，风驰电掣，门口人头攒动，贼一样地寻人，接到票后窃喜，挤进门去。灯光暗下来，于是把左腿叠过右腿，或者把右腿放到左腿上，很高兴地想，原来小的在乡下种地，北京人猫在“内部”看电影呀。

慌慌张张的结果是看了不少愚蠢的中外电影，心理学

注：本文原刊于《今天》，1992年第2期。

的逻辑认为“被诱惑”不成立。想想自己，有道理，应该不会“被电影愚蠢”，而是我愚蠢。但聪明人之多，使八十年代初五年大陆文艺热闹非凡。文艺人将政治通于“商业广告”，凡触政治大小忌，必沸沸扬扬。也难怪，几十年下来，文艺人都兼精政治，只是闪避和手眼通天的区别。京中会议讲演繁多，小道消息惊心动魄，无数天才乃至各种主义直至特异功能，轮番淘汰。没有快刀斩乱麻的本事，只好一个晚上都是梦。

一九八六年春，由拍了《黄土地》而声名大噪的凯歌介绍荣念曾给我认识。这荣念曾甚是谦谦，骨子里却侠，我因下面一件事总要感谢他。

一天荣念曾邀我去他那里，说录了几个东西，值得看看。荣念曾住北京西郊友谊宾馆，是个有警察把守的地界，我骑自行车去，自然被叱下来，在小屋里盘问许久。

找到了荣念曾，五十年代曾经是苏联人住的单元里有一架日本电视机，还有一部SONY录像机。荣念曾把一盒录像带放进录像机里，一会儿，影像开始出现了。初时我倒不在意，因为北京流传各种录像带，又常会碰到十几人屏声静气地看妖精打架，带子翻录的次数过多，成年男女妖精真成绿的了。

厂标之后是创作人员，导演侯孝贤等等，都规规矩矩。我还记得第一个画面是门柱上钉块小木牌，楷书“高雄县政府宿舍”，开始有画外音，好像是个男人揉着眼睛自言自语。我很喜欢这种似乎是无意间听到的感觉，有如在乡下歇晌，懵懵然听到甚么人漫声漫气，听也可，非听亦可，不必正襟。

画面也像是无意间瞥到的，我于是危坐，好像等到了甚么。阿哈赢得玻璃弹子，将它们自以为稳妥地藏在树下，回去被母亲问是不是拿了家里的钱，犟嘴，被母亲打，直接转回树下，玻璃弹子统没有了，母亲用蒲扇打阿哈的小腿，阿哈跳来跳去，远处祖母坐人力车回来了，于是一家人走过去。摄影机并没有殷勤地推拉摇移。

我心里惨叫一声：这导演是在创造“素读”嘛！苦也，我说在北京这几年怎么总是于心戚戚，大师原来在台湾。于是问道侯孝贤何许人，荣念曾答了，我却没有记清，因为耳逐目随，须臾不能离开荧幕。

从来没有看到过拍得这么好的少年人打架。人奔过来，街边的老头依然扳着腿吃食，人又奔过去，转过街角，消失，复出现，少年人的精力，就是这样借口良多，毫不吝啬。挥霍之中，又烦愁种种，弹指间就嘴上长毛。第一次遗精，用手沾来闻，慌慌的。父亲死了，守夜时听鬼故事。母亲死去，哭得令哥哥奇怪地瞄一眼。人就是这么奇怪地长大了，渐悟世理。而明白之后，能再素面少年时的莫明其妙，非有特殊的品性。

在此之前，我看过特吕佛（F.Truffaut）的《四百下》（*Les Quatre Cents Coups*），好像只是用铅笔在纸上擦来擦去，一个电影就拍完了。当时也是打听这特吕佛何许人，说是法国人，于是铭记在心。后来在香港得陆离送的一薄本楚浮专集，才知道楚浮即是大陆译成特吕佛的，《四百击》译为《四百下》，但我喜欢楚浮这译名。

看完《童年往事》我大概有些颠颠倒倒，荣念曾在一旁请人一顿好饭似的微笑着。看另外一盒现代舞蹈时，凯歌来了。凯歌拍完《黄土地》后，正在筹拍《孩子王》，我怕干扰他，言明绝不参与，但还是忍不住用《童年往事》暗示了一番。凯歌到底强悍，不受影响，拍成自己样式的电影，顺便用镜头将《棋王》《树王》也轻轻扫荡了，自有幽默在，令我思省当初用暗示干涉创作自由的滥好心。

一九八六年夏天，我在香港留了一个月。一日方育平来，说侯孝贤这两天在香港客串舒琪的《老娘够骚》，愿意的话，去看看。当然愿意，并促快走，方育平说，要到晚上啦。

方育平开车，走了很久。香港地方小，走那么久，无疑是我错觉所致。那时海峡两岸还在神经过敏抽筋时期，所以方让我候在路旁，他唤侯孝贤出来。当夜无月，又不在城里，黑暗中点了支烟，老老实实地吸，一会儿，方育平引侯孝贤、柯一正来，握手，与侯孝贤的第一面竟是看不清面目。互相问候，我当下即辨出《童年往事》的画外音就是孝贤的声音。

到得亮处，孝贤是小个子，直细的头发扇在头上，眼睛亮，有血丝，精力透支又随时有精力。孝贤很温和，但我晓得民间镇得住场面的常常是小个子，好像四川的出了人命，魁伟且相貌堂堂者分开众人，出来的袍哥却个子小，三言两语就把事情摆平了。

孝贤提到他想拍《孩子王》，令我一惊，其实大喜，继之无奈，告诉孝贤凯歌已经着手了。

在香港只得惊鸿一瞥。后来孝贤托人带到北京一盒牛肉干，儿子立刻拿了几大块到街上与邻居小孩分吃，不一会儿即进来再要，说，隔壁小军他们喜欢吃，我说，告诉他们，你爸爸也喜欢吃。

第二次见面是当年九月在纽约，林肯中心放孝贤的《童年往事》，胶片的，也就是真迹，于是赶去看。在门口会到孝贤，焦雄屏用我的相机拍张照片，洗出来是模糊的，类似夏阳笔下照相写实主义的闪过的人影。后来去张北海家聚，拍的几张，亦是模糊的。我寻思这侯孝贤果然厉害，有他在镜头里，大家就都不清不楚的。

这之后的收获是谭敏送的孝贤的《恋恋风尘》与《风柜来的人》的翻录带。住在丹青家，两个人点了烟细细地看这两部题目无甚出奇的片子，随看随喜。完毕之后，丹青煎了咖啡，边啜边聊，谈谈，又去放了带子再看，仍是随看随喜。之后数日话题就是孝贤的电影，虽然也去苏荷逛逛画廊，中城看看博物馆，买买唱片寻寻旧书，纽约亦只像居处的一张席子，与话题无关。

《恋恋风尘》与《风柜来的人》，都有一个难写处，即少年人的“情”。民国之后，动辄讲“大时代”，到底也有过几回大境遇。不料这“大”到了艺术中，常常只僵在一个“大”上，甚或耻于“不大”，结果尾大不得掉之。

不妨随手摘录些耳熟能详的日常用语：大跃进，大扫除，大鸣大放大字报；大团结，大锅饭，大大低估了；大丰收（该词难解在“丰”收难道会是“小”的吗？），大检查，“文化大革命”；党内最大的走资派，大多数是好的；大兵团作战，大大推动了，三大法宝；大讲特讲，社会主义大家庭，大是大非；大公无私，大无畏的无产阶级革命精神……比较下来，大头针，大写字母，大肠杆菌，实在无颜称“大”。

八五年在上海与朋友闲扯，其中一个女作家忽然恐惑起来，说，北方人有黄河可写，我们上海人怎么办？我只好苦笑，安慰说上海不是在长江的入海口嘛。还记得一个颇有名气的画家朋友翻看洋文画册，终于不解地合上画，叹道，都说是大画家，怎么老画些小苹果儿？我倒喜欢他大话说得老老实实。

终于弄得头大，青光眼，常用胸呼吸，小腹退化。几次看别人拍电影，都是打板后，没人叮嘱，演员们却个个微微把肩吸高了。后来学得一个“没有表演的表演”，又卖力去表演“没有表演”，浓妆淡抹总不相宜。但这些常常被自用一个“风格”来圆场，观众当然明白那骨子里是“不明就里”四个常用字。中国三四十年代的电影，一路好好的，结尾忽然说起大话来，处在当时，可能有彩头，时过境迁，只觉得像细细吃面忽然打嗝。

转回来说这个“情”，焉能不大？即使大，亦是大有大的用法。看《甘地传》暗杀一场，上百万人的场面，几闪而过，类似大鼓只敲了三两下，毫不痛惜投资。苏轼写《赤壁怀古》似倾盆大雨，中间却撑出一柄伞，说，“小乔初嫁了”。中国文章中的大，总是与史与兴亡有关，诗亦是这样，可中国没有史诗，只称诗史，甚么道理？说“诗言志”，翻看下来，诗还是言情的多。写“情”这个东西，诗词中讲究起于“象”。辛弃疾“醉里挑灯看剑”，壮志难酬，写来却实在得有灯有剑。大归大，仰之弥高且虚，脖子酸了，起码要腹诽的。

但少年人的“情”之难写，还不在此，而是挥霍却不知是挥霍，爱惜而无经验爱惜。好像河边自家的果子，以为随时可取，可怜果子竟落水漂走。又如家中坐久了的木凳，却忽然遍寻不着。老年了才恭恭敬敬地晒太阳，其实那东西与少年时有何不同？而最要命的是那种劝也白搭的伤感；或者相反，阳刚得像广东人说的“死鸡撑锅盖”。

《风柜来的人》片名中性，《恋恋风尘》我初见时略有担心，一路下来，却收拾得好，结尾阿远穿了阿云以前做的短袖衫退伍归家，看母亲缩脚举手卧睡，出去与祖父扯谈稼穑，少年历得风尘，倒像一树的青果子，夜来风雨，正担心着，晓来望去却忽然有些熟了，于是感激。

《风柜来的人》以少年挥霍为始（挥霍永远有现代感），忽然就有尴尬的沉静，因为尴尬，所以还时时会暴躁，这暴躁并非不纯，原来质感就是这样的。

《童年往事》倒是有了不同成长时期的过程，但并非以童年为因，少年青年为果，而是一个状态联一个状态。中国诗的构成恰恰是这样的，我想中国章回小说的连缀构成，可能有中国诗的“基因”影响。中国诗有一个特点是意不在行为，起码是不求行为的完整，这恐怕是中国诗不产生史诗的重要原因罢。孝贤的导演剪接意识是每段有行为的整体质感，各段间的逻辑却是中国诗句的并列法，就像“两个黄鹂鸣翠柳，一行白鹭上青天，窗含西岭千秋雪，门泊东吴万里船”这四句，它们之间有甚么必然的因果关系吗？没有，却“没有”出个整体来。孝贤的电影语法是中国诗，此所以孝贤的电影无疑是中国电影，认真讲，他又是第一人，且到现在为止似乎还没有第二个中国导演这样拍电影。贝托鲁奇《末代皇帝》，再怎么用中国人，由语法即是西方电影。我也因此似乎明白了八十年代初大陆兴过一阵无情节电影而终隔一层的道理。

说孝贤的电影语法是中国诗，很多人都已经看出，但执这种语法类型就是好，需再申说，因为类型还只是分别。中国早期电影的语法显然有美国好莱坞电影的语法，亦有声有色。另有几部的拍法则据说先于意大利新现实主义，其实是西方诗和东方诗的混合，本来已经有了一种成为经典的可能出来，例如费穆的《小城之春》，张爱玲的《太太万岁》，石挥的《我这一辈子》，但都因似乎与夺取天下的大时代无关而被批判遗弃。之后是大陆全盘苏化。我小时恨上课，游逛时劈面望见苏联影片《爱莲娜，回家去！》三层楼高的广告，吓了一跳，以为要发起整顿逃学的运动。看了《库图佐夫》的剧照后，不服气水浒一百单八将竟没有一条好汉是独眼龙。五十年代中有过一阵意大利新现实主义的小影响，结果是由留苏的成荫拍《上海姑娘》，名为展示留苏回来的成果。中苏政治反目后，电影亦反目，结果是不动声色地好莱坞语法成为御用语法，一直到江青用好莱坞传统细细监修完毕八个样板戏。好莱坞就好莱坞，只要百姓有娱乐，苦累得忒狠，九十分钟的梦不无小补，电影刚在法国发明出来时也是一种杂耍。谢晋亦是继承好莱坞，把玩得炉火纯青，朝野称善。这一脉香火，庙正多，只有认认真真续下去的问题。

用各种语法去拍，都有可能是好电影，问题是除了苦学勤问都可得到的“智”，谁有“慧”？大概是命，石头里蹦出个猢狲，台湾出了个侯孝贤。尽可以用各种流派去比量孝贤的电影，尽可以用孝贤去串联小津、费里尼甚至安东尼奥尼等，孝贤的电影都是自成智慧的。大师之间，只有尊敬，真理的对面，还是真理，无小人戚戚。这恐怕是我敬孝贤的基本道理罢。至于申说孝贤的电影与中国诗的关系，讲得精彩的还是朱天文在《悲情城市》一书里的“十三”问，我当知趣就此煞住。

我真糊涂，竟然没有想到孝贤是不是应该拍大题材电影。直到孝贤带《悲情城市》到洛杉矶首映（究竟是甚么“映”，我一直没有搞清楚，姑且“首映”），我才发现赫然有了一棵大树。

八九年冬，说洛杉矶有冬，无异“为赋新词强说愁”，孝贤由纽约沿路过来，一行还有朱天文、吴念真、舒琪。吴念真半路走了，我心仪甚久，却无缘识面。

放电影的前一晚，卢非易一车将他们载来，我却正在洗手间，听得外面车门关得砰砰响，心里着急。出来相见，孝贤还是那个孝贤，一棵大树瞒得严严实实。朱天文却令我一惊，小个子，话不多，渺目烟视。孝贤的几部好片都有朱天文编剧，其才已是侯孝贤电影的构成之一。天文离洛杉矶时送我她的书，当夜即读，甚是敬佩，此处不表。

第二天去西好莱坞看《悲情城市》，映前不免是礼服晃动，酒食随取的老套，顿生无聊之心，想，孝贤的电影在此地演，若错，会在误上。

果然，映后的现场座谈，只有散落的十数人，听问者的英语，都带口音，心下释然，笑道礼服们散去得有道理，片中那样庞杂的血缘关系，简直是考美国人心算。意大利人对家族关系的理解真是一流的，《悲情城市》得威尼斯大奖有道理。

《悲情城市》令我想到贝托鲁奇的《1900》。《1900》有历史的美和因无奈于历史而流露的嘲弄之美，其结构是“历史”中的“历”，“史”反而是对“历”的观念，贝托鲁奇以二者完成其审美的质量，但许多人不也是这样做的吗？所以《1900》的好处在钟情于角色的生长质感而惑于观念对生长环境的价值判断，无论角色的还是导演的。孝贤的《悲情城市》其实不当拿来类比。《悲情城市》被喧闹于历史，我认为那是正常的商业手段。《悲情城市》是伐大树倒，令你看断面，却又不是让你数年轮以明其大，只是使你触摸这断面的质感，以悟其根系绵延，风霜雨雪，皆有影响，不免伤残，又皆渡得过，滋生新鲜。《童年往事》其实已是大片规模，但人都作小片看，一个人从小长到知情知爱，其艰难不亚于社会的几次革命，之间随时有生灭，皆偶然与不可知。片尾兄弟几个呆看人收拾死去的祖母，青春竟可以是“法相庄严”，生死相照，却不涉民族人性的聒噪，真是好得历历在目在心。埃托莱·斯柯拉（Ettore Scola）的电影《家族》（*La Famiglia*）纵八十年，横五代凡数十人，看完却惊异完全没有外景如有外景及戏剧功力之举重若轻、举轻若重。我常以为法国人意大利人天生会用电影说话，孝贤则使我同样看他的电影。

《悲情城市》有一点极难拿捏，就是有关知识分子。知识分子不易描实，因为这种人常示人以思想，转述他们的思想，搞不好就让人误以为是创作者的思想。孝贤以前的作品里还没有出现过这么多的知识分子甚至有关他们的命运，这一次陷阱得以渡过，是孝贤拍“天意”，以“自然法则”出入，是以知识分子展现为现象，“自然法则底下人们的活动”。由此反观回去，孝贤的电影美学其实一向如此，照说本不该对孝贤有“大题材”、“小题材”的要求。这种要求，如果不是投资者的广告手段，就是某某分子自作多情的褊狭。中国大陆电影受“大题材”之误，其实已到了甘心情愿的地步，又常常是哲学之狼披上庶民的外衣，狗嘴里偏吐出象牙来，观众不傻，当然将“悲剧”作“喜剧”看。我若滥好心，倒可以拿大陆的例子来劝孝贤，可孝贤在这方面是“免疫”的。所以我指《悲情城市》为大树，是指人物关系庞杂，却自然生长为树。

所以这“历”这“史”，才来得活，来得泼。其中各色人等，若大风起，不同树木，翻转姿态各异，却无不在风向里。小角色妄得一个“风”字，大师只恣意写树。

孝贤的难学也在这里，看就是了。这类东西尽可以分析，尽可以研究，但生猛海鲜常可轻易摆脱抽象之网。此，也是我认为的孝贤的好，自己总是再看一遍又不同一遍。细想到几年的交往，孝贤原来没有说过几句话，倒是我尽在聒噪，悔得躲在床上学曾子三省吾身揪头发。

孝贤他们那晚在我屋里坐，真是天地不仁，温度几近于零。我心里甚替天意过意不去，大家却聊得好。终于又是离开，孝贤他们走到院子里，打开车门，进去，车发动了。因院子里路不得回转，车打亮灯后，倒行出去，让人觉得告辞像一段影片倒放。

其实是不可能再正放了，孝贤他们此去，返回台湾，还有下一部影片要做。我看着一行人离去，如我每次看孝贤的片子之后一样，心中只有感激。

（此文有删节）

［附1］关于电影《刺客聂隐娘》之一

记　者：从老友的角度，您怎么看侯孝贤在这个时候想要拍聂隐娘这个题材？

阿　城：不是想要拍，而是在这个时候想要放映吧？听说要放了。

记　者：从作家的角度，您怎么看待那个短小精悍的短篇小说《聂隐娘》？在您看来聂隐娘这个人物真正的趣味点、故事性在哪里。

阿　城：应该是野史、传闻加想象吧。重要的是想象，也就是文字的作者是怎么想象的。没有真正的趣味点，只有你想用哪一点来引领故事。聂隐娘中的隐，是一种技能，也就是日本的忍者的忍术，可以译成“女忍者聂”。这个隐字是可以做揭示性格的文章的。

记　者：您对于“武侠”电影是否有自己独到的关注，您怎么看华语导演每个人都有个“武侠梦”的说法？

阿　城：武侠电影是画鬼容易画牛难中的那个画鬼。华语导演都有武侠梦？为什么？

注：此篇为《三联生活周刊》记者采访，2015年7月。

记　者：您怎么看中国人的武侠情结，这种武侠梦江湖情和我们的历史和当下是如何照应的。

阿　城：武侠无非是有超现实的能力，对现实无奈的人当然希望有超能力这回事。

记　者：在海盟先生的文字里，整个剧本创作的过程中您与侯孝贤导演的合作如“二羊角抵”，是否真如海盟先生所描述的那样您与侯导的思路上如此南辕北辙，您怎么看待这样碰撞激烈的合作过程？

阿　城：我屡次强调电影是导演的，所以不会有什么编剧和导演的激烈碰撞，尤其是和侯导这样的多年朋友。侯导的兴奋点常常会转移，编剧无非是根据导演的兴奋点的转移，不断重新结构剧本，想想看，这个电影从开始编剧到拍摄完成，有十年之久。年初的时候，侯导还打电话来问古代全城戒严的细节。严格来说，我应该算是一种顾问，还有天文和海盟呢。导演中心制的电影制作是不会有激烈碰撞的，导演说了算；制片人中心制的电影制作也不会有激烈碰撞，因为那种电影是制片人的电影，制片人说了算。我自己很好奇美国的柯恩兄弟在电影制作时是怎么做的，我很喜欢他们的电影。

记　者：无论您，或者侯孝贤导演，以各自的生活、创作阅历，似乎也没有一定之必要通过与人相争而完成作品，您怎么看与侯孝贤导演工作的价值所在？

阿　城：你说的对。有幸能够和侯孝贤导演工作，是很幸运的。侯导为人非常诚恳，是很少有的那种可以性命相托的人，他这种人就像他的电影，现在很少有啦，希望大家珍重他的电影。

记　者：您曾撰文细叙与侯孝贤导演的几次相遇，更对侯孝贤电影作品如数家珍，总的说来，您所最看重的侯孝贤电影特质是?

阿　城：侯导的电影特质是对人的性格的洞察，把握住性格在现实命运中的沉浮，土耳其导演希兰也有这样的特质。在诗性上，侯导和伊朗导演阿巴斯是一伙儿的。

［附2］关于电影《刺客聂隐娘》之二

记　者：《聂隐娘》的故事是侯孝贤导演的念头么？如果是，他是否有花一些时间，或者有一些理由说服您去进入这个故事？这个唐传奇最打动您的地方是什么？跟侯孝贤的点是否有差别？

阿　城：是。没有什么说不说服，侯导一直想拍唐传奇，十几年前就开始和他聊了，大概是二○○五年的时候，侯导确定拍《聂隐娘》。我一向对题材和故事无所谓，一个很糟糕的故事也可以处理得很好啊。

记　者：侯孝贤导演一直强调，拍这个电影其实还是还原生活，只不过是发生在唐朝而已。对于这种观点，您是很熟悉的对吧，即使在外界看来是武侠片，侯孝贤的风格没有变化。您怎么评价他的坚持？

阿　城：外人会说坚持，在他来说，就是那样，改不了。坚持是说会犹豫，侯导不犹豫的。

记　者：您觉得侯孝贤导演固执吗？

阿　城：坚持就是固执吧？

注：此篇为新浪网记者采访，2015年7月。

记　者：我看过您之前写过关于侯孝贤的文章，是“有文，有趣，有识”，这篇文章写的比较早，这些年合作下来，这个评价有变化么？有没有新增加的内容？

阿　城：没有。

记　者：采访过舒淇小姐，她说自己有点怕侯孝贤导演，也有不少人说侯孝贤是一个让人敬畏的人。您有这种感觉吗？如果有，您觉得这种感觉的来源是什么？

阿　城：没有。侯导是非常诚恳的人。侯导从来不对演员发脾气，拍摄不顺利，就到另外的地方以手击墙，掌骨断过，还有就是把手表震坏了，情绪平复了，出来接着再拍。演员都不知道导演出去干什么了。

记　者：您能透露一下，您和朱天文老师，包括更年轻的谢海盟，侯孝贤导演在《聂隐娘》剧本创作的分工，或者各自的作用。

阿　城：我更像顾问吧，年初的时候侯导还打电话来问古代全城戒严的细节。天文和海盟协助侯导做了更多的工作。

记　者：谢海盟接受媒体访问说，您在剧本中创作的某些精彩是侯孝贤导演拍不出来的，能具体说说吗？您有哪些比较特别的设计，最终很遗憾没有拍出来？

阿　城：我没有遗憾。电影是导演的，导演的思路转移了，编剧就随之重新结构，如此而已。

记　者：您更让大家熟悉的是作家身份，自有一套写文章的风格，很难被模仿。这一点倒是跟侯孝贤导演的风格很吻合。如果说侯孝贤算您的知音，您觉得这种评价客观吗？

阿　城：侯导和我聊过，沈从文对他的影响很大，以至使他明确了自己的方向。所以侯导是沈从文的知音，虽然他们没有见过面。侯导长我两岁，一直对我有照顾，我是铭记在心的。

记　者：《聂隐娘》出现的电影环境可能很尴尬，票房、IP、大数据都是更被讨论的话题。像侯孝贤这样的创作方式是很难被复制的，您是否觉得这种方式是快要被淘汰的，是不太符合现在的市场和电影工业的？

您觉得侯孝贤导演有没有被现在的环境影响过创作心态？

阿　城：中国市场太趋利，这话有逻辑错误，市场就是趋利的，但我强调的是“太”。侯导的电影如果被中国市场淘汰了，历史会说话的。侯导是很强悍的人，你放心。

记　者：看过您一篇写父亲的文章，很感人。我在看《聂隐娘》的时候还特别注意到倪大红扮演的聂父戏份，我会联想到一些父亲的形象。

您觉得侯孝贤在拍《聂隐娘》有没有投射到自己的一些对人生的感悟。

阿　城：侯导的电影从来都是投射这些的，没有变过。

记　者：跟侯孝贤导演认识那么多年，您曾用倚马立就来形容朱天文老师跟导演的合作关系。那您和侯孝贤的关系呢，不管是作为创作者的合作，还是朋友关系？

阿　城：刚才说了，是顾问，是被照顾的朋友。

记　者：您印象中，生活中的导演最喜欢做的事情是什么？喝酒？唱卡拉OK？

阿　城：侯导唱歌非常非常好，很惊人，出过CD。侯导如果不拍电影而是唱歌，大多数歌手恐怕很难混了，我是指大陆、港、台的全算上。

记　者：您和侯孝贤有过争执么？还记得是什么事情？如果有这种情况，你们是怎么解决的？

阿　城：从来没有。我的优点就是素听，不带成见地听别人在讲什么。

记　者：从您的角度，您觉得侯孝贤导演有没有苦闷和脆弱的地方？

阿　城：侯导是见不得有人受苦。

《今天》杂志“当代华语电影现象专辑”编者按

一九九一年七月，《今天》的部分编委在美国爱荷华城开了一个会，决定在《今天》上开设“专辑”。去芝加哥的路上，大家在密西西比河边停留。密西西比河水量充沛样子温和，有地久天长的气度，任何期刊的稿源若同此河，即可养尊处优。但本期“当代华语电影现象专辑”，由于《今天》一直是个诗歌文学刊物，所以在电影方面无尊可养亦无优可处，只好老老实实向各方请教。

首先香港的三个影评人中舒琪、李焯桃即回音说忙，无暇写，抱歉。石琪则忙得连回音都没有。好在九一年底纽约的一个读书会要讨论一次香港电影，于是请求发表记录。

台湾影评人焦雄屏答应了，耽心临了她因为忙而不及写，于是又约了卢非易写。同时，打算用朱天文的《〈悲情城市〉十三问》。《今天》没有用发表过的文章的先例，但希望能体会违例的道理。

中国大陆方面，只北京有三个人愿意寄稿来发表在《今天》的“电影专辑”里。

当时约的还有美国纽约的张家？（作者已记不清完整人名）、余刚，洛杉矶的顾晓阳，芝加哥的RICHARD BUCHANAN，日本的刈间文俊和在美国访问的李陀。

计划中有电影创作者的陈述，但遍约港、台、大陆不果，也只好这样了。

约稿如约“影”，发稿时“人”若不到，则连“影”亦没有，总不成写个“编者按”说约过谁谁谁了，可惜大家没有寄来遂无专辑等等，因此感谢各位作者寄来稿件。

这次本不打算编一个“电影理论专辑”，当然其中有理论的文章，计划的是“电影现象专辑”，理论算现象之一，其他还有实录，人物，交流，资料等等，对当代华语电影有兴趣者，可各取所需。

一九九一年秋

繁华因缘

若谈电影《海上花》的影像，不妨从上海开埠说起。话好像会说得很长，其实不，才百多年。十九世纪中叶，英帝国对清帝国的鸦片战争之后，上海成为通商口岸，设租界地，这个长江口附近的小县于是成了个国际码头。

不过初初也只是个码头而已。清朝初定时，因为郑成功的到底不归顺，于是有封海疆的措施，生怕郑氏在南洋的势力来犯。因此我们看清帝国两百多年，有陆地疆域的扩张，全无海洋的武功。鸦片战争，本质之一是清帝国全不懂海，于是在海的问题上一败涂地（没有类似“一败涂海”的成语），而且一路败下来，终于是逊掉了。

上海的开始繁华，大约从太平天国攻打江浙开始，农业中产阶级避难，涌入上海。这些难民到上海的时候，腰里是有钱的，并非瘪三。租界看到这一点，于是迅速建筑大量石库门房屋，或卖或租。石库门在里弄里，里弄口则有可封锁的大门，若暴乱真的侵入上海，里弄口封锁起来，一弄的石库门都是安全的。若里弄守不住，每个石库

注：本文是作者为黄文英、曹智伟《海上繁华录：海上花的影像美感》一书所作的序，台湾远流出版公司，1999年。

门也是墙高门固，很能抵挡一阵。对于难民来说，这种大堡垒套小堡垒的安全设计，真是惊魂的归宿，焉有不买之理？至此，上海的格局，基本是洋商的独立屋，但有租界的界栏和军事力量保护；联成网的堡垒石库门，住大清难民。我们知道，房地产的兴衰，是一地的经济发展指标，料不到的是，房地产并没有吸尽难民们的资金，大量的资金迅即投入到商业的其他领域，一个码头实实在在要繁华了。

我们还知道的是，小到一个店铺，也要有足够的人手，才兜得转。这就显出苏北、皖南常闹灾荒的“好处”来了，空着两手的灾民带得一身筋骨进入上海，劳动力的问题解决了。至今上海人言谈话语中还是看不起“江北人”，这“江北人”即是历史上不断进入上海的灾民。

江浙人带来了江浙菜。场面菜由扬州、苏州传来，此前扬州因盐商的场面应酬，着实制造了宴席的花样，普通的一个碎肉丸子，也要讨彩头称为“红烧狮子头”，点心则是苏式的好，其他的刁钻，至今我们还在饭馆里吃得到。腌咸干臭则由浙江传入，实惠入味，家常必备。前些年兴起的上海“本帮菜”，其实是码头苦力、江浙下层劳力的日常口食，取其家常即好，搞到崇拜就过分了。

至此，十九世纪后半叶，上海的世俗规模有了。于是，可以谈一谈其中的“性”了，也就是“海上”的“花”们了。

上海租界的妓女们，有个特点，我们现在也许注意不到，就是“犯禁”。犯什么禁呢？她们可以穿黄颜色的服饰，衣服器具上可以有龙凤的图案，这两样本是皇家独享，民间禁用的。在中国大陆，凡见到庙顶覆黄瓦，例如杭州灵隐寺，必是皇帝特许过。民间用黄，只有黄金一项，因为它本来就是黄的，总不能再涂成蓝的什么的。翠这种硬玉的兴起，是在慈禧掌权之后，慈禧是西宫，东宫红色，西宫绿色，绿于是有格了。《海上花》小说里专有一节是妓女们议论买翠，透露的不是英国人对翠的重视（翠的专产地缅甸当年是英属殖民地），而是中国皇家的权力转变。

当年上海妓女们犯禁，有些卖弄的意思在里面，比如专拉妓女的马车，车夫头上是顶戴花翎，身上是黄马褂，鞋随便，不是朝靴，于是景观上是朝廷命官驾车拉着妓女满街跑。为什么能如此？因为租界是国中之国，大清朝管不到了。靠了这一点，租界里妓女的花样就多了。

她们在服饰上有相当的胆气，例如有名妓爱穿男装，而且是洋男装，一派英气，手上提“文明棍”，也就是短手杖。当年租界妓女出街，好像是时装展览伸展台摆到街上，一般妇女都会从妓女身上学到服饰、佩件的新彩头，传播开去。这种时髦，一直要到二十世纪初上海成为中国电影基地，才由女明星接过去。我们看现在影剧娱乐版的所有宣传花样，无非还是当年租界妓女们创出来的一套。

当年的上海，对这一转变很敏感，因此初期的女演员，例如阮玲玉那一辈的来源，都是广东籍，只有在演员酬金高起来之后，上海籍女演员才多起来。民国初期的法律里，演员和妓女同属特种行业，透露出当时对演员的认知。

说来说去，我的意思无非是，《海上花》这样一个租界妓女题材的电影，服、化、道的准备，反而有非常大的施展空间。如果只考证清代晚期的传统造型，反而会进入误区、盲点。当时租界的妓女空间，类似“后现代”的处理，因为是租界所以权威可以被游戏化，因为华洋杂处所以各种造型的意义被拼凑。当下的我们，对这一性质其实是不陌生的，往好听说，它是我们所处时代的一点喜气，《海上花》正与这一点暗合。

一九九六年夏天开始，我随侯孝贤和美术师黄文英在上海及附近转场景和道具，做些参谋问答的事。后来又到北京帮着买服装绣片，再鼓动些朋友帮忙。游走之间，大件道具好办一些，唯痛感小零碎件的烟消云散难寻。契诃夫当年写《海鸥》剧本时，认为舞台上的道具必须是有用的，例如墙上挂一杆枪，那是因为剧中人最后用枪自杀。

电影不是这样。

电影场景是质感，人物就是在不同的有质感环境中活动来活动去。除了大件，无数的小零碎件铺排出密度，铺排出人物日常性格。例如我们偶然进入一个女子的盥洗室，无数我们不清楚用途的瓶子随处可见，这些东西就是主人的日常经历。《海上花》的妓女们接客的环境，就是她们的家，古今的家庭环境密度是差不多的。设计《海上花》的环境，是世俗的洛可可式的，烛光中绚烂，租界的拼凑，可触及的情欲和闪烁的闲适。我的建议是多买些我们都不清楚是做什么用的小件，它们对构成密度非常有用。

一般来说，香港电影在美术构成中密度上做得好，台湾和大陆在时装片上能力强于古装片，但密度这个问题，无疑是由电影美术设计者的文化构成复杂度和创作中想象力决定的，与制作成本倒不一定有必然的比例关系。

写这些文字的时候，我还没有看过完成的影片，也没有看到为之序的书。我很想看看花最终被栽到什么样的土壤里。

稀有金属

我确信，除了朱天文，没有人可以担当侯孝贤的编剧。任何人看过这本书之后，可以自己掂量一下我说得对不对。

我并非在说朱天文是那种悍得——按罗永浩语录：剽悍的人生不需要解释。侯孝贤正是这样的人。相反，天文永远是柔弱、专注、好奇、羞涩、敏锐、质朴的集合体，每每令我有置身万花筒前的惊叹，却又感叹她居然天生无习气。天文又似乎天生就有听别人说完的静气，每每令我有是否接着讲下去的犹疑。每次读她的文字，是绝不敢速读的。天文的文字之美，毋庸我细说，单独要说她文字性格里有一股侠气与英气。中国中古至上古，记录中常有此类气血涌动。汉唐时文人常要随军才会有仕途，自然诗文中有气血四合的筋骨，最为人钦羡的是“倚马立就”。我每读天文的收在这本文集里的文字，都有她倚马立就的感觉，当然，远处老侯在炯炯地盯着摄影机前的一切。

可是在台北东丰街的茶艺馆“客中座”里，常常一个

注：本文是作者为朱天文《最好的时光：侯孝贤电影记录》一书所作的序，山东画报出版社，2006年。

电影的萌动，是从这里开始，我看着柔弱的天文，问自己，是她吗？

当然是她。因此我才想到合金。侯孝贤无疑是贵金属，但如果没有朱天文这样的稀有金属进入，侯孝贤的电影会是这样吗？换言之，侯孝贤的电影是一种独特合金。这样的说法，其实有违我一向的说法：电影是导演的。侯孝贤确实在拍摄时注重摄影机前具体发生了什么，因而常常悍然改动剧情，令人跟不太上。

朱天文引摄影师陈怀恩的话说，如果有人跟过侯导的一部戏，能学到什么，那是骗人的。有没有这么惨，我不知道，但我知道怀恩说的是真的。我大概有三四次看侯导拍戏的机会，一次是《好男好女》，借用林怀民的云门舞集排练场，搭了个小内景，拍伊能静演生孩子的戏，怀恩掌机。现场的人都非常年轻，老侯和我算岁数最大的了，但老侯永远是年轻的，目光锐利逼人。我趁机在一边用镜间快门的小相机拍了几张，随老侯多年的小姚探过头来看我是不是用闪光，我说怎么会？镜间快门声音很小，闪光肯定不会用的啦，而且还没开拍嘛。小姚说，上次拍《戏梦人生》剪辫子的戏，百多条辫子一下剪掉，根本不会拍第二条的。结果开拍了，辫子刚剪掉，一位报社娱乐版的小女生就用相机闪了一下！哇，死掉！白拍了！大家都看着小女生，谁也不敢说话，小女生吓得一下就哭了。我说老侯呢？小姚说，侯导居然什么都没说！反正白拍了而且也不可能再拍就对了。我听着汗当时就下来了。

那次天文当然也在，非常专注好奇地盯着一切。以至我要跟她说话的时候，她有惊吓的样子，令我愧疚，同时再一次问自己，是她吗？当然是她，这块小小的稀有金属在现场的阴影中，发着柔和的光。

这本文集，大部分内容我之前分别看过。这次集中再看一遍，心生感慨，它们深入历史诸阶段，美学、文学、导演、电影诸部门，人文、市场、伦理等等，同时又是无穷细节，柔刚相济的美文。这是电影史中罕见的文献，它有着阅读中文者久违而熟悉的特殊，文史一体。

好，不打扰了。你们读下去的时候，我的建议是，慢一点，不要赶，浇水的时候，慢，才能渗得深。

电影是导演的

记不清是二○○一年初哪一天了，总之是元旦过了而春节未到，接到田壮壮的电话。田壮壮说，你觉得再拍一次《小城之春》行不行？

我说行啊。我一向觉得没有什么是不能拍的，从三级片到主旋律，换句话说，题材不重要。拍什么不重要，重要是怎么拍，一拍，才见出你的选择、你的态度、你的解读。

《小城之春》是我看得很熟的一部影片，上个世纪八十年代初，是它的出土时期。一九八一年伦敦“中国电影五十年回顾展”、意大利都灵“中国电影回顾展”，受到重视的一是石挥的《我这一辈子》，另一个就是费穆的《小城之春》。之后八三年北京举行“二十年代至四十年代中国电影回顾展”，香港举行“中国电影名作展：三十至五十年代”和八四年香港“探索的年代：早期中国电影展”，都选了《小城之春》。从电影史的角度，《小城之春》得到非常的注视。我曾经在一九八三年在中国电影资

注：本文原收录于《小城之春》电影书，时报文化出版，2002年。

料馆看过胶片的《小城之春》，看后很觉惊奇，它使我对所谓的中国电影史发生确实的质疑。同时，当时中国电影的精英们（听起来不像好话）正在嘲笑戏剧性电影，《小城之春》和当时举办的英国电影回顾展中的《冬狮》（*The Lion in Winter*），提醒大家好电影是各式各样的。

不过，此时张爱玲的小说在大陆也已出土多年，所以比较来看，费穆的电影作品，在开掘人物心理上不免浅得多，调子也亮得多。这样的比较其实不容易公平，但难免这样去比较，人物之间的关系刻画，始终是被注重的。

费穆在一九五〇年从香港回内地北上去见江青，费穆对新中国是抱有希望的，但是江青要他检讨为何逃去香港，要他交代都做了什么反人民的勾当。这使以为还可以在大陆拍电影的费穆着实吓着了。也许他以为江青参加过他导演的影片《狼山喋血记》的演出，尚有旧谊，如果真是这样想，就真是错了，旧谊会有杀身之祸。费穆先生来年便在香港过世。

我不知道张爱玲听说费穆的事情没有，当时张爱玲在上海与电影界是有接触的，之后张爱玲也去了香港。张爱玲对新中国也是抱有希望的，不过她有个标准，就是自己的生活方式包括思想方式会不会受到侵犯，这个底线不能保持，就走。张爱玲一直到在洛杉矶去世，总是顽强地保持着个人生活方式不被侵犯，这是我最尊敬她的一点。鲁迅的儿子周海婴在他的《鲁迅与我七十年》里披露，一九五七年罗稷南先生当面问毛泽东如果鲁迅还活着会怎么样？毛泽东很认真地回答，要么还是要写，要么他识大体不作声。我在十年前的《闲话闲说》里判断鲁迅会走，去香港。鲁迅不会去国民党的台湾，张爱玲去过，但她不会留在不能保持自己生活方式的台湾。他们都是以肉身逃避显现出他们大于具体的时代。

但我此次关心的不是费穆与张爱玲或鲁迅，而是我第一次看《小城之春》的时候想到的，剧中的三个人，如果活到共和国时代，会发生什么？他们肯定会活到共和国时代的，而其中最可能去到香港的，应该是章志忱。从演员来说，是韦伟去了香港。戴礼言，应该是那个小城的士绅，他不但有家园残败之痛，亦会有在小城里脸面上的尴尬，这在原版电影里没有透露。但家园即使残破，改朝换代后是完全保不住的，他和玉纹会被逐出宅院，之后和玉纹相濡以沫，这是任何一个经历过那个时代的人识为常识的结果。章志忱会再来看他们吗？如果章志忱去了香港，他会像电视连续剧那样衣着光鲜地数十年后再来寻找吗？

这和改编《小城之春》的剧本有关系吗？有，因为我目击了《小城之春》之后的时代，我不是一个空我。因此我在剧本的结尾，让戴礼言与玉纹开始相濡以沫。这和原作并无违背，原作结构上是一个大闪回（Flashback），结尾处玉纹和戴礼言相继走上城头，望到的正是影片开始时的章志忱的离去。

即使相濡以沫，改编本的结尾，玉纹还是听到火车声时有了反应；章志忱也仍然舍不得玉纹的手绢，不能断然绝情。发乎情，并不是罪过，而且《小城之春》关键点正是玉纹与章志忱是互相有爱的，如果没有，费穆拍这个电影干什么？费穆只是强调“止乎礼”。

这当然也牵扯到一个时空更久的背景，即，将近一千五六百年前的衣冠南渡，西晋而成东晋，及之后整个南朝都是相对北朝的游牧民族政权，以传承汉文化为自豪。之后一千多年，任何一个统一中国的朝代，都要对汉文化相当地认同，才会相对太平。相反的是元朝，将人分成蒙古、色目、汉人和南人四等，汉人讲的是北方中国人，南人是最后征服的南宋人，元朝对南人实在很不放心。不到一百年，推翻元朝的，正是南人。

大体上，对汉文化知识重视的，一直是南方人。康熙的南巡和乾隆的下江南，都有看看所谓的汉文明到底是什么样儿的心理。凡有科举，总是南方人中的多，文化典籍的收藏，大藏书楼也总是在江浙一带。即使是五四新文化运动，中坚力量还是南方中国人，这都在在透出一千多年前那次南北大分裂的因子遗传。

因此像戴礼言这样的南方小城士绅，在剧本中经营他的形象，就有了以上的因子。而且，南方海禁开得早，得风气之先，五四虽在北京开端，但良性反应在中国南方，南方士绅家庭，多有请留洋学生为家教的。像戴礼言和章志忱这样的南方小城子弟，很早就读到纪德、帕斯卡尔、罗素，只要去看看浙江乌镇茅盾故居的藏书，就会大致有个概念了，而事实也大致是这样。所以戴礼言他们一代人并非是我们一竿子概念过去的封建子弟，他们其实是五四新文化润及的民国青年，他们只是不激烈，只是处在具体事物当中。从状态来说，戴礼言其实更温厚一些，虽然他脾气不好，但有自识，虽然他自杀，反而更开通，更有担当。章志忱反而不幸可怜一些，本来高高兴兴去见老朋友，打死也料不到遇见旧情人，慌乱，尴尬，与夫与妇关系乱做一团，换了谁也是一笔支出收入难以平衡的烂账。

至于玉纹，我以前有女性叙述角度的感觉，但迈克说得好，那是男性通过女性的叙述的叙述。虽然我说原作中的三个角色是五四新文化润及的一代，但中国南方历来是不守妇道者多，这从贞节牌坊只在江南地区存在可以看出来。如果江南妇女都守妇道，还要那么多的贞节牌坊来标榜镇压吗？凡提倡的必是缺乏的。北方的妇女，妇道历来不太束缚得了北方的妇女，我们从北史和唐书一路看下来，看到的还少吗？

以此来看，玉纹的刚强是有文化遗传养成的。不过我看戴家夫妇是对着颓废，在颓废中直见性命。历来也是南方人体会得颓废，见过千年以上的华厦毁弃，丝竹失音，肉骨成灰，我们看二王帖中的内容，李后主的词章，以及《红楼梦》中的江南气质，总像太湖中捞出的贝，壳内的玉质粉辉，你看到了就已经是死的了，惊心于靡彩夺目终是青冷笼罩，却又舍不得丢弃。

我这样的感觉，恐怕不是费穆要的。费穆要的是生命复苏，有希望，只是又有一些惆怅。

之后我要说的是，电影是导演的。这几乎是一句废话，电影进入制作，最终我们看到的影像，也就是电影，是导演造成的。

无奈中的快乐

——《德拉姆》我们为什么要拍的理由

一九九九年十月，公路通到独龙江，据说云南的最后一支马帮，活动在高黎贡山一带的独龙族马帮将要消失了，我们也许来不及在他们消失之前，完整地用活动影像将他们记录下来。

我还记得二十年前在云南随马帮游荡的时日情景。有一次，一个马夫与人争吵，之后一路上都气哼哼的，搞得大家都有些烦恼，于是另一个马夫说："你可是不得？你不得你去拿着石头冲天去嘛！""去"在云南读"克"，用胸音读来嗡嗡响。

我至今还记得这句令顽石点头的箴言，常常默诵，然后笑起来。公路通到独龙江，如果解散的马帮里的马夫有烦恼，这句箴言应该是记得的。

我相信云南境内，还会有零散的马帮的，公路哪里就都通到了？南美洲的智利或欧洲的西班牙，山区里都还有马帮，我遇到他们，总要停下来行注目礼。

注：本文原收录于《德拉姆》一书，嘉孚随影视家编辑部编，民族出版社，2004年。

现代文明，常常会使我们养成一种傲慢，对以前的生活或生产方式不认同，又或者反过来，对以前的生活或生产方式有一种媚。我觉得都不足取，难免会盲目。

我总是想问，我们、你们、他们，快乐吗？在进步的文明里，快乐吗？还没有赶上当下的进步文明，但你当下是快乐的吗？存在总是有得有失，但，得的是快乐吗？失的是快乐吗？即使到了下个世纪，因为基因工程而能使人的寿命达到一百五十或两百岁，如果你不快乐，长寿会是长难受，何苦来哉？

当然，我观察到，文明的进步带来的快乐中，有不少是因虚荣所致。虚荣并非是不得了的问题，问题在于虚荣会产生压力，难免终会不快乐了。

我也并非认为快乐是什么严重的本质问题，常常我们总是处于无奈的状态之中。想起二十多年前一次大雨时，我跟随的马帮在树林里避雨，树叶上流下一串串雨水，只是雨没有那么密就是。马夫将驮上的盐巴藏好，咒骂着互相取笑，说你的鸡巴是冷得缩成马的一样喽，晚上的女人可怜噢。说着说着，忽然马的胸前和屁股上冉冉冒出蒸气。

我现在想，无奈，快乐，两样都容易用摄影机拍到。而无奈中的快乐，则有点我们为什么要拍的理由。

[附一] 从视觉进入

仝小峰：今天我们的大师讲座请到了著名作家，也是电影编剧，阿城先生。（掌声）

阿城老师在八〇年代开始小说创作，是当时最风云的小说家，后来也介入到许多剧作的创作中。像我们熟悉的电影《芙蓉镇》《吴清源》《小城之春》等等。今天，阿城老师的讲座题目是：从视觉进入。下面我们以热烈的掌声欢迎阿城老师开始讲座。（掌声）

阿　城：诸位，题目是昨天临时想的，因为我也不知道要讲什么。嗯……大家注意，电影是导演的，不是编剧的。但你们会说，编剧很重要啊，等等。每一年，世界上有那么多影展，包括中国也有一些影展，而每一届都设有编剧奖，大家想一想，谁能想起来其中一届的编剧奖得主，任何一届？我看谁都记不得。你们将来可能会参与到影视方面，所以我把话题从编剧转移到今天的主题，也就是“视觉”上。

人类的眼睛之所以能看到东西，是因为眼球里面有一

注：本文为作者在中央美院城市设计学院讲座的文字稿，2008年11月。主持人仝小峰。

个视网膜，当一个物体，它的图像投射到我们的视网膜时，我们说我们看到了。举个例子，老鹰，飞得很高。飞那么高它能看见地面上的兔子吗？看不见，但是它凭什么抓兔子呢？它是凭反映在视网膜上移动的那个点。视网膜对于移动的东西是很敏感的。比如说，讲台上窜过一只老鼠，前排的同学会喊，老鼠，老鼠。不管台上的所谓大师，只看到那个老鼠。也就是说，老鹰其实并没有看见兔子，而是兔子在跑的时候，老鹰敏感到那个移动的点，老鹰就锁定了兔子，锁定以后老鹰一收翅膀，坠下来，自由落体。兔子回家可不是一路唱着歌跑回家的，它是猛跑，然后猛地一停。就像我们小时玩的官兵捉强盗，我跑的时候，你可以抓我，急停的时候抓我，就犯规了。兔子的这个急停，老鹰的视网膜上就失去了目标，它就张开翅膀，唰，盘旋起来。哎？那个移动的点哪儿去了？当兔子估摸着老鹰盘旋到另一边的时候，它就又开始往家跑。这一跑，老鹰就又能感觉到了。所以说，问题是兔子先到家，还老鹰先抓住它。所以兔子出去找食，是有一个范围半径的，就是它的体力半径。

大家可能平时看一些盗版碟，有时候盗版碟的质量可能并不好，但只要它大概有人影在晃动，我们就对它有兴趣。因为我们的视网膜也是对移动的物体敏感。这决定了，多媒体里，视觉方面，只要它动起来观众就会注意。这个道理决定了电影里，我们应该首先注意，我们要让它动起来，那么观众马上就会注意它。我上小学的时候，上课喜欢往外看。你说我看什么哪？我也不知道，但是外面有东西在动，它一动，就吸引我的注意力了，我就扭头看。一个老师，如果他有关于视网膜的生理知识的话，他就会谅解，因为那是动物本能。老师讲课，最好走动着，不动，学生慢慢就失去了兴趣。这是一个原则，我们的眼睛对移动的东西是最敏感的。

看不移动的东西就需要分辨率了。嗯……同学们在中央美院学习，中央美院绝大部分属于架上绘画的系统，都是静态的图像，要求静态图象的质量。咱们分院的这个系，是动画系。动画，就是把一张一张静态的画连起来，播放的时候有动态的效果。动画最主要的是什么，我认为是“动”。当然，画也是主要的。前几天校庆，放了一些片子，我也看了。我个人认为，在动态上没有给我特别敏感的，强烈的东西，注重的是画。所以后来，评委给出的意见是，都有扎实的绘画功底……但动画片最重要的不是有深厚的绘画功底，而是怎么样动得好看。我们看欧洲的动画片，不要求画得多么地好，只是要让它动起来。所以要是以人对运动物体敏感的这个特点来创作，会事半功倍，假如你有能力编一个好故事，就像给马插上了翅膀。所以永远要去想，从视觉上让它动起来。

我不太习惯就这么干讲，有没有同学有什么意见，反映。

学　生：阿城老师，您能否谈一下，运动在电影当中的作用，以及运动对电影的意义。

阿　城：嗯……我觉得说电影也是要先从视觉进入。我们很多人可能习惯电影创作时先从剧本进入，其实不是的。在电影刚发明的时候，为什么卢米埃尔兄弟要去拍火车进站。这个对于现在的咱们来说是很无聊的一个事情，但火车进站是在动的，就是这个动，引起观众的兴趣。像后来拍的劫匪抢火车，因为火车在动，人也在动。现在大部分的艺术展览上都有一项叫装置。装置就是摆脱原来架上绘画静态的束缚，现在的装置展览都已经有了一个套路了，如果没有电视机在放录像，这就不叫装置艺术。这是什么原因？就是这个人笨，他没有办法，那么他就用一个电视机不停地放来吸引观众。后来电影进入美国，电影在美国发展得很正常，因为它是以票房作为创作判断的。在欧洲就不是了。欧洲是知识分子过早介入到电影的创作里去的。但是知识分子习惯用大脑思考，是脑内部的运动。对于画面动不动，它不是很在意。所以说，欧洲电影里的对话越来越多。它其中也是有一些“动”的，但是它的“动”不是很吸引人。假如没有字幕，我们又不知道他们在说什么，那我们就会没有兴趣，会很疲倦。但美国电影，永远在动。德尼罗在拍对话的时候永远要往旁边看一看。为什么，因为他要有一个“动”。欧洲不是，欧洲是拍完你说再拍我说。所以我认为，像欧洲这样知识分子过早介入到电影创作里是一种压制，一种对人的生理本能的压制。嗯……现在，大致上说，在市场上，“动”的电影压倒了不“动”的电影。但是在学院就不是。学院是根据思想、哲学、文学性来进行研究分析，也就是说，电影成了我们研究的静态对象。记住，电影就是“记录运动”。

嗯……我不知道你们的作业是什么，是要拍故事片吗？

学　生：是。

阿　城：这么艰巨的任务啊！嗯……我做编剧的经验，我不希望剧本在对白上写满，让演员去背。举一个例子。李安在拍《卧虎藏龙》时，要我去帮忙。我就问他，演员是谁。他说，周润发、杨紫琼、章子怡。我说，周润发和杨紫琼的母语都是粤语，我写出国语大意，让他们用粤语自己说，最后配成普通话吧。李安挺严格，说不行，他说要同期收声。周润发最好的是他的眼睛。但是我们看他演的《卧虎藏龙》，周润发的眼睛没有神，为什么？因为他在想台词换成普通话怎么念，这时他的眼神是往里看的，在想台词。我们骂人，用想吗？不用，张口就骂嘛！另外，我认为让演员严格照背台词，会伤害演员整体状态。电影不是话剧，它是一段一段拍的，然后经过剪辑组合起来。所以演员也不知道自己演的是哪段，可能今天拍的是跟后天拍的接上的，这个，只有导演知道，那本账在导演那呢。所以说，导演才重要。所以有的演员，大的演员，他看过剧本，他就知道我该怎样演。我认为，一个人有一个人自己的说话方式，导演应该告诉演员这段话是什么意思，你用你自己的话来说，那么你的状态是最好的。如果背台词，状态是僵死的。所以我写台词，希望只写大致是什么意思。章子怡为什么红了，她用普通话很直接呀！

所以我希望在写剧本的时候，动作交代清楚就行。比如。一个人回家，老婆做饭难吃，剧本一般是写什么眉头一皱，然后开始骂骂咧咧了。应该是吃一口，找地方吐，找不着，直接吐盘子里。为什么要台词？不需要。要用行为，动作表现。还是归结到电影是一个“动”的艺术形式。这就是为什么卓别林的电影那么受欢迎？它的故事有动作的情节，这就是卓别林早期的电影受欢迎的原因。

我们人类区别于动物的一点就是，我们会笑，有幽默感。那么幽默的基本概念是什么？是错位。比如说，我走上讲台，突然摔倒了，那么你们一定笑，因为现实影像与预期形象产生错位。这也就是为什么卓别林的电影那么好看。一个是“动”，另一个就是不断产生错位。一错位咱们就笑。就像看动画片，猫捉老鼠，大家都以为最后猫会捉到老鼠，但最后不是，总是错位。现在，电影经过了一百多年，好像越来越能揭示道德原则，哲理，等等，这是没错。但我们越来越在运动上退步，把我们最初的生理感受忘掉了。

嗯……美国的西部片，一开始很受欢迎，后来渐渐衰落，这揭示了“动”的另外一层意义。因为它那个“动”太一样了。就像我们去动物园，看见狼在笼子里，走来走去，很感兴趣。但是五分钟之后，我们也烦了，因为它就会来回地走。这也是为什么美国西部片后来衰落了的原因。不过后来产生了新的西部片，意大利导演莱昂内以伊斯特伍德为主演的西部片很受欢迎。为什么？因为它的“动”的模式改变了。

学　生：阿城老师，我在听了您讲的后，想知道您是怎样评价安迪·沃霍尔的电影的。

阿　城：可能你要问的是伍迪·艾伦吧？我问一下，他的电影，你看得懂吗？

学　生：也是有很多不懂。

阿　城：那你如果能懂的话，就要查一查你的文化来源。

学　生：那您是说，你否认他拍的不是电影？

阿　城：汉语很少用双重否定语句。他的电影是有文化根源的，他是拍给纽约犹太知识分子圈子的。他不要求那么多票房。他的电影里有很多犹太典故，就像我们说成语一样，用得非常妙。所以我问你，能看懂吗？

学　生：呵呵，可能相对来说，我懂了一些，或者我都没懂。

阿　城：伍迪·艾伦是一个特例。这就有点像我们广西有一个农民拍电影，这个农民拍的电影只给农民看。

学　生：为什么您曾参与拍摄的《小城之春》《吴清源》当中的运动都非常少。“动”真的那么重要吗？

阿　城：这就是我说电影是导演的，不是编剧的。我想在这两个片子里的运动很少，是导演的用意。

学　生：阿城老师，我想问一下，您刚才讲的运动是否能从侧面印证电影中的空间感呢？还有你刚才讲的有关西部片的问题，我们是否应该注意运动的节奏感呢？

阿　城：你的第一个问题是空间。我们是根据一个扁平的屏幕来看影像，一个横行的移动我们会注意，但是一个纵向的移动常常被我们忽略。文艺复兴以后，西方人看透视中的纵轴，认为是一种科学。但我们看中国画时，觉得无所谓，反而是横轴很重要。这个视点影响了我们，耳濡目染，到我们拍作品的时候，我们不重视纵轴的运动。比如，大家合个影，我们不约而同地站成一个横轴，不会站成一个纵轴。大家会说，那站成纵轴怎么拍呀，只能看到一个人。不，我们可以三人在前，两人在斜后，这就有了纵轴的关系。结果我们拍纪念册也好，留影也好，都是横轴，伟大的横轴。

再比如立体声。什么是立体声？我们理解是左边和右边，还是横轴概念。立体声的概念是你能听出声音的位置是在横轴和纵轴构成的场中的哪一点上，或者音源在这个场里怎么运动。

学　生：阿城老师，在杜琪峰电影中有一段，是在枪战之前，有几个枪手下楼梯，这是运用了静止的画面，还有像《罗生门》等一些电影中，都有大量的静止的镜头，我想知道你说的“动”是一定要有吗？

阿　城：你说的这个叫心理学中的“期待”。如果期待的运动没有出现，我们失望，就会烦了。

学　生：老师，我想请问，编剧如果不去考虑演员的走位、动作还有机位等等问题，那编剧还要考虑什么问题？

阿　城：情节。演员在表演的时候是知道情节的，他们会根据经验，或者导演根据经验来动作。那是导演需要完成的工作，导演会根据编剧的本完成一个导演分镜本。当然编剧最重要的是完成剧中人物的关系结构。在中国，会出现电影文学，这是十分荒唐的。为什么荒唐呢？因为审查者看不懂工作剧本，所以你要写一个动人的故事。其实在写剧本时，没有文学这件事。

惯例是编剧的报酬是影片制作费用的百分之二十，参照建筑行业，相当于建筑的设计师，出图纸。导演的作用相当于工地主任，按建筑师的图纸把建筑盖起来。在国外，编剧常常实际也就能拿到百分之一到百分之四。中国不一样，中国是导演中心制，而国外是制片人中心制。制片人想要拍一部自己心目中的一个电影，就去找编剧，然后去找导演。如果不符合制片人的要求，对不起，换导演再拍。所以说，制片是靠脑子，借助导演这些人的技能去完成他自己要的电影。所以影展中最佳影片是给制片人的。《霸王别姬》获最佳影片奖时，导演上去领奖了，错，应该是制片人徐枫上去领奖。导演只能领二级奖导演奖，假如电影获得导演奖的话。

提　问：阿城老师，我想问的是，我们在关注“动”的时候，是否应该有选择地去关注？那么要去关注哪些事物的“动”，来使电影更有意义？

阿　城：我今天讲演的题目是“视觉”，是从“视觉”进入，而不是从剧情进入。要从“视觉”进入。我喜欢举塔伦蒂诺的例子，塔伦蒂诺小时候会趴窗户向下看，有一天看见一辆大轿车停靠在路边，从车里露出一只脚来，脚上的皮鞋是崭新的，这个皮鞋在地上狠狠碾了一下。塔伦蒂诺的视觉主题常常是华美如何被毁灭。电影是从“视觉”进入还是从文学进入，电影的品质是不一样的。

提　问：你能讲一些您在参与拍摄过程中与导演交流的感触，像与导演的争执，或者作为编剧的经验吗？

阿　城：嗯……导演在拍摄时有他自己的一个工作本。这个工作本就可以是跟我的剧本完全不一样的。就像影片后期剪辑一样，同样的素材，可以剪出不一样的电影。电影是导演的。其实我今天的讲演也是我的建议，因为我们学院的文学基础很薄，但是你们用眼睛看世界已经看了二十多年了，这才是你们最厚的一个资源。你不从你的长处进入，为什么从短处进入？作为编剧，我看到某张脸，会想它会是一个电影？一个故事？我不知道，但我会慢慢地去构成一个结构。

仝小峰：时间的关系，最后我说几句。今天听阿城先生的演讲，我认为收获很大的。阿城先生今天讲的是电影的本体，只不过他没有用一句话去将这个理论概念化。西方人在做电影的时候，告诉了我们，什么是电影，电影就是运动的影像。特别是电影关于“动”的问题，新的西部片是通过剪辑造成的运动模式。其实你想想，它是通过眼睛局部的特写与大的全景的交织剪辑。我们说节奏是通过几种方式造成的，剪辑就是其中一种。世界电影史上的大师都是从视觉进入的。所以我觉得阿城老师今天讲的给我最大的感触就是他讲昆汀。昆汀是从视觉进入的，他的电影中永远有激动人心的元素。我非常同意阿城老师说的，所以我非常感谢阿城老师今天给我们做了一个深入浅出，又非常贴近电影艺术本身的演讲。我们再一次用掌声感谢阿城老师。（掌声）

阿　城：谢谢。

（此文有删节）

[附二] 好电影的本质

中国的武侠片就是舞蹈片

李　洋：能说说被请到威尼斯做评委的过程吗？马尔科·穆勒是怎样邀请您来的？

阿　城：就是通知我。马尔科·穆勒签的邀请函。

李　洋：这几天做评委的感受怎么样？

阿　城：评委是苦工啊，从早看到晚，要记住看过的，记住自己的判断。

李　洋：您觉得这种电影节存在的意义是什么呢？

阿　城：市场，就是卖片，得奖就好卖了。

李　洋：就像您说，很多中国电影都来威尼斯是为了卖片，您觉得这种想法能否实现？

阿　城：当然。你入围了，就有影响了，有了影响，你卖片时就有说头了。先参加戛纳、威尼斯、柏林，所谓A级电影节，再到西班牙的塞巴斯蒂安那些B级电影节走一圈，可以把海外版权卖出去。世界上电影节很多，大概每天都可以摊上一个吧，走多了，也许小制作的成本就挣回

注：本文是阿城在担任2005年第62届威尼斯电影节评委时所接受的采访。题目为本书编者所加。原题为《对话威尼斯电影节》，刊于《作家》，2006年1月号。

来了，也许还有赚。

李　洋：这两年中国出了不少的武侠片，今年《七剑》也来了威尼斯做开幕，您能说说对《七剑》的看法吗？

阿　城：我知道来了还要看一遍，所以我在国内就没看。我不能一个影片看两遍，那精力花得太大了。这片子就是热闹嘛！

李　洋：您喜欢中国的武侠片、武打片吗？怎么认识这种类型？

阿　城：其实就是舞蹈片。因为中国没有舞蹈片这个类，中国电影里很难为一个理由，或者一个动机，人就跳起舞来。中国汉族很久很久以前就不会跳舞了，普遍是看人家跳舞。所以中国的武侠片、武打片就是舞蹈片的一个变种。因为一个理由，就动作起来了，打，所以武打片里的人是打不死的，永远在打，死了再起来，接着打，跟舞蹈是一样的。你看武打片里专门有武术指导，我看应该是舞蹈指导。

李　洋：那从本质上讲呢？

阿　城：本质上是娱乐，就是娱乐片里的歌舞片。歌不是太多，基本上没歌，就是舞蹈。你要这么看，我觉得就能看进去，加不加特技都无所谓，就是像舞蹈一样好看。

李　洋：那天开幕式时现场放映效果怎么样？

阿　城：还可以吧，长时间鼓掌。其实外面的观众比较单纯，不比你们记者刻薄，一般的观众都很单纯。哦，原来刚才在电影里面打得那么好的那个人就在眼前，他们见到就很兴奋，非常兴奋，长时间鼓掌。

好电影的本质还是写人

李　洋：您写过《威尼斯日记》，那两次来威尼斯有什么不同感受吗？

阿　城：没有。这里就是个旅游的地方。

李　洋：您说威尼斯就是一个舞台，来这儿的游客都扮演着一个角色。

阿　城：你不扮演也不行啊，要不你就是修理工，要不你就是舞台美术，要不你就是角色。你不觉得整个这个威尼斯完全像个舞台吗？不像真的生活的地方。

李　洋：这次电影节给您印象深刻的电影有哪几部？

阿　城：目前还没看完，不能说，还没有最后的比较。不过李安的这部片子我觉得挺好。

李　洋：那您对李安以前的片子喜欢吗？

阿　城：李安是比较擅长拍人的，他不像有的中国导演是拍事。拍事的时候，人的所谓性格是为配合事的。《断背山》很好，那天放完反映也不错，长时间鼓掌。

李　洋：您觉得当一个作家和当一个编剧有什么区别？

阿　城：当然有很大的区别，表面看起来都是写，但编剧是要考虑到成本的，作家不需要考虑成本。编剧的时候很随便地说春、夏、秋、冬都发生什么了，这就是一年的周期，这个投资就不得了，至少要一年，或者不到一年，也要在地球不同季节带去拍，投资也是非常大的。所以编剧是按照投资去写，而其他写作没有投资的概念，成本就是自己那根笔和那点儿纸，顶多就是一个电脑的成本，现在说起来，这也不算什么成本了。

李　洋：在语言上的区别呢？

阿　城：语言上，电影剧本里的语言都是可执行的，小说的语言不一定是可执行的。剧本必须让人知道怎么做。

李　洋：也就是说作家的自由度更大？

阿　城：其实是限制明确的自由度最大。我不限制你，你没有能力找到自由度在哪儿，你只能胡写，那不叫自由，胡写不是自由。一旦限制了，你反而找到自由了。就像叫你用中文写，你就会找到中文的自由，否则的话，你找不到用什么语言写。必须是一步步限制清楚了，才有自由。就像武侠片里，用刀还是用枪，还是用暗器，只有找到这个限制的时候，才觉得他打起来好看。自由不是胡来，他一定是找到一定的限制。

李　洋：您对于华语导演到西方拍戏怎么看？

阿　城：一百多年呀，中国对于西方是主动的态度，西方对中国可不是主动的态度，这两个态度决定了中国的导演得承担这种困难，不管成功不成功。而且李安、吴宇森都算成功了。甚至吴宇森还觉得好莱坞对他限制非常大，他自己要独立制片做一些东西，他觉得他们对他限制比较大，不能表达他的东西，表达受限制。

李　洋：您觉得电影节评奖和诺贝尔文学的评奖有可比之处吗？

阿　城：诺贝尔文学奖自己有价值标准，一直就是雨果的《悲惨世界》，他们要肯定一种价值，是有宗旨的，没有就空缺。电影节不是，影展就是今年收下来的这些果子，看看哪种吃着比较不错，影展是随机性的。

李　洋：偶然性大一点。

阿　城：对，偶然性大。影展的评委不是固定的，是流动的，而诺贝尔奖的评委不是流动的，是终身的，就是那些瑞典皇家学院的院士。

李　洋：每届影展选的片子风格都不太一样，最近几年的影展流行类型、风格都比较多元，那您有没有自己的简单标准？

阿　城：我很难说我有一个标准，我觉得这次来威尼斯我要是带一个标准就坏了，可能我就选不出来了，因为今年如果不出这种果子怎么办？你只能是，大家把今年这些果子端上来了，你做个互相的比较，在比较里有一个选择，只能是这样。

李　洋：但是这里有桃、有梨、有山楂，类型都不一样，风格也不一样啊！

阿　城：但你比如说桃吧，有改良的，加进去别的因素了，其他的桃种了好多年了，处于退化状态。只能在每年的不一样里，做一个比较上的选择。其实总的来说这几年，就像咱们种果树一样，有“大年”和“小年”，这几年都是小年。你仔细想想戛纳、柏林、威尼斯，都是小年，不像七十年代、八十年代，我们能找到那个年代的经典，多少年过去还可以看，记得住。这几年没有，比如现在说去年的哪部哪部电影，大家都记不住了，一点儿印象都没有了，但七八十年代的那些电影，大家都还记得。

李　洋：那您个人有没有比较偏好的类型和风格？

阿　城：无论是植物还是动物，基本没有变，变的只是硬件，比如说数字技术。其实做数字、特技等等，这些年大家也有一点儿厌烦了。李安的这个片子没靠特技，但是受欢迎，大家认可，所以特技不一定让人特别喜欢。

李　洋：今年的片子，比如《魔镜》《亲切的金子》《格林兄弟》，这些片子相差很大，很难比较。

阿　城：但本质上还是写人、写性格、写心理，这些东西的深浅，还是这个东西，没什么变化。

李　洋：都是形式的变化。

阿　城：形式未必能帮上忙。韩国的这片子就是，我觉得用力气太大了，太努力了，真正来说，假如说电影还是艺术的话，那艺术是“减法”，不是“加法”。我觉得韩国这个片子做的是加法，从一开始的字幕就是，一直到最后，沿途不断地加。这个片子有点卡通风格，所以我看的时候就觉得把它拍成卡通的话，可能更好，现在它反而受到真人的限制。导演把用心放在怎么能把这个电影包装好，他在硬件方面下功夫了，有很多的片段很好看，但连在一起反而不好看了。

李　洋：那您觉得乔治·克鲁尼的《晚安，好运》怎么样？

阿　城：那就是在写事件，偏写事件。

李　洋：您不太喜欢偏写事件的电影？

阿　城：偏写事件的就叫看个热闹。你看它的时候你就知道是看个热闹。你看《断背山》这种东西，大部分时间你是在看自身，是看人，你走近那个人了。《晚安，好运》这个你就看一件事。麦卡锡主义在五十年代失败了，这所有人都知道。在我们都知道这件事的时候，你要拍什么？拍的一定要往下走，往深里走，否则就没有什么。我觉得这个片子努力造了个英雄，对于中国人来说，经过了“文革”，对英雄总是怀疑的，怀疑而且被证实，这种经验中国人太丰富了，难逃法眼。这个主播角色单薄。

李　洋：那菲利浦·卡莱尔的《规则情人》呢？

阿　城：那个时期我知道，六八年，法国五月风暴，法国学生学中国红卫兵，戴高乐不是给逼走了吗，被逼到比利时去了。他是二战时的将军，他的手下跟他说，你现在从比利时坐飞机回巴黎，你知道比利时和法国离得很近，但飞机降落比火车进站有气势，他的手下说，到达机场，打开舱门，法国还是你的。戴高乐听了朋友的劝告，打开舱门以后，果然局势大变。这就是老英雄的魅力。至于当时中国在法国学生中起的作用，还没有解密，说了你们也登不了，麻烦，也就别说了。但这部电影在当时大背景上语焉不详，快四十年了，法国的电影应该能说明白了吧？电影里对其他的影响倒说了，比如意大利的导演帕索里尼，还有贝托鲁奇，都是意大利共产党。大背景有隐藏，我自己觉得它是一个平庸的青春片，没有什么东西。

李　洋：与贝托鲁奇的《梦想家》比呢？

阿　城：那完全比不了。《规则情人》是对自己青春期的一个纪念品，对他有意义，对观众没有意义，所以观众就觉得很无聊。人家知道得比你丰富，刻骨铭心。但是法国人骄傲惯了。

李　洋：但是六八年这件事对法国的知识分子影响还是很大的。

阿　城：他们的崩溃也最大啊。那个时候中国支持各种各样的革命，像缅共的德钦巴登顶，南美的格瓦拉，都是。格瓦拉曾几次到中国见毛。反美，全球一片红。

一个国家的电影水平与阅读水平

李　洋：您到威尼斯感觉还适应吗？

阿　城：看电影看得比较累……

李　洋：每天看几部电影？

阿　城：三四部吧。每个参赛的都要看，恐怖。

李　洋：都说今年中国电影100年，想问问您对华语电影的看法，包括香港、内地、台湾。

阿　城：华语电影现在基本上是破产的状态，台湾基本上没有电影，当然台湾官方还是作了补贴，他们有新闻局的辅导金。香港呢？也一样，是小年，青黄不接。大陆基本就是破产。

李　洋：那您对中国的第六代导演有什么印象？有什么评价？

阿　城：第六代终于专注在人了，摆脱了他们以前的宏大叙述的习惯。不过我总觉得他们好像有点骨质疏松，就是说，在他们成长、包括电影成长过程当中缺营养，缺紫外线，所以钙不够。没办法，阴天。你知道，好的东西，不管怎么表达，总要有一点锋利的东西，也许它是隐藏的，总要有。回想一下你看过的好电影吧。

李　洋：那在同一时代比较文学创作和电影创作，哪个成就更高呢？

阿　城：还谈不上什么高不高，就是看环境了，不管哪一边，哪边就长草，一管哪儿，哪儿就不长草，就这么简单的事。

李　洋：您怎么看电影这个行业呢？

阿　城：电影，是很特殊的产业投资行为，短期内大型投资要到位，生产周期短，产品上市后成本和利润回收要快，有风险投资的性质，风险在于票房难以预料。但是电影又是对国家资源榨取非常少的产业，无非是一些服装胶片照明用电，可搞好了，产值很大。对中国这种穷国来说，电影是最适宜的产业，出口之后，也不会是倾销性的产品。韩国不是活生生地在做给咱们中国看呢吗？

李　洋：现在还写小说吗？

阿　城：有啊！一般都发在外面，让人翻成我也看不懂的外文。

李　洋：就是说见不到原版的中文？就像您早期的伤痕文学……

阿　城：嗯……（笑）我跟伤痕文学没关系。

李　洋：您不认为自己的文学是伤痕文学或寻根文学？

阿　城：伤痕文学，是认为我还是这个利益集团里的人，只不过是被冤枉，被认为我不是这个利益集团的人，那个才叫“伤痕”呢。本来你有一口馒头吃，我也有一口馒头吃，凭什么你说我不是人，完了你给我平反，这就叫“伤痕”，是同一个利益集团里的人。中国知识分子基本上就是这个态度，中国知识分子基本上是这个利益集团里的人。

李　洋：您对意识形态的看法界线分明，那是不是也这样来判断艺术品，中国的也好，外国的也好？

阿　城：艺术不一样，艺术还是讲人心的，讲人性的，没有别的了。

李　洋：能说是产生共鸣的？

阿　城：最好不要说是“共鸣”，你可能跟他想的完全不一样，你完全没意识到人性还有这一层，但是你很震撼，原来人性还有这一层。这不是共鸣的关系，他写得比你深，揭示得比你深。通过他来发现自己，啊，原来我也有这一面，而我们以前从意识形态上排斥这些东西。

李　洋：那您觉得这些生活在体制内的艺术家可不可以用更聪明的方式来创造作品？

阿　城：千万不要说聪明不聪明，好的东西常常是很笨的东西。韩国这个电影拍得聪明不聪明？拍得非常聪明。在国内来说，聪明是个骂人话。基本上来说，搞电影的这拨人比搞文学的这拨人差得太远，水平差得不是一星半点儿。欧洲的电影有一个状态是什么，它跟欧洲的阅读水平相差不大，中国电影不是，阅读水平相差得非常大。

李　洋：而且我觉得欧洲的导演拍一部作品就像写一部小说一样，他可以完全不考虑是给所有人看，就像一个作家写一部小说那样去拍电影，那种感觉就像自己的一部作品。

阿　城：他这么拍的时候，这个社会的阅读水平已经达到这个位置了。

李　洋：中国现在有许多导演在走商业这条路。

阿　城：商业也没有问题啊，你知道当认识人性达到很深的地步的时候，这个国家的人，他的阅读也达到这程度的时候，就有市场了，就必然有商业市场了。一个是跟阅读水平有关系，另一个是中国基本没有商业环境，制作电影的人根本不知道票房实际是多少。

李　洋：是一种非常不明确的情况。

阿　城：现在有统计，但反过来你不能证明那个统计是真实的，所以你只能任发行集团宰你。商业是什么？商业首先是信用系统，没有信用系统谈不上商业。国内没有信用系统，没有信用系统不就是抢吗？就是坑蒙拐骗嘛，那是什么商业啊？老是讲商业化、商业化，根本就没有“商业”这回事，就更不要提“化”了。连银行卡都不是。我们的银行卡那不是信用卡，自己存进去钱，花自己的，而信用卡是银行借给你钱花。没有信用系统就没有商业。

中文的神性

李　洋：我读过您的《威尼斯日记》，感觉很特别。

阿　城：那是很特殊的，因为我不记日记，这个《威尼斯日记》就是为了发表，它跟自己给自己记些东西是不一样的。像胡适记的日记，他知道他是要发表的。

李　洋：那您写的《威尼斯日记》也是这种情况？

阿　城：对，这里面是有安排的，要是真的日记，像鲁迅的日记，就是流水账，他为了日后查起来方便，那才是日记。凡是发表的，像我写的《威尼斯日记》一看就不是给自己写的，就是要发表的。当年走的时候要交出一本书来，我怎么能保证我走的时候能交出一本书来？我就每天记日记，把它作为要发表的来写，要是那么记日记还得了！

李　洋：但我们都上当了，觉得挺好，我觉得像您说的那种真诚、动机很重要，但我觉得通过语言也能了解一个人，您的语言和《棋王》那时候还是一样的。

阿　城：还是“减法”吧。全世界一开始的文字都是向上，和神交谈，中国象形文字也是这样，一般人懂不懂不重要，横向交流靠的是语音。比如两河流域的楔形文字，后来演变成记音的字母，是为了横向交流。中国文字一直没有做好这个横向。一种神性的文字，虽然后来有横向的记录功能，但它的神性一直存在。以前有字的纸是不能随便乱扔的，于是“敬惜字纸”，写过字的纸要专门收起来，由一个专门的人在专门的日子里在专门的地方烧掉。凡是写了字的纸就有神性，写完了，一下子揉了，这是不对的，不可以的，因为写过字了。“五四”白话文运动所做的主要是颠覆汉语的神性，神性也是一种权力嘛，和传统混在一起。其实文言文是一种雅言，书面语，白话就是俗语，日常用语，读书人日常也是用白话。白话文早就有了，《水浒》就是白话文，《红楼梦》也是白话文。“五四”要求白话文，是为了让革命的思想易于向一般人传播。中国文字的震荡有三次，第一次是佛经，第二次是圣经。佛经基本上是在魏晋南北朝时，进来很多外来语。圣经是在明朝的时候，徐光启那个时代，进来很多外来语。第三次就是“五四”。前两次都还维持着中文的神性。所以我觉得最好的中国文字语言，是到明代中文《圣经》这儿，又有神性，又是横向传播的好白话文。

李　洋：就是基督教传进来。

阿　城：对。你去读中文《圣经》，“上帝说要有光，于是便有了光”，浪漫得很朴素，这才会有“神性”。如果再加上《水浒》的文字，“三言二拍”的文字，活泼的方言俗语，再有文言的素养，这不是近代白话文很好的起点吗？我自觉得是这一路的文字。当然现实是“五四”这一次，中国文字语词被日语的汉字形词改造。如果没有日语的汉字形词，现在的我们基本上不会说话了，我们说“共产党”、“警察”、“派出所”什么的，都用的是日语的汉字形词，“教育”、“年级”、“文化”、“斗争”、“右派”等等，都是日语，没有这些词，你连民族情绪都表达不出来了，你搞上街反日游行，那些口号标语，日语汉字形词多啊。倒也好，日本人看得懂。

李　洋：那您对电影语言有什么看法？

阿　城：电影语言跟文字不一样，它一产生就是世界性的，就是视觉，尤其在无声电影时期。我觉得整个电影语言的发展，问题在于知识分子介入得太早了，尤其在欧洲。电影原来就是一个杂技，魔术。这个东西到美国以后，是投资者来控制，投资者要市场，所以大众性还维持着，这就是为什么好莱坞的电影容易看。欧洲不是，很快知识分子就介入了。

李　洋：您是指二十年代的先锋实验电影吗？

阿　城：包括。

电影永远是导演的

李　洋：您对其他的电影节关心吗？

阿　城：我不是太关心，因为现在是小年嘛（笑）。

李　洋：那您觉得这个小年、大年的周期大概多长时间？

阿　城：别超过十年吧。西方很重视十年，一个状态超过十年，他们就觉得要换了。现在这么着有几年了，我觉得大家都有这个感觉，不出东西。

李　洋：即使有影片获奖，感觉上也不是非常好？

阿　城：对，感觉在“努”。电影节，评委，其实也帮不上忙，形势比人强。

李　洋：那您觉得一部电影最重要的是什么？

阿　城：导演，电影永远是导演的。演员没有责任啊，演员这么演了，导演认为可以，就过了，过不了你可以重来嘛，NG多少次嘛，所以只要是最后放映到屏幕上的东西，就是导演认可的，因为都是他在那儿控制。演员可能有自己的想法，导演会说你这不对，你得这么着，所以演员没有责任。

李　洋：那你们评委有没有分工？像戛纳的评委会，女演员评委主要看最佳女演员，作家主要看剧本，那你们呢？

阿　城：这个评委会不是这样。这次不是还有个冰岛的歌星吗？不过她很可爱，常常语无伦次。

李　洋：那在评选讨论的时候，您会不会主要谈剧本，别的地方就有些限制呢？

阿　城：没有。谈起来很自由的。

李　洋：您比较钟爱哪几个导演呢？或者说哪几部电影反复看？

阿　城：反复看应该是以电影论，不能以导演论。很少有这样的导演，他的每部电影都值得反复看。科波拉的《教父》还是第一集好，第二集不行，第三集更不行。你要是看导演的话，那只好三集都得反复看。如果是看电影，看《教父》就是看第一集。判断电影的时候，不要因为知道这个电影是谁导演的而被误导。

李　洋：贝托鲁奇的片子您喜欢哪一部？我记得您谈

过《1900》?

阿　城：《1900》他不是要重拍吗？看来他自己挺重视的。

李　洋：他的那部片子拍完剪出来的时候好像有四个多小时，没有重拍。他前年拍的《梦想家》，是《1900》的续集，他说《1900》拍的是这个世纪的前五十年，他说他想再拍后五十年，但不想再用那个大结构了，所以他就选了一年，一九六八年。我就是想问问您喜欢什么样的电影？

阿　城：其实我什么电影都喜欢，包括三级片我也喜欢，都有很不错的。

李　洋：有没有特别喜欢某一类型？像惊悚、科幻、动作？

阿　城：都有喜欢的。

李　洋：没有类型的歧视？

阿　城：都有喜欢的，动画片也是。

李　洋：那对于电影中的暴力呢？

阿　城：看他拍得好不好。

李　洋：其实小说中也有暴力。

阿　城：暴力是本能的东西，如果你把它截住的话，它会转换成另外的形式。所以暴力片，我觉得对社会是有好的作用的，它替你宣泄，看完之后，你的暴力反而弱了。

李　洋：您喜欢塔伦蒂诺的那种风格吗？

阿　城：很喜欢，尤其是他的《低俗小说》。你像韩国的那个电影就有他的影响，但就是不够“帅”。海明威写牛仔、斗牛士、拳击手这些人，人们说他写的是暴力，海明威说不是，我写的是“优雅”。他使暴力具有了美学性质，一直影响到现在。就像克林特·伊斯特伍德演杀手，很脏，但是“优雅”。他开枪之前的一套过程，很优雅，让人迷恋，会反复地看，就是因为有海明威说的“优雅”，现在的说法是Cool，台湾说成“酷”，译得传神。后来大陆也开始流行了，大陆以前是说“帅”，北京话说“活儿利索”。所以，早前那种暴力，就“土”了，好像不真实了，其实是因为达不到美学上说的“境界”。现代美学的一个贡献，就是将暴力纳入了美学。一到美学，麻烦了，你在阅读暴力的时候，不容易了，常常读不出来啊，读不出来。

［附三］谈莱昂内：娱乐、历史与文化

莱昂内的“优雅”来自于钱德勒

李　洋：莱昂内的电影，您基本上都看过吧？

阿　城：我不能说基本都看过，我只是反复看。

李　洋：他基本上只有“往事三部曲”（《西部往事》《革命往事》《美国往事》）和“镖客三部曲”（《荒野大镖客》《黄昏双镖客》《黄金三镖客》），基本上就这六部。

阿　城：“往事三部曲”我经常看的是《西部往事》。

李　洋：《美国往事》呢？

阿　城：《美国往事》我不太喜欢。他的《美国往事》里面有一层东西，在中国的《水浒》早就被抛弃的，就是所谓的浪漫主义，和由浪漫主义带来的一些东西。中国的诗歌绝对是浪漫主义，而到《水浒》这一类的民间故事就被抛弃了。其实可以拿《水浒》里的一些东西的性质跟《西部往事》做比较，《美国往事》是什么？这样的浪

注：本文是2010年初《莱昂内往事》一书出版时，该书译者李洋博士对阿城先生的访谈。

漫主义在中国的文人素质和民间素质里，已经很早就被剔掉了，就是“廉价的浪漫主义”，但是它对一个少年特别有吸引力，在谷仓里跳舞的那一段，那个东西就是很廉价的。

李　洋：不知道您看的是哪个版本。因为《美国往事》有一个剪辑版，制片方把莱昂内影片的叙事顺序整个改了，莱昂内特别不满意，那个剪辑版大概两个小时，票房很差，影评对那个评价很低，但是后来近四个小时的完整版出来以后，影评界一致叫好，观众也很享受完整版的《美国往事》，票房也回来了。剪辑过的那个《美国往事》，开头就是一个女孩在跳舞。

阿　城：有经验的观影者已经不会被这些东西影响，整个这个段落是你的，不同的只是顺序和剪接，但是你整个场景传达出的是意大利人特别喜欢的，同时美国观众也喜欢的东西。但是对我来说，这真的是少男少女观影的希望，就是当他们还没有能力去得到爱情的时候，他们对爱情是这么一种幻想，满足的是少男少女对爱情的幻想。

但是对目前来说，比如说对八○后、九○后，他们对爱情都不是这个态度，浪漫的东西比较少，所以这个东西对八○后、九○后又是一个古典的东西，但是从电影来说，有很多人已经不这么表达古典了。

李　洋：莱昂内的电影中，大家比较熟知的还是《美国往事》，所以我想从《美国往事》切入，因为《美国往事》和《教父》基本上是美国黑帮片的两种类型，您可不可以比较一下《美国往事》和《教父》在拍摄方面、或者是电影叙事方面的不同特色。

阿　城：这个是单向叙述，你必须知道美国的黑色小说达到什么程度了，钱德勒达到了什么程度，他的黑色小说里面浪漫主义素质已经被他一扫而空，他扫得要比海明威成功得多。海明威其实还小资一点，他只不过要做出一个姿态，做出更多的是姿态。而钱德勒从文学史上来说，他很伟大，是他改变、颠覆了以往古典的浪漫的东西，而且他在四十年代、五十年代已经确立了我们愿意说的那种美学价值，这些东西我们在这本书（《莱昂内往事》）里丝毫没有发现。

黑色小说对黑帮片的影响可以说是潜移默化的，这是那个时代最大的影响，不能避而不谈这个——就像“文化大革命”，你不能避而不谈毛泽东思想，因为它无时无刻不在影响着你。那么，广大的读者，就是看电影的观众，同时在看黑色小说：你玩得够不够狠，这儿有小说在跟你较着劲呢！所以莱昂内还要把它（黑帮片）拍得优雅。

这个优雅是什么？是钱德勒建立的，而不是海明威建立的，海明威说，我写拳击手，写牛仔，包括《老人与海》，我是在写一种优雅。但这其实是钱德勒建立的，也就是说这个人可能落魄，不是中产阶级喜欢的这种服饰等等，但是他有一个东西，使他好像外表野蛮，但是整个的动作，给我们在感官上，感觉他是优雅的人，这个优雅第一体现在他内心的素质。我觉得潜意识上，是莱昂内认为他战胜了钱德勒，所以他特别看重这个，就是说你美国不是黑色小说的发源地吗？造成了这批审美风潮的时候，对不起，我要恢复古典。

李 洋：但是实际上古典的爱情在莱昂内电影里面着墨很少，主要还是友谊。

阿 城：但是少男少女就是这样看的，没有办法。谷仓跳舞这一段是谁也不敢剪的，你可以剪其他的友谊的情节，这一段谁也不敢剪。为什么？直觉判断，剪了它就没票房。我们得找到那个时代的"味"是什么，是钱德勒造成的，大众和一般知识分子，他们已经建立了这个"味"了。一旦在影像当中发现这个了，他很快就移情过来。

李 洋：我们能不能借钱德勒作品所拍的电影来谈谈这个"味"？比如说《双重赔偿》《漫长的告别》。

阿 城：用他的小说拍的美国电影都不好，这是很怪的，为什么呢？其实他是一个超前的人，他做出了黑色小说这个类型的时候，电影跟不上，其实这里面的东西适宜让莱昂内来拍。

李 洋：莱昂内能拍出那个味道？

阿 城：那当然。优雅就是打架不要打得太难看，一个人穿很脏的衣服，靠着吧台这儿，一杯酒，身体重心在一条腿上，是优雅的，但是是不期然完成的，这是一个活生生的图像，莱昂内用镜头实现了。总之，钱德勒走在前面了，美国电影当时跟不上，现在其实有非常多的导演可以拍得很好了。比如说昆汀·塔伦蒂诺。

塔伦蒂诺说他为什么要拍电影，他说他小时候住在纽约的那个区，都是拉丁裔的人，拉丁裔的人有一个特点，拉丁裔男人很容易就勾到女孩子。为什么？因为拉丁裔男人有点像上海人的感觉，就是不管家里怎么穷，出去的时候这个头一定是锃光瓦亮的，衣服都是很称头的，皮鞋一定是锃亮的。他小的时候在家里的二楼往下看，就看到一个类似大林肯这种豪华车，“唰”停到街边上了，车门打开的时候一双锃亮的新皮鞋“咔”踏在街上，但问题是什么？这两个脚都出来以后，一个烟头扔在地上，然后这么漂亮的皮鞋，那么粗糙的动作，“咔”一碾。他说，这就是我要拍的。

这个不是任何文学思维，这就是影像思维，所以塔伦蒂诺都是把电影做得非常华丽，让观众看我是怎么把它碾碎的。这个东西就不是小说了，就是影像，拿这个东西写不成小说，新皮鞋怎么写？文字怎么写都不行。

艺术就是唯心

李　洋：莱昂内被评价为“欧洲最后的史诗导演”，在《黄金三镖客》里，他谈过怎么在电影中处理历史，他认为美国导演太依赖于编剧，而不自己亲身去查点历史。在他拍的《黄金三镖客》里面，有一个南北战争的大背景，他其实很想拍类似后面斯皮尔伯格的《辛德勒名单》这样的电影，当时莱昂内想拍南北战争时安德森维尔的大监狱，他一直想拍那个大监狱的事情，他认为南北战争的历史一直没有被美国人拍成很好的电影，除了《乱世佳人》，但《乱世佳人》实际上对南北战争的历史是遮蔽的，对那些暴力、残忍的历史都遮蔽了。莱昂内也想过重拍《乱世佳人》。

阿　城：这是一个盲点，美国人在这方面非常大度，你说我们的西部片都是神话，我跟你不讨论这件事，无所谓，那是娱乐片，娱乐片是需要神话的，你只要拍娱乐片，就是神话。莱昂内是不是也在造神话？一样，也在进入这个逻辑怪圈。你说我对南北战争的东西表达的是不准确的，你去所有的图书馆找资料，你是对的吗？

艺术最重要的是主观，而不是现实，面对现实的时候，谁的主观能力强，谁就胜出。所以指责别人不去查资料，这个东西没有意义。有一个价值，是中国人一直排斥的，我们一定要把这种观念翻过来，才有可能去跟人家拼艺术。是什么？就是唯心的这种想象力。唯心的，就是充满热情、坚定，唤起别人的唯心的意识，艺术就是唯心。艺术绝对不是唯物的，所以莱昂内你不要跟我说什么去美国图书馆查了什么资料！唯物是什么？是挡人家嘴的，是附属的，艺术不在这个，艺术最抓人的，是你唯心的这一点。

李　洋：如果要拍一个史诗片，和历史的关系不大？

阿　城：就是你对历史的主观判断，历史其实就是主观的。史诗片，当你是主观的时候，跟史诗有屁关系？史诗片无非是一个更广阔的社会背景，更漫长的历史进程。有的时候你只要是一个大投资的时候，就只有史诗才能把这个容纳进来。一个夫妻小两口吵架，能砸几亿？怎么也砸不进去，没有办法，你必须把这个口袋撑大了。

李　洋：您的意思是，如果你能有一个主观看法，形成对历史的完整叙事，那么这个史实究竟是怎么样的没有关系？

阿　城：嗯，否则的话，大家只能拍写实电影了，在这个意义上说，胜过写实电影的是纪录片，你完蛋了，整个电影就完蛋了，自己本身从逻辑上拆解了电影，自己把这个电影给毁灭掉了。

李　洋：莱昂内背后的历史观，你刚才说起码是受历史唯物主义的影响，但是我们知道现在的电影，包括我前不久看了《孔子》。你会发现《孔子》基本上是循着《史记·孔子世家》的一个叙事脉络，跟费穆当年拍《孔夫子》叙事的基础差不多，用的是《史记·孔子世家》，但《孔子》的历史观是一个支离破碎的历史观，其实那个历史叙事也是一个支离破碎的，你看不清楚它讲的是一个什么故事。

阿　城：我倒不觉得《孔子》是一个历史观的支离破碎，而是孔子人格的不完整，我们这个时代是一个蔑神的时代，就是“文化大革命”造成的影响，它在蔑神的同时，又造神，要造一个神。但在莱昂内那儿已经没有神了，他只有英雄。因为英雄是什么？英雄不是道德感。英雄跟圣人是两回事。圣人是什么？是道德。莱昂内是唯物史观，还有一个是英雄史观。他把这两样东西结合在一起，英雄史观帮他建立票房，历史唯物史观是知识分子肯定的，让他们说你的历史观很深刻。

电影的本质是娱乐

李　洋：莱昂内开始拍西部片，之后市场不错。因为《荒野大镖客》是翻拍自黑泽明的《用心棒》，《荒野大镖客》出来之后，黑泽明就告状，说这个片子抄袭了他的《用心棒》，后来法院判决《荒野大镖客》在日本的票房收入全部付给黑泽明，这个票房收入导致《荒野大镖客》成了黑泽明最赚钱的一部片子。所以说，实际上莱昂内在西部片上的票房是非常成功的。后来意大利很多导演效仿莱昂内，拍了很多西部片，这样莱昂内就很不满意，就说是“生了一堆很不肖的孩子”，因为这些模仿莱昂内的西部片好像都是讲的西部故事，但是影片里面的精髓都背离了莱昂内的原意了，莱昂内自己在访谈里面讲过，他还是希望用很多古典的东西，包括荷马，包括莎士比亚的一些观点、理念，用现代的叙事的表达方式来传达古典的理念，是这样的一个说法。在莱昂内之后的这些导演，包括现在的一些导演，他不会考虑要给观众传达一些古典的理念，或者是一些更深层的东西，不管是在理想还是在政治、历史上有一些更深层次的思考，他只是制造了一件消费品。

阿　城：我们为什么一定需要深层次的思考？这个和电影的本质是不合的。

李　洋：您觉得电影的本质是什么？

阿　城：就是娱乐。

李　洋：但是我们是不是可以认为莱昂内在这种角度上找到了一种协调，就是既保持了电影娱乐的功能，因为大家看了他的影片以后，不管是“镖客三部曲”还是“往事三部曲”，大家都感觉到了观影的愉悦；另外一个层面，愿意想得更多的观众也得到了更多的东西，他会感觉到这个电影表达了一些更深层的东西，和您刚才说的电影的娱乐本质之间，找到了更多的协调，他有更高的东西。

阿　城：这个就是我们怎么看待影迷，我们一直把娱乐的价值降得很低，是这个问题，所以才产生了那么多的矛盾，包括中国的电影也是，那时候说商业片是不行的，结果就提出来娱乐片，娱乐片人们还可以容忍。但是在西方我们说的比较严肃的影评家那儿，娱乐没有阅读价值，这其实也是欧洲电影后来为什么市场越来越不好的原因——知识分子过早地介入了电影。美国不是，美国是制片人介入电影，制片人一定看市场。所以逐渐形成了“好莱坞系统”和“欧洲系统”，比如法国的系统。欧洲就是因为有高阅读水平的知识分子过早地介入了电影，这给看娱乐电影的观众造成了心理压力，“我看了，没有价值”。最极端的就是“作家电影”。

莱昂内说意大利有很多很烂的戏——意大利的西部片其实是非常非常好看的——因为它没有阅读价值，就应该被扫到历史的垃圾堆里面去，这就增加了我们的盲区。这是话语权的争夺，就是“我”（知识分子、影评人）来定哪个片子是深刻的、有阅读价值，“我”来定，不是制片人来定。

那年我去意大利的时候，碰到马斯楚安尼，我说我很喜欢看你的电影，喜欢你的角色什么的。然后他就知道，又来一个这样的家伙，又想在艺术上把我的价值提升，他说，“我就是一个戏子，我喜欢演戏”，他说，“一演戏我就兴奋”。他拒绝知识分子、影评家的那种比较有影评性质的、带价值论的观众来跟他谈这些，他烦透了。

李　洋：《莱昂内往事》里面讲——包括莱昂内也认为——西部片的鼻祖是荷马，是莎士比亚，他是用西部片这样一个类型片的形式、大家喜闻乐见的形式来传达一些古典的观念，你认为他这些说法是为了应对影评家给他的压力？

阿　城：影评家和反对者，因为他知道这个东西（《莱昂内往事》）是要出版的，我们不要忽略意大利左翼的力量，你再怎么不在乎左翼，但是左翼天天批评你，是会有影响的。所以《西部往事》是非常典型的左翼唯物史观，只有唯物史观才能造成他对于原住民的同情。谁是最有力的？是那个没法儿动、拄着拐的资本家，他是最有力量的，他想杀谁就开始点钞票，他没有行动能力，但是有资本的力量。第一代开拓的人是亨利·方达，靠武力，所以他杀了原住民，当亨利·方达这个角色认为武力可以征服世界的时候，对不起，在美国是资本征服世界。

《西部往事》特别设计了一个毫无行动能力、不可能开枪、不可能骑马、不可能做各种特技、没有任何专业技能的资本家。因为有钱，所以所有的人，包括第一代开拓的人，都去服务他。

最有力量的是谁？就是这个，电影最后其实预示肉体死亡了，但是资本继续往前，一直到达太平洋，这是历史唯物主义观的一个作品，里面有很强的欧洲左翼的东西，是这个东西最后让《电影手册》转向了，支持莱昂内。

所以看完《莱昂内往事》，你知道，如果有足够的心理经验，他面对（影评人）的压力是很大的，他说老子他妈的阅读水平也很高，你不要拿什么阅读水平来压我。

娱乐有益于人类

李　洋：在电影叙事这方面还想请您多谈一点，因为您刚才讲了电影的娱乐特质，像以前听荷马讲故事，看莎士比亚戏剧，是当时那个时代的娱乐，那么我们现在这个时代，其实有很多电影也运用了莎士比亚的戏剧元素，包括冯小刚的《夜宴》。这个和莎士比亚时代对于观众的娱乐是不是有些区别。

阿　城：莎士比亚这个人脑子非常好，这个戏不是给贵族看的，是给平民百姓看的，所以你去看他的剧本里面，基本上脏话很多。这什么意思？这是第一次颠覆贵族语言。

莱昂内要拍的意大利西部片也是这样一个颠覆性的，从情节上要颠覆原来传统西部片的神话。我们现在一说到莎士比亚，就认为他是一个很高雅的作家，但他不是高雅的，你必须得把莎士比亚的戏给拉下来，才能认识到这一点，荷马同样是。莎士比亚所描绘的场景，他所讽刺的对象，都是以“剧场交流”来实现的，演员总是直接面对观众。当年演员说，“To be or not to be？”观众就在下面起哄，“Not to be!”就是“你去死吧”，上面的演员哈哈大笑。莎士比亚有很多像郭德纲、周立波的这种东西，这种东西你在莱昂内的西部片里面处处可见，这是莱昂内认为的幽默感，再往前推，《荷马史诗》一样是这样的，就是英雄是不完美的，英雄不是圣人，他们有非常多的像“脚后跟”（阿喀琉斯之踵）这样的弱点，这是莱昂内说到的《荷马史诗》和莎士比亚的意义。我们如果从一个文学博士生和硕士生的角度去谈，那就上当了。

李　洋：娱乐是不是也有一个等级差别？假如没差别，那荷马、莎士比亚跟现在的一些娱乐片就都差不多了。

阿　城：这不叫水平很差，是质量很差。商业的东西我们千万不要忽视，为什么？好的商业，比如商业电影，它其实是提供了高质量的娱乐，因为商业不太敢骗人。反而艺术片容易骗人。商业是什么？比如画牛，谁都见过的，你稍微有闪失了，人家说这个不对；但是艺术说这是我的内心，我怎么知道你的内心？你在画鬼吗？是吧？

画鬼容易画牛难。

其实娱乐有更深刻的意思，它涉及到大脑的原理。以前的美学评论建立在所谓的审美的基础上，现在越来越被人类关于大脑的研究所颠覆，没有那么神圣了。你要了解这一百年来，这个头是谁开的，是弗洛伊德。他引导我们研究人的脑是怎么思维的，是怎么运作的。但当时马克思、恩格斯的东西在欧洲是时尚，他们认为只有阶级、阶级意识才有意义。

当然，马克思和恩格斯在晚年，自己把自己这一套否定了的时候，《资本论》不写第四卷了，同时宣布“我马克思不是马克思主义”，他要跟自己以前建立的这些东西剥清关系。这个时候弗洛伊德讲，不管你是哪个阶级的人，你的心理都是这样的，这就回到人本位了，再从人再深入的时候，就是到脑，我们所说的心理，其实都是脑子的物质活动，更重要的是生物化学的东西，在这个时候我们会发现，人，只要是一个人，不管他是什么阶级的，都天生能感受娱乐。重新看娱乐片，它是有益于人类的。有益于人类的，是不是有价值？肯定是有价值的。

李　洋：莱昂内是想拍《茫茫黑夜漫游》，但是后来没有拍，因为他觉得《美国往事》就是莱昂内的《茫茫黑夜漫游》，如果他拍出《茫茫黑夜漫游》，应该也是一个很精彩的电影，但是作者肯定是塞利纳，而不会是莱昂内。您是怎么看待电影导演选择什么样的文学作品来拍电影，您觉得什么样的电影才是属于导演的？比如我们说《战争与和平》，不管哪个导演来拍，它的作者肯定都是托尔斯泰，斯皮尔伯格来拍《战争与和平》，作者也还是托尔斯泰。

阿　城：一流小说就会造成了几乎每个人都有自己的解读，比如阿Q，每个人都有自己心目中的阿Q，你找任何的演员，大家都有一部分不认可。一流的小说拍出来的，常常是二流电影或者三流电影。

李　洋：您觉得作为一个导演的作品，电影的特质跟文学或者是小说的特质，差别在哪里？因为莱昂内评价其他导演的时候，也曾经说过“伯格曼在利用电影做文学、戈达尔在利用电影做绘画”。

阿　城：这是语言游戏，不能上这个当。而且这种话很多人说过，我们以这个为前提再往下走的时候，真的会“两边武功全废”，所以我们必须认识一个命题是真命题还是伪命题，这是我们需要提醒自己的。

李　洋：就是说您不太认可莱昂内对戈达尔或者是伯格曼的这种评价？

阿　城：那当然，这是便宜话，尤其对媒体而言。对媒体来说，媒体希望有很刺激的话。莱昂内就是黑色电影。后来昆汀·塔伦蒂诺就是莱昂内。

莱昂内电影的娱乐性

李　洋：现在我想就您的思路，问问莱昂内电影的娱乐性，比如莱昂内的电影讲故事都很精彩。

阿　城：好看，所以我们要重新认识娱乐的价值。

李　洋：实际上莱昂内的影片，基本上都是市场认可的。因为希区柯克和莱昂内的电影都是属于票房非常好，观众非常认可，也能得到娱乐的电影，可以谈谈他们拍电影、讲故事有什么区别吗？

阿　城：是啊，为什么认可呢？这个就是我们要从大脑的功能去判断它了，而不是在这本书里面，这本书里面有非常多的规避、隐蔽、误导的结构。

希区柯克是弗洛伊德式的，莱昂内不是弗洛伊德式的，是黑色小说式的。简单说，希区柯克跟莱昂内的构成是不一样的，这是两个时代，真的是两个时代。

在莱昂内那儿，新的英雄出现了。从视觉来说，新的英雄从样貌到服装、道具等等所有的都改变了，这个才是所谓莱昂内，他说要查那么多西部的材料，也可以说真实的，真实的是什么？就是脏的，这些西部英雄都不洗脸，你是个洗脸的，我一定要给你化装成不洗脸的。但是希区柯克的人物都是洗脸的，因为他不是这个类型。

莱昂内是一个类型，他是什么呢？他是鉴赏眼光非常高的一类导演。这个鉴赏是什么？不是文评式的鉴赏，文评式的鉴赏叫阅读。但是鉴赏家不是，是直觉。莱昂内是一个直觉非常好的人，包括他的速度控制。他为什么那么慢？因为他张力点在那儿呢，影像的张力点在那儿。他的影像张力最典型的就是大全景，纵轴非常非常的远。大全景在约翰·福特里面也有，但约翰·福特不会镜头一转，出来一个大的人脸。

李　洋：莱昂内有一次拿《美国往事》去参加一个影展，有一个导演说他的片子太长了，接近四个小时。莱昂内就说，你导演两个小时的片子，像四个小时的电影，我这个四个小时的电影像两个小时的。因为观众看的时候感觉很快。

阿　城：就是因为有那个张力在。

李　洋：这是莱昂内电影张力的一个方面，其他方面您可以再多谈一点吗？

阿　城：多谈我不知道有没有意义，就是西方人的眼睛是纵轴性的，东方人的眼睛是横轴的。所以我们所谓不讲究透视，是因为我们不需要纵轴，我们整个的审美是建立在横轴上，比如山水画等等。西方不是，相机的镜头为什么是西方人发明的？不需要纵轴的民族，不会发明这个东西。所以西方的相机，镜头设计成什么样子，是从文艺复兴那时就已经确定了，是纵轴的。中国电影对纵轴完全不明白。我在这边的电影系教课，就是教学生发现纵轴，发现纵轴、拍出纵轴以后，他们说“这个像外国电影”，你只要重视了纵轴，拍出来的就像西方那样。

另外，人的视网膜和动物的视网膜对移动的东西是特别敏感的，对静止的东西不敏感，所以动物的隐藏动作常常就是静止，比如蜥蜴，它一个动作能坚持很久，为什么？它怕蚊子发现，因为你一动蚊子就发现了，就飞走了。老鹰在一千米到两千米的距离，它怎么会发现地上有兔子？是因为兔子跑，兔子一动，鹰就看见了，它一收翅膀是坠落速度，到地面的时候抓住，起飞。但是兔子回窝的路线你也能看到，它是狂奔一段，突然就静止了，它狂奔的时候老鹰下来了，突然找不到了，为什么？因为兔子静止了，所以这两个是比赛，看是兔子先进窝，还是看鹰先坠落抓到兔子。人和动物的视网膜对移动的东西是最敏感的。至于静止的东西，会有一种退化的魅力，比如单幅照片的魅力。

莱昂内的画面，影像的运动、剪接等等，就是鹰的眼睛，这同时也是人类视网膜的生理本能，它（画面）有长时间的静止，这时候我们在等待什么？等待里面的人什么时候动。一动，就像动物一样，非常快。

他（莱昂内）可能不懂，但是他准确复制了我们视网膜最适合的那个功能，所以你要让我谈他有什么历史意义，我觉得不如谈这个。我们视网膜和我们整个动物性的意识是这样的。但是，莱昂内做的有一个不是纯动物性的，也可以说是动物性的，是什么呢？动物是没有历史感的，它只注意当下，为什么它不能有历史感？比如一个蚊子飞过去的时候，你说“这个蚊子我以前见过”，这就是历史感，回忆等等，用回忆去判断，这时候蚊子飞掉了，一个有历史感的青蛙会饿死，有历史感的青蛙物种会灭亡的。

关于决斗，关于动作的这一部分，他（莱昂内）是按照动物的模式去拍的，但是他加了什么？因为人类是有历史感的，所以你（观众）这个时候有期待谁要赢，谁会赢，你盼望谁赢，这就比动物高级了一点。所以在决斗之前，关于善恶、黑白，他已经给你理清楚了，因此在这个时候，你是有历史期待的，就是历史积淀下来的对未来的期待，谁死？这家伙死，就是这个亨利·方达死掉，因为有些人是迷亨利·方达的，那我就来颠覆你。

美国神话与美国价值

李　洋：莱昂内一直想拍塞利纳的《茫茫黑夜漫游》，塞利纳的这部片子在某种精神气质上跟莱昂内是合拍的，因为他这个小说，也是对美国神话非常质疑的。

阿　城：美国神话这个东西是欧洲情结。尤其是二战之后，欧洲整个是被美国给保护起来了，所以第一个讨厌的目标就是美国，非常明确，反美在欧洲是抬高地位的一个东西。

李　洋：莱昂内喜欢后期约翰·福特的《双虎屠龙》，我不知道那个片子您看过没有？

阿　城：看过。

李　洋：因为约翰·福特基本上是美国的受益者，他在好莱坞获得了巨大的成功，所以他拍的电影都是很乐观的，一直到《双虎屠龙》才变成了一个悲观主义者，对美国所谓的理想、理念，对美国神话重新质疑起来，这是约翰·福特晚年的想法。

阿　城：这里面有美国价值观和美国神话的区别，不能把这个混在一起，就是说约翰·福特究竟是在质疑美国价值，还是在质疑美国神话，约翰·福特一点都不质疑美国价值观。

李　洋：莱昂内的时代，意大利有很多政治电影，用政治寓言的电影来批评美国政治，反省美国神话，但是莱昂内不是通过这种直接的表现形式来进行批评和反省的，他对那种直接的批评和反省也不是太感兴趣，认为价值不是很高，是不是可以谈一下他是怎么样通过自己的电影反省和批评美国和美国神话？

阿　城：那你说这个美国神话是什么？

李　洋：当时的西部片包括黑帮片制造出来的美国神话，就是一群新移民，到了一个新的地方，缔造一种新的秩序，这群新移民都有一个缔造新秩序的理想，这个秩序是正义、自由、民主等等。

阿　城：美国的成功故事。

李　洋：您说一定要把美国价值观和美国神话区别开来，莱昂内对美国价值观怀疑到什么程度我不太确定，因为他本身是一个政治悲观主义者，他对美国式的民主也比较悲观，也不认为有什么更好的政治秩序。他对美国梦的拆解应该还是比较明显的，我不知道您是怎么看？

阿　城：不是拆解美国梦，他说的是美国梦的实现。那么容易就实现了吗？或者说，皆大欢喜地实现了吗？这里面实际是有肮脏的东西等等，但是他并没有否定美国价值，他只是认为那个美国神话，不是历史唯物主义。你知道意大利共产党倒台之前，意大利的文化是掌握在共产党手里的，意大利的影评家基本上都是共产党员，他们一直围剿别的影视评论。

我最佩服的意大利导演是费里尼。当时费里尼就是不够历史唯物主义，就是主观主义，所有的评论话语权都是针对他的，但他心理承受力非常好，状态非常健康，非常从容。如果不知道这个背景的话，你不会理解费里尼。当斯大林的集权体制，也就是东欧和苏联解体之后，整个欧洲共产党一天之内瓦解了，这个时候，费里尼的价值才显现出来。以前是被压制着的。

李　洋：能不能借《革命往事》谈谈莱昂内的政治悲观主义或者他的文化观？

阿　城：在莱昂内的内心里面，这个《革命往事》，内心不是美国式的，它是欧洲式的，因为美国没有经历过本土的世界大战，他们没有这个切肤之痛来反省，在工业革命发达到那个地步的时候，突然爆发第一次世界大战，欧洲人就想，都说我们是最先进的，我们为什么会发生这种事？死这么多人？而接着没过几年，第二次世界大战。所以这个时候才促成了那么多的知识分子反思，是不是欧洲文化有问题？但是美国人不会这么想，美国两次发财都是靠欧洲战场。

这个《革命往事》是典型的欧洲式的，他借墨西哥革命来说，我对于这种革命——革命主要是法国提供的，法国大革命，意大利人从根子上是反对大革命的。我那年去佛罗伦萨，我说这个地方真不错啊。意大利人说："嗨，那是因为我们很及时地制止了法国人。"因为法国大革命之后，法国的价值观变成了最高的价值观，这个价值观同时也影响了美学观、经济观等等，所以当时意大利人说我们是不是要请法国人来帮我们改造一下佛罗伦萨？结果来的法国设计师先拆房子，跟现在一样，因为什么？那是封建的，全部得拆掉。那意大利人就说，为什么呀？意大利是全世界最顶级的鉴赏民族，把这些我们认为有美学价值的东西都拆了？所以就把法国人赶回去了，现在我们看到的佛罗伦萨是法国人拆剩下的十分之一。

其实意大利人对革命这件事，一直是警惕的。《革命往事》中的这种悲观就是这种延续，所以有的时候我们说到西方文化、欧洲文化的时候，真的是要到欧洲各国去走一下，跟他们谈论，或者共同经历过一个文化事件的人才知道。他（莱昂内）知道在跟什么对象说话，对象的潜意识在什么地方。一九九二年我在意大利博洛尼亚，市长是个意大利共产党员，满街贴的都是毛泽东像，他们的大学是欧洲非常有名的大学，曾经有一个学生叫但丁，非常古老的一个大学。有一个教授说到一九六八年欧洲整个被法国学生运动影响。我说，那个时候你在干什么？他说，我忙着把商店起司——做成像鼓似的，硬的——滚回家去，就是抢劫。反正这些东西，莱昂内在拍《革命往事》的时候，他知道在跟谁说话。

法国人是世界上最骄傲的，唯一不敢骄傲的地方，就是在意大利。为什么？就是法国在革命之后反省的时候，发现意大利就是他们打翻的那个旧世界的价值。法国自己已经犯过错了，已经拆得七七八八，全都没有了，只有在南方，也就是当时说的贵族的“反动势力”最顽固的地方，包括以马赛为中心的地区，还留下一些，越往北方，法国毁的东西越多，他们知道自己在欧洲文脉上犯了很大的错。

所以，对于这本书（《莱昂内往事》），我们应该以它更开阔的文化内容去谈。这样，莱昂内的意义才会被我们重新评论。

李　洋：对，其实我们这次就是想聊这方面的东西，因为莱昂内其实是一个意大利人，生活在文艺复兴最后的文化背景下，是一个很有鉴赏力的文化导演，但是他反过来通过美国类型片——西部片、黑帮片这种电影颠覆美国神话，然后通过他的电影反而影响了美国更多的导演，包括斯科塞斯、斯皮尔伯格他们。中国的导演和作家，也应该有自己对历史的判断，或者以您的话来说，自己要有自己唯心的这块，但是现在中国好像比较缺乏这一块？

阿　城：中国是最不应该缺乏这一块东西的，莱昂内跟美国导演有一个区别的地方，他使用影像是有历史积累的，包括电影角色不洗脸在内，我这个妆是积累下来的，而不是今天才来的，这是欧洲人对于欧洲文脉的审美观。美国历史太短，没有一个传统的积累，没有这个。所以莱昂内去建立这个历史质感，这个历史质感本来应该是中国作家、中国导演不缺的，但是从清末开始，把这个搞掉了，学法国，学俄国，把这个东西弄得干干净净，一直到“文化大革命”，就是革这个文化积累的命，现在变得没有东西了。毛泽东说：“一张白纸好画最新最美的图画。”他就是想让中国文脉断掉成为白纸，革中国文化的命。

“中国文化”走出去？笑话

李　洋：莱昂内讲过，为什么一定非得拍美国人，而不是拍一个意大利人在意大利的西部。因为美国是一个移民国家，美国一个小村庄发生的事情，在世界上任何一个地方都可能发生，但是意大利发生的事情都只是意大利的，所以莱昂内拍的电影背景基本上都是在美国。有没有一种可能，中国导演拍的全是美国背景，但是实际上背后的文化理念是中国的，用中国的这种文化传统对美国神话、美国历史进行某种批判，有没有这种可能？

阿　城：这不可能，中国已经没有了，你已经拿不出来了，我们现在变成了“邯郸学步”，那个步子，西方的步子你没有学会，而自己的步子也忘了，你得爬回去，但故国安在？这个情况下，你连对话的资格都没有。

你有什么资格跟全世界对话？什么叫“走出去”宣传中国文化，人家笑话你，你自己都没有了，还说我拿出来是中国文化。

李　洋：但是张艺谋拍的奥运会开幕式不是把全世界的人都给震了吗？

阿　城：那是娱乐，但主题定为“和”，用一个篆字的“木”加一个“口”，有这个字吗？篆文的“禾”是那一竖上头要向左弯过去，表达禾穗。古代这是要砍头的，现在却在全世界面前展示了一个中文错字。真正的文化，是能够摆脱自己的文化对自己的异化这种限制，看到人类的本性，这个就是莱昂内最可贵的一点。我意大利文化牛逼，不得了，但是我拍一个没有意大利文化的。为什么？我有文化资格造成一个全世界都能看懂的。你能不能摆脱中国文化的异化？

李　洋：但是您刚才不是说，本来传统的文化已经通过不断的革命被抛掉了，本身就没有什么文化来异化了？

阿　城：对，我们只有异化了。文化很简单，不是什么这个那个，它是相对于武化提出的，武化就是谁胳膊粗谁说了算。文化是什么？你力气大，没有问题，但是你要让力气小的也有一口饭吃，不允许力气小的人就该饿死，人和人的关系，国家和国家的关系，集团和集团的关系，是文而不是武。

中国从清末开始，受法国大革命的影响，受集权国家影响，使用的是什么？是武化，武化一直影响到现在。

什么拆迁，这对老百姓来说，就是武化。哪有商量？哪有照顾？没有的，这就是武化。而且人见面，你买了汽车，你就必须买保险，为什么下来两个人指着鼻子互相骂？在西方没有这样的，就是交换一下保险号码。

你中国所有的事情，表现出来的人和人的关系，组织和组织的关系，集团和集团的关系都是武化的关系，你有什么文化？你那个文化是包装的那一层纸。

李　洋：您刚才说美国人的行为规范，道德准则，他也是制度约束的。

阿　城：那当然。

李　洋：要说文化，文化是很脆弱的东西，比如说你这个制度是一个坏制度，那么文化很快就毁掉了。

阿　城：对，文化是后天的，它针对的是我们人的动物性，动物性就是武化，所以说人不能像禽兽一样，必须得有一个“礼”的东西来限制你，你一旦把“礼”这种文化的东西内化了，将来碰到一个事情，（就会）像本能的反应一样，我不敢做，或者说我有怜悯心，动物没有怜悯心，这都是后天的文化内化过程形成的结果，抑制了我们的动物性。人的动物性肯定要释放，暴力片有良好的娱乐价值就在这儿，他在电影中能释放，老子不敢打你，我看电影，“啪！”打得准，脑袋开花。

健康的国家，心理健康的国家，绝对是拍暴力片，拍色情片，拍动物本能要发散的东西。

巴尔扎克很早就说过：隔着艺术的栏杆，我们希望看到狮子，没有这个栏杆，我们希望看到绵羊。越是“礼”严重的地方，像日本，鞠躬是没完的，自我的压抑是没完的，日本是全世界色情片拍得最好的，它是输出国。暴力片也是输出国，它就是把动物性的这个东西释放出来。

当你在一个武化的国家的时候，你在生活中能直接释放，暴力片没有意义，暴力片只是对“我打不过你”这部分人有心理释放作用，真正的大老板不要看这个的，遇到看不顺眼的人，我他妈想干掉你就干掉你。

（此文有删节）

［附四］还不够清贫吗

我不会下棋

记　者：你是电影《吴清源》的编剧，你喜欢围棋吗？《棋王》写的是象棋，也喜欢下象棋？

阿　城：围棋和象棋我都不会。小时候父母不让下棋。

记　者：那吴清源先生怎么会让你来写《吴清源》的呢？

阿　城：误会吧，他误以为我很懂棋。

记　者：你不懂棋的话，写剧本的时候是否也有困难？

阿　城：如果一部电影完全在描写下棋的情景，谁来看呢？观众和我们一样，大多数都不会棋。

记　者：怎么会开始当编剧的？我记得有一篇文章写香港的前卫戏剧导演荣念曾将您介绍给侯孝贤，是这样的吗？

注：本文原载于《新民周刊》，2008年6月9日。

阿　城：他将侯孝贤的片子介绍给我看。他也曾经把侯孝贤的片子推荐给陈凯歌，陈凯歌不以为然，我就觉得《童年往事》非常好。就这么个关系。八十年代初的时候，谁买得起录像机和录像带？只能是这些香港人，他们有钱，所以能让我们接触到一些港台的电影。

记　者：你当时就觉得很不错？

阿　城：是挺好的。我突然发现中国也有像欧洲新现实主义电影这样的作品。意大利的新现实主义电影有许多在五十年代国内都放过，比如《偷自行车的人》、《罗马十一点钟》，可惜就是中国没有跟上去。那时影评对这批电影也都是正面的报道。

记　者：那时候您还小吧？

阿　城：那时能看懂电影了。虽然中国和意大利的关系很好，但是中国人不爱看意大利的这类电影。中国观众是好莱坞训练出来的，最成熟的观众是上海观众，电影院门口卖手绢，知道你们爱哭。

记　者：您父亲也研究电影，对您的童年影响大吗？

阿　城：他是管电影的，算是领导，但实际也管不了什么。划成右派之后他就劳改去了，他跟我们说不上话。等我长大了，我有自己的思想，所以他的电影观念对我并没有太大的影响。不过有一点，我父亲对意大利新现实主义电影也是很喜欢的，你看他五十年代写的影评就知道了，对它们的评价都很高。

我做很多事情

记　者：你现在既写电视剧，又做策划。

阿　城：我做很多事情。这些只是你们看到名字了，不怎么挣钱，维持基本的生活，还有很多你们看不到名字的事情。

记　者：那么写电视剧、电影剧本是不是完成就好，就当交差？

阿　城：你们不太了解编剧这行当。特别麻烦。经常导演说这里要加两句废话，要磨很久。要磨很久是什么意思？好比说原来你一年可以挣到十万，现在可能要磨五年。

记　者：自己编剧的电影会去看看吗？

阿　城：一个电影编好剧，可能七八年才拍出来，人家早把你给忘了。

记　者：近期写了一部电视剧《贞观之治》，怎么会去写历史题材的？

阿　城：因为大家对历史都不感兴趣。之前的历史戏那是历史戏吗？都是戏说。我说的是正史。

记　者：对现在的文学期刊、小说有了解吗？

阿　城：基本上不看了，也不太关注。

记　者：你说对当代文坛完全不了解，但如果有朋友新出了一本书，送您一本，您总会去读读吧？

阿　城：我一般都谢绝此类赠书。我要买，不要送。朋友的话我们应该帮助他，而不应该占他便宜。他的样书可以送给企业家，企业家对他帮助更大。

记　者：你说作家是乞丐。据我所知，进入体制内也可以糊口，你是特别看重这种体制外的生活方式？

阿　城：我认为在体制内糊不了口……

记　者：那我们试着过一种清贫一些的生活呢？

阿　城：还不够清贫吗？电影我都不看，那样的票价我承受不了。

不需要做多余动作

记　者：在洛杉矶的生活是怎么样的？

阿　城：就是因为不认识人，所以在洛杉矶的生活比较好过。在中国是你必须认识人你才能过，关系是一种资源，而在美国不是，不需要做多余动作。

记　者：你还是有偏爱的文学作品，比如木心的作品，你个人就比较喜爱。

阿　城：木心的作品应该是我们这一代人知识构成的一部分。反过来，现在的文章，其实不需要太多的知识储备也能看。面对木心的困境，其实是一个新中国的读者所面临的困境。木心、陈丹青的作品会有新鲜感，那是因为他们的知识结构和我们的不同，我们所受的教育是相似的，是同构的，看到第一句话就知道他下面要说什么，就是这么个情况。

记　者：但是一个美国人，他的知识结构和中国人的知识结构肯定是不同的，这不能推出这样的结论：他的文字一定是优秀的。

阿　城：先不要说他是优秀还是糟糕的，不要挑挑拣拣，先拿进来，没多少菜了，还挑什么？挑的结果肯定是营养不良。

记　者：说到知识结构，同样是亚洲人，你觉得日本的电影如何？

阿　城：日本电影大师太多了，不要老说黑泽明北野武，他们是拍给西方人看的。在日本，只有没水平的导演才把获奖当一回事。文学也一样，日本的剑侠小说一出来，金庸那些小说就不用讨论了，也没什么好讨论的，没法比。

[附五] 拍好商业电影是很难的

记　者：你编剧后的电影，你会去看吗，还是都不看？

阿　城：你们对电影太不熟悉了。电影是导演的，不是编剧的，编剧写过什么你们完全不知道。

记　者：写出来了又不按剧本拍，那你不会觉得郁闷吗？

阿　城：谁说要按着编剧来做的？哪条法律说的？那是出钱人叫我写的剧本。他们对投资人负责，不是对我负责，不能误会导演是对我负责。我不看得很重。

记　者：你现在不写小说了吗？

阿　城：写啊，不发表。写完以后扔抽屉，没人管。没有说写东西一定是给别人看的，哪有这种道理。写东西就是一种习惯。

记　者：会不会有一些拿出来？

阿　城：那得中国的审查制度改变了，我不想人家改我的东西。现在做编剧是临时的。我得生活，我做不到清高。

注：本文原刊于《南方都市报》，2007年12月5日。标题为本书编者所加。

记　者：现在也有写畅销书富了的啊。

阿　城：畅销书是另外一个概念。几万册几万块钱，怎么活得了啊。你不是畅销书作家你根本就是要饭的。

记　者：你是看不上畅销书吗？商业片呢？

阿　城：我写的书一定不会畅销。不是看不上，是你根本写不了。都以为写畅销书是很容易的事，那是很难的事。最难做的是商业的东西。商业的东西是牛，谁都见过。艺术的东西叫鬼，没有人见过。画牛难啊，画鬼容易啊。

记　者：你看电影也买盗版碟吗？

阿　城：我不买盗版，只看别人买的盗版，我不知道它是盗版的。连这么一点娱乐你们都要剥夺？六十块、八十块的这种电影，谁看得起？

记　者：你怎么看商业大片？

阿　城：没有商业人，精英是什么东西啊？商业是我们生活的基础，我们一刻都不能离开它。没有可指责的东西，只有商品质量高还是低的问题。国内拍的电影，他说我是商业电影，狗屁，你才不是商业电影，你质量这么差，假冒伪劣啊。我们根本还没有触及到商业，我们现在只触及到假冒伪劣。商业健全了才能谈流行文化。

记　者：平时看什么书？

阿　城：我看原料，第一手材料，比如社会新闻，文学不是从文学产生出来的，这样最后变成一个痴呆儿。近亲结婚永远是痴呆儿。

绘画&摄影

星星点点

一九七九年，记得是夏天。晚上，黄锐到北新桥我家里来。所谓家，是为了结婚刚借的一间七平方米的屋子。如结婚，凭政府配给的票，可买床一张，还可以买，很奢侈，书柜一具。天气热得漆发黏，但终于还是把柜门拉开了，我的画在里面。黄锐要看看它们是不是可以参加一个画展。

黄锐看了，说还可以。我很感激，也明白自己有几两重。三十岁，不是狂的时候了，二十不狂三十狂，都有点儿发育不良。

如约在几天后赶去参加筹备画展的聚会，地点在东四十条的一个大杂院里，东屋，墙壁斑驳。晚上，灯没有罩儿，映得人如木版画，越近灯下，越精细。灯左马德升，灯右黄锐，两个发起人，都谦和，热情，声音中气足。屋里坐满了人，几乎都抽烟。烟弥漫到屋外，屋外也有人，站着，凡议到要紧处，就挤到门口。芒克，诗人，很英俊地问："喝点儿茶吧？"里外忙着，把几摞油印好

注：本文是作者为"星星画展十周年纪念展"图录所写的纪念文字，1989年。

的单页，一张张折齐，订起来，成为《今天》杂志。

很可能我记错了，画展的名字“星星”就是那天黄锐提出来并且定下来。我同意，这样可以让人说清楚是哪一个展览。

黄锐和马德升为了展出的场地到处奔走。马德升被大家称为老马，其实不老，拄拐，却灵活异常，甚至可以在拐上做双杠动作，令人目瞪口呆。我总以为老马出面事情会好办一些，其实中国是个平等的国家，不给其他人的，也不给残疾人。我曾随着去过美术家协会，印象是接待的年轻人很热情，但管不了事，管得了事的却不能答应任何事。

没有任何单位可以提供场地，不是因为钱。于是大家决定十月一日前两天在中国美术馆外的街头公园展出。

“星星画展”，是个雪球，越滚越大。有天见到黄锐，他很高兴地说，有一个搞木雕的，叫王克平，东西很好。于是晚上到黄锐家，王克平已经在了，很温和的一个人，东西，令人吃惊而且喜欢。又有严力，很聪明的某种成熟，诗写得极好。黄锐、老马也都会写诗，我很钦佩，因为诗实在是极难的东西，需要才分。当然还有李爽，我一直认为她是少有的那种天性能克服阴影的人。人是越来越多，朱金石、周迈由、薄云，我亦把毛栗子介绍进来。我记得有一张几十人的名单。

我所能做的事，一是将大家的画翻拍洗印出来，希望卖出以补经费；二是运画，把别人的画用三轮儿车先运到黄锐和老马家，再运到展出场地，之后装画到镜框里去，这是需要仔细的活儿，我很仔细。

出汗的活儿是运王克平的木雕，很沉，其中一个叫“沉默”的木雕，搬起来吃力而且有预言性，展览被取缔了。

结果是一九七九年十月一日中华人民共和国三十周年那天的第一次不是为了庆祝的游行，再结果是允许在北海公园画舫斋展出。于是再搬运，结果困难的是钉子。冬天到了，几百万家要装煤炉取暖，钉子售缺。但是历年的钉子还在，我从一扇老窗上使用各种办法拔出一百一十三个钉子，长短不一，都有资格进博物馆。

来年，一九八〇年，第二次“星星画展”在中国美术馆栅栏里展出，人有退出的，有新加入的。展出之前，江丰来审查作品，脸红红的，上海浦东口音，看了放在西城黄锐家的画，都通过了。再到东城看王克平家的木雕，除了“偶像”，也都通过了。后来“偶像”还是展出了。我认为它是几十年来有关毛主席他老人家的第一个可称为艺术的作品，有种可触摸的幽默感。

之后，历史上到目前在大陆没有第三次“星星画展”。

我不知道历史要怎么写，尤其是那种具判断的历史。古今中外在事实上几乎是没有判断就没有历史了，结果变成为重要的是判断。可是十年前那盏昏黄的灯哪里去了？

斑驳的墙壁哪里去了？当然，闪光灯过后，一排笑容可以固定在胶片上，可是某天中午大家去隆福寺吃芝麻酱面条，老马把拐杖靠在桌边儿，黄锐举着钱挤在窗口，大家把一碗一碗的面条从人头上传出来，有一碗撒了，王克平笑了："我操！"这些怎么判断呢？

历史，对于某个人，某些人，也许是那些不能与其他人共享的部分。

心道合一

——观刘丹画作

面对刘丹的画，心中不免还是那些老问题变成新问题或新问题变成老问题的问题。

问题不妨从“轴心期”（the Axial Period）再说一次。轴心期也译作轴心时代，是德国人雅斯贝尔斯（Karl Theodor Jaspers，1969年在瑞士去世）在1949年出版的《历史的起源与目标》（*vom Ursprung und Ziel der Geschichte*）中提出的概念。

雅思贝尔斯认为公元前六百至前三百年间，是人类文明的“轴心时代”，人类的几大文化模式（古希腊、古中国、古印度）都发生了“终极关怀的觉醒”，开始超越和突破原始文化，以理智、道德面对世界，而超越和突破的不同类型，决定了今天不同的文化形态；其中都出现了伟大的精神导师——古希腊之苏格拉底、柏拉图、亚里士多德，古印度之释迦牟尼，中国之孔子、老子，他们提出的思想原则塑造了不同的文化传统；自此人类一直靠轴心时

注：作者为刘丹画册《心道合一》所写的文章，苏州博物馆出版，2013年5月。

期产生的思考和创造而生存，诸次新的飞跃都回顾到这一时期，被其重燃。换言之，轴心期潜力的苏醒和对轴心期潜力的回归，或者说复兴，总是在为人类提供精神动力。

简言之，轴心期是人类自原始巫中开始觉醒的时期。

我们知道，原始巫时期，照荣格（Carl G. Jung，一八七五—一九六一）的说法，是一种集体无意识。古希腊从苏格拉底，到柏拉图再到亚里士多德，逐渐形成一个开始个人意识从而质疑原始巫系统的小系统，苏格拉底和亚里士多德正是因“渎神”之罪，前者被判饮毒堇汁而死，后者则避离雅典。虽然当时希腊实行公民民主制度，但在信仰上是原始多神教，即所谓希腊神话。

在东方，约略同时，东周的春秋晚期，主要有孔子和老子及战国晚期的庄子，由他们构成了觉醒的小系统。老子《道德经》开篇即直白宣称“道，可道，非恒道”，可以说出的道，不是我要说的那个终极的道！可以说出的道是什么？就是存之久远的有绝对话语权的原始巫的道。因此老子的道，提出的是超越祖先、神的终极，是全新的宇宙之源；孔子则客气些，“子不语怪力乱神”，那么言什么呢？言思，言仁，言志，言礼，总之言觉醒，摆脱集体无意识。因如此，孔子周游列国，均遭排斥，被讥为丧家狗。孔子不恼，反用以自嘲，他很明白他面对的是什么。

老子主要言道，但其“言”，则是由区别于集体无意识的“心”而来，既是初创，不免常常“无以名之”；孔子则主要言心，亦间或言“道”。后来的孟子、庄子都讲到“心斋”。总之，孔、老尽管有不同，但都重在心与道的关系上，这是轴心期的本质。后来的中国读书人，最重要而且不懈求索的就是心与道的连结，直到当代。不过孔子还要更进一步。

《论语·先进篇》第二十六则详细记载晚年孔子让弟子们各言其志，子路说能够治理国家，冉求说是能够治理小国家，公西赤则说是在祭祀中做个小司仪。曾点，也就是曾子的父亲，停下鼓瑟，说我和他们三个不同，我希望“莫春者，春服既成，冠者五六人，童子六七人，浴乎沂，风乎舞雩，咏而归”。夫子喟然叹曰：“吾与点也”！

暮春时分，换季的春服已然做好，与五六个朋友，六七个童子，去沂水洗浴，到雩坛高处吹风，之后歌唱而归。

这是在言志向吗？孔子居然同感而叹，说，我和你的志向相同啊！

孔子在此明确表示，我过往与你们谈论的仁啊礼啊，不过是手段，它们不是目的，目的，也就是志向，是身心达到自由状态。

在这个意义上，才能理解宋代《唐子西文录》的记载：“蜀道馆舍壁间题一联云：天不生仲尼，万古如长夜。”心无觉醒，达不到自由状态，才是漫漫长夜，而开启者是孔子啊。古希腊的苏格拉底、柏拉图和亚里士多德，不也是如此意义吗？

明乎此，才能转视到刘丹的画。刘丹以怪石为题材，种种怪石，应该是心与道的关系映射。怪石既是道的映射，又是心处自由状态的映射。

中国品评书画，有神品、逸品、能品之分，神品虽然是人所写绘，但看起来如同就是自然本身，道本身，非人所能及；逸品，则是观之乃自由状态，写绘无有所碍；能品，则重点在技巧无人可及。刘丹选怪石为题材，恰恰能将三者之优贯彻为一。

怪石之怪，要说到轴心期的庄子。

《庄子·内篇·德充符》描绘了诸多丑陋之形：兀者、哀骀、闉跂、无唇、瓮盎大瘿等等，其他诸篇，亦常有例，然而庄子并非用来非议，反而是赞赏。为什么？因为丑形之内，有自然美好之精神，非懂心者，不能辨之。

庄子开了中国文化的“审丑”先河，我们长久沉浸其中，已经不自觉了。两千年后，现代主义艺术中，丑怪之形，凸显出来，用以传达人内心的异化和动物性的冲动，与两千年前轴心期的庄子的“心斋”追求，方向不同。

中国传统绘画中的诸种笔墨追求，其实质，都可视为心与道的联系的开放性探索，怪石尤其是其中心道合一的表达。

不过我于轴心期概念之外，尚另有所想。轴心期的概念，指出人面对原始巫的觉醒，但原始巫对艺术的决定性影响，又当再论。

现存的艺术类型，无论原始、古典、现代、当代，其原理的核心，仍是在万古如长夜的原始巫时期确立的，并非因轴心期的觉醒而有所改变。为什么？集体潜意识，与我们人类的生物本能相联系，或者就是我们的生物本能。与其相比，轴心期才有两千余年，艺术家如果过于依赖觉醒的概念，有自取灭亡的结果。近当代逐渐扩张的批评话语权，将艺术视为文本，唯批评家才是觉醒者，创作者不重要或将创作者视为品牌。这些，是否与轴心期的觉醒概念的被异化有关呢？

雅思贝尔斯是存在哲学（Existenzphilosophie）的代表者。一九六三年商务印书馆出版了贺麟编的《存在主义哲学》，我记得一九六五年有两个迷哲学的同学谈论到其中的雅思贝尔斯，可是后来又有个赞颂“文革”的法国存在主义的萨特，把这两个同学搞得颇为混乱。我后来才知道，雅思贝尔斯将存在哲学与萨特的存在主义做过严格的区分。当年雅思贝尔斯身受纳粹德国的迫害，犹太裔的妻子为他的学术前途提出分手，雅氏没有接受：“若我如此做，我的哲学将没有意义。”

雅思贝尔斯原是一位现代精神科医生，他无疑对人类集体潜意识有足够的知识和认识，对人类轴心期的觉醒有深入广泛的知识和认识。面对他提出的轴心期的概念，面对艺术家，在我看来，一个艺术家如果能够以原始巫为潜动力，又能够有轴心期以降的觉醒传统的能力，就绝对是一个感性而深刻的艺术家。毫无疑问，我认为刘丹是如此意义的画家，他的画作同时具有中国心道合一的传统，具有古代、现代、当代的连续与重叠的意义。

此为我看刘丹画作系列之所想，不知诸位以为然否。

乐乐画画

徐乐乐，女，南京人，精绘事，好弈，若早生五百年，在金陵一地，被称为才女怕是无有疑问。其实果真生在五百年前，现在倒未必能知道有过个徐乐乐。看看古来的诗集，不管是手订还是别裁，几乎可以结论：女人不大做诗。我怀疑其中有诈。倒是《石头记》与《桃花扇》透露了女人做诗填词的细节，推论起来，李太白，苏东坡，无疑有类似情况，只是诗歌史的另一部分，被男人搞得无从查考。

说到金陵，王气是早就没有了。古来所谓的龙盘虎踞，大约只余中华门遗址，燕子矶是失恋者的标准去处。五十年前尚为首善之地，却被日本军人惊心动魄地糟蹋。秦淮河似乎还在，左看看，右看看，只有似乎，没有其他。夫子庙依然，东西也卖得热闹，常有令人眼睛一亮的小玩意儿，转久了，就觉出像实验室关门卖狮子老虎的切片，大风流寻摸不着了。

其实风流还在，只是可遇而不可求。算算宋以后的书画家，十之七八是南人。江河决口，水退了，却留下地

注：本文原刊于《雄狮美术》，1989年1月。

力，所谓“遗泽”，长东西总是方便，再算算近当代的书画家，十之七八还是南人。《石头记》里写薛蟠在金陵夺别人一柄扇，正道着江南民间雅物甚多。学书画，磕头碰脑总能亲见名家手迹。街壁标语，门上留条，常常一笔好字。凡到了耳濡目染的地步，想成就事，修行在个人了。

乐乐工人物，章侯的路子。

说到陈老莲，近几年大陆不少画家在琢磨他的东西，道理恐怕在于章侯是铺排出原理的人。艺术有点儿像“性”，第一是人的本性，第二是原理就那些。原理的组合，部分原理的扩大，若以具体创造者的痕迹出现，各色人等就惊呼新品种，雅的说法是“创新”。毕加索老实，他说，艺术是发现。

所谓艺术传统，大概就是历来发现并且确立下的原理。

陈老莲继承了一种丑的原理，这种丑，可以从历代人物造型当中发现，例如汉画像石，例如顾恺之等等等等。尤其是大致从宋以来文人画对笔墨原理的不断发现及对个人痕迹的极端重视，因此常常出现“复古”，也就是说，再从最朴素的原理出发，用个人的痕迹走一遍。相对于渐失个人痕迹且强奸原理的“美”，丑是复活原理，是维护原理，其实也就是常说的创新。

陈老莲还有一份少见当代大陆人提及的东西。

文人书画的气质里有一种根深蒂固的颓废，这是一种含量非常大的精神，举凡诗经直至现代，无一不有它的质在其中。但颓废很怪，只有在不自觉的时候才迷人，所以有时雄奇，若苏东坡、辛弃疾，有时婉约，若王实甫，有时旷直，若李白，有时简素，若张岱。绘画亦如此，章侯复如是。老莲在金陵与女人的关系非常密切，密切到当时的人求他的画要去托女人的门子。但颓废还不是指这些，而是指松懈某种狭隘，敏锐的悲观。颓废是造成艺术敏感的重要的质之一。风度在于不自觉的时候，颓废亦是摹仿不来的，摹仿的结果是可笑。

乐乐曾作《离骚图》，长九尺，人物皆女性。乐乐说：尝试过多回，画男的就是不入画。这很有意思，中国有所谓“我注六经”，不客气的说法是“六经注我”，皆是在讲传统与各自的当代。徐解离骚，我看是“离骚注乐乐”，或“章侯注乐乐”。这样讲，狂是狂了一些，但无霸气。看乐乐的画，总有不可多得的舒解之气，全无四十年来充斥大陆画坛类似壮阳广告的暴戾。

南京颇有几个善用洒金宣书画的人，乐乐是其一。洒金宣的假富贵气极难调教，乐乐却能化“富贵”为神奇，基本道理之一，是对材料的认识与处理。这其实是画工的常识，本不属于才气，但历来的大家，常常闷声不响在对材料的认识上，之后别人在他们的处理中见出才气。常识专门拌挤在艺术门口的人的脚，好给天才让路。

乐乐迷人的地方还不在以上，区别于其他学陈老莲的人，她独有一份仿不来的颓废与天真。

现实反而不是一切

刘小东的画，不应该总是被现实主义这样一个话题纠缠着。

我们都知道，唯物主义，唯心主义，并非是讲唯物主义的人就不唯心，讲唯心主义的人就不唯物，而是唯物主义认为第一性的问题是物质，而唯心主义认为第一性的问题是精神。上个世纪初从日本传来的“唯物主义”和“唯心主义”这两个日本汉字形词，真是害了不少使用汉字的中国痴汉，将“唯”认作“唯一”，唯一当然就是其他都不算数的意思，当然就要辩论了，当然就要斗争了，很激烈。长达半个世纪的中国唯物主义者认为唯心主义是反动的，也因此当唯物主义归为权力的意识形态之一的时候其实是不可辩论的，唯心主义者于是糟糕了。

讲了将近百年的现实主义是上面议题的同质议题，虽然没有上面的议题那么严重。对于物质世界，古希腊人早有明察，说，你不可能两次踏入（完全相）同一条河。

现实瞬息万变，因此不可能复制自己，何况用其他的

注：本文是作者为《刘小东1990—2000》十年回顾展所作的前言。

材料去复制现实？

但对于绘画来说，我想强调的是，同时在同一条河边，不可能有完全相同的心理反应。

艺术的创造性就在于我们怎么看现实。如果现实只有一种价值，人类只需一个复制者去描摹即可。如果价值在我们怎么看，则凡是人心的取向都是珍贵的，只是你对画出“你怎么看”，或者你根本就不屑于去画。

小东的画是这样：

我们都看到了，为什么你画出来的不是我看到的？为什么你画出来的不是我感觉到的？为什么你画出来的不是我注意到的？好像是眼睛的问题，其实不是，是因为心的选择而导致视而不见，视而另见。永远有对现实的价值取向和判断。而艺术中珍贵的是在公共价值中的私己取向。再有，就是那个一刹那，一刹那之后的注目，追踪，移到架上，删添结构，好像是记录一个现实，其实不是，是翻找、检选、调整自己的价值取向，而要命的，是那个价值总是说不清，说到一个地步，就说不下去了，就走样了，但是，画，在那里了。

所以，自觉的艺术家，不是能说出他的感觉，而是能感觉他自己的感觉。现实呢？随便吧。

唯心主义者处理唯物主义的话题，唯心主义者处理现实主义题材，就让人心动了。

“不是风动，不是幡动，圣人心动”，现在不讲圣，是人心动。

何似天之涯

上上个千年九世纪时，伊斯兰势力进入中亚细亚，与该地贵霜帝国几百年传统下来的佛教有艰苦的斗争。彼时的中亚，大乘佛教文化浸润既久，弥勒信仰的喜乐精神造成中亚民族的歌舞传统，这在土库曼、乌兹别克、吉尔吉斯、塔吉克乃至维吾尔地区的民间歌舞形式中，无不历历鲜明。克孜尔洞窟中佛教壁画以及柏林民族博物馆中的藏品所示的歌舞场面，记录着流传至今的新疆民族歌舞的动作原理，细节则更为坦荡狂放。和田地区的达玛沟佛教遗址的残存壁画，可以明确判定的月光童子形式的转轮王形象，则是舞动的男性裸体，勾画准确的生殖器并无猥邪，与舞姿共同造成佛教的勇猛精进之状态。此和田地区，乃伍麦叶王朝势力最后征服的地区，反征服的斗争长达十年，其间和田人越过昆仑山脉，搬土蕃阿里救兵，终不敌而陷落。教虽改宗，唯歌舞形式流传下来了。

不过我在这里铺陈历史，并非为小东张传统之目。刘

注：本文发表于“刘小东在和田”（LIU XIAODONG HOTAN PROJECT）项目网站，2013年1月。标题为相关编辑所加。另外，《刘小东在和田＆新疆新观察》一书（中信出版社，2013年3月）亦收录了此文。

小东选择画和田，我最初以为是什么大选择，询问之后，才知道仅为挖玉的人。资料准备并不够，结果为当地常态的沙尘暴所苦。这让我想起上个千年十五世纪西方殖民主义的最初窘状。

小东从来是直接面对人的，他什么人都画，直视对象。这令不少人很不适应。人以类聚，物以群分，不少人对他人感不感兴趣，是以类分的，推延至艺术，也是如此。另一种选择，则是猎奇。小东画人，不分类，不猎奇，既不高于对象，也不低于对象。

这说起来有点类似动物的凝视。以我从旁的观察，小东画人，是看对方有没有自己的类似自然主义的状态，这个状态不假持他人，有一种自己都浑然不觉的，我愿称之为尊严。这一点很重要，有决定性。摄影术发明之初，我们总会看到被摄取的人物的呆相，那是因为需要长时间曝光的原因，即使像慈禧太后或满清亲王那样的人也很难维持一分钟之内僵持不动。曝光时间短了之后，我们从上个千年最后一个世纪之初的西方殖民者的摄影中，看到的是摄影者高于被摄者的选择，另外就是猎奇，当代旅游照片继承了这一传统。某些当代写实绘画也不自觉地继承了殖民者的这种眼光。

不知道小东为什么没有继承到这样的意识，在我的印象中，小东一直就是这样画人的。在我看来，是不是在和田画，是不是画和田人，对小东都不具终极意义，他画就是了，所以才会有去和田之前不问青红皂白，才会有沙尘暴之苦，那样的棚子根本不适合那样的气候环境。小东以自己的直面能力，抓住了我们现在在画面上看到的人。

在中国当代画家中，小东是那种少有的被过度释读的画家。小东的作品的穿透力，即在于此。小东近年来有将自己的画作过程文本化的倾向，我未有能力将之视为喜或视为忧，因为文本批评已经是一种当代包装了，一般来说，作品很难穿透具话语权的包装，这是福柯他们造的孽。

在中亚：历史与现实

我最初对新疆感兴趣，是它为什么叫新疆？为什么不叫旧疆？因为我们家里有亲戚在新疆，所以话题老有新疆、新疆，我就问，“为什么叫新疆？”大人们不知道，后来到小学这个问题就解决了，小学开始有历史课了嘛，就知道为什么叫新疆了。再长大的时候兴趣就扩大到中亚了，中亚是什么概念？因为我对佛教史比较感兴趣，所以对中亚也就越来越感兴趣。中亚有几个国家我都去过，有的地方去过不止一次，主要是想了解那里的佛教。因为公元一世纪的时候中亚这一带，从阿富汗、印度，一直上去，都是佛教国家，他们信仰的是佛教。

在新疆，像和田、库车、龟兹、克孜尔石窟等等，都是在公元七世纪以前逐渐积累起来的佛教文化。这次因小东的项目去新疆，我有一个问题得到了确认，就是佛经其实是吟唱的。比如《悲华经》十万言，大多数经更是上百万言，一个人怎么可以记住？要背诵其实是非常困难的，只有把它编成唱的，才可能记住。佛经是重复性的，

注：本文是作者在“刘小东在和田”艺术项目研讨会北京站的发言，2013年1月13日，今日美术馆。

像音乐里面的复唱，唱了一遍再唱一遍，用转调，就是赞颂。佛经的吟唱形式保留在新疆的音乐里，木卡姆的原形就是佛经的演唱，当然在伊斯兰教文化进来之后，它整个内容就变了，但音乐的形式没变。木卡姆唱起来可以唱好几天，这个时间长度正好相当于是最长的经，数万言的。

我们再看克孜尔石窟和达玛沟（这是当地的叫法，其实应是达摩沟）佛教遗址壁画上的歌舞形象，人物都是裸体的，它不像后来的伊斯兰教那么严格。连当时的国王也是裸体跳舞的，伴舞的女性、男性也是裸体的，它颠覆了我们汉传佛教对于佛教的一些理解。佛教不是很平和吗？很要求没火气吗？不是的。我们读佛经知道佛教一个很重要的东西叫勇猛精进，从新疆发掘的这些佛教遗址来看，它是有勇猛精进这个力量的。正好去年我又去了一趟乌兹别克，那边发掘出来的佛教遗址也是这样的。往西边去，整个中亚，都是一脉相承的，整个贵霜帝国时代的大乘佛教，全部都是这种模式，就是勇猛精进。

这个勇猛精进还有另外一个体现，就是在公元七世纪的时候（大乘佛教发生在公元一世纪），伍麦叶王朝（阿拉伯的伊斯兰教王朝）开始东进，扩大伊斯兰教的传播范围。它经过帕米尔高原（亦即以前的葱岭，现在的阿富汗）之后，把新疆这一带逐步攻克，和田是最后一个被攻克的。这也是为什么小东说要到和田去画画，我很感兴趣的原因。这次在和田收获非常大，我想，这个地方为什么能够抵抗伊斯兰势力的入侵长达十年？原因有二，第一是它国力非常强大，第二是它一定有一种很值得保持的生活方式，伊斯兰文化来了之后，这种原来的生活方式有可能被毁灭掉，所以要拼死抵抗。长达十年是个全民抗战的概念，这期间他们还翻过昆仑山，跑到西藏的阿里去搬救兵，于是阿里派兵过来，帮着和田抵抗入侵。所以和田的人种里，有非常多的西藏的基因，我们通过他们的骨像基本上可以辨别出来。和田人有很多是蒙古人，那是以后的事情了。但从阿里王朝搬过来的这些藏兵，最后还是抵抗不了，十年之后，和田被攻占，佛教的生活方式基本上就被否定了。

这个否定并不是全部的，和田保留了一些本来是伊斯兰教不允许的东西，比如说歌舞。这里面有交融，有妥协，有接纳。伊斯兰教的要求有一点像大乘佛教早期的苦修，人都要对自己比较严格，所以歌舞这种表达欲望（的东西）是会被压制的，但是没有办法，这个地方歌舞了几个世纪了，如果要禁掉这个，那么遇到的反抗将非常大。这个有点像当年康熙看到顺治朝的时候因为要强制留辫子激起汉人非常激烈的反抗，康熙就说，好，既然是这样的话，那就别留辫子了。结果这个诏令发下去以后，很多汉人已经习惯了。所以清朝是在康熙年间就有诏令可以不留辫子的，结果后来因为习惯了，最后民间就把它一直保留下来了。

可见侵入者还是要有一定的妥协的。不同的文化，一定要有互相的妥协，才能够比较好地融合在一起。如果互相都不妥协，那就是鱼死网破。妥协之后，我们现在才能看到我们特别喜欢的新疆歌舞，它的整个形式实际上是佛教文化。这次去和田，达玛沟佛教遗址的壁画，验证和加强了我这一看法。这些壁画被发掘出来，真的非常非常珍贵。

另一个收获是关于月光童子信仰的。在北齐的时候，人们信仰月光童子。我们看青州的北齐雕像，可以看到文宣帝打扮成月光童子的样子，那不是菩萨，而是文宣帝本人。关于月光童子的经，来历很可疑，一直在佛学上有争议。有一派，认为这个经不是阿富汗出来的，虽然大部头的经都是阿富汗出来的，但月光童子不是。为什么呢？从它的行文和叙述的方式来说，它不是如是我闻，它一开始就跟你讲月光童子这个故事。假如我们放开一点看，抛开汉语语言这么一个极端关注角度的话，我们发现它非常像维吾尔族讲故事的方式。因此，这一派就说，这个是当年在西域造的经，传入中原，造成了一个很短暂的月光童子的信仰。

后来隋文帝也继承了月光童子这个信仰，到了隋炀帝的时候就没有了，所以月光童子这个信仰非常短。这两朝的译经僧是同一个人，那连提耶舍，查他的籍贯，是西域的。这次看到达玛沟遗址的壁画时，我又发现壁画上的国王裸体是没有阴毛的，没有发育完整，所以从他的生殖器可以判断他就是一个童子。这立刻让我意识到和田也许是月光童子经的发源地。所以看到这个壁画给我非常大的鼓舞，就是说可能我们再进一步考证，就可以找到这一部经的发源地。

这次我去和田，主要是辅助小东的工作，帮他做纪录片。纪录片一开始，大家看到那片黄土一样的东西，就是佛教遗址。这个纪录片里，大家可以看到佛教和伊斯兰教这两个新疆的文化积累。在这两个之前是什么？是萨满。但因为地方上控制比较严，我们不容易拍到萨满。如果拍到的话，这个半小时的纪录片在文化层面的表达会更完整。如果诸位中哪个有什么特殊关系，可以把萨满的那些仪式和场面记录下来，那将会对新疆的文化积累有更清楚的影像展示。

我一直把新疆和中亚作为一个文化整体来看待。中亚的歌舞是从贵霜王朝的佛经文化留下来的，之后才是伊斯兰教。纪录片中木卡姆演唱后面那个长的祈祷，就是伊斯兰教的祈祷。为什么我说中亚的歌舞是佛教的呢？在我所接触到的有限的中亚萨满里，它的歌舞形式不是这样的，它是迷狂，它不是现在我们看到的新疆歌舞，后者不是迷狂，而是男性的勇猛精进，女性的柔美，那是供养要求的柔美，它跟佛教的供养关系比较紧密。

新疆以前叫西域，西域对中国佛教有决定性的贡献。

贵霜帝国的大乘佛教兴起之后经历两个阶段，一个叫般若系，般若系是苦修，你不苦修不可成佛；之后遭到毁灭，就开始出现涅槃系，也就是迦腻色伽王在位的时候，涅槃系是浴火重生，死过了，完了又出来，又出现。般若系是智慧系，但它的形式是苦修，不是人人皆可成佛；到了涅槃系的时候，佛教的一个比较本质的东西有所改变，为了再一次吸引信众，所以提出人人皆可成佛，也就是谁都可以成佛，狗子都有佛性。后来禅宗所利用的最核心的东西就是这个。这两个阶段的佛经在根本上是有所抵触的，所以就形成后来的大、小乘。大乘是涅槃系提出来的，也就是说我是主流，你们以前的这个是边缘，是小的。这是大、小乘最根本的意义区别。

在宗教辩论上可能会有很多说法，但用我们现在的语言来说就是，大乘是当时的主流；小乘，也就是第一次变成支流。支流，就是现在的南传佛教，坚持出家，坚持男孩子七岁就要去剃度，到庙里去，十几岁再还俗，他要经过这么一个苦修的阶段来识字和学文化等等。到了大乘的时候，你不到庙里也可以，你可以当居士，在家持戒，一般的人，坚持供养就可以成佛。这个供养制度，后来在中国导致著名的“三武灭佛”，就是你供养太多了，庙又不交税。历代政府都不敢跟庙收税，你敢跟神收税吗？那神不保佑你了。所以庙产越来越大，国家的税收却越来越低，那只能灭佛。灭佛就是资源重新再分配，包括税收资源重新再分配。

我们大家都很熟悉唐三藏也就是玄奘，他为什么要取经？在唐初的时候，或者在隋的时候他碰到的问题是，佛经已经非常之多，但是他们互相之间有矛盾。玄奘这个人绝对是世界级的天才，二十岁的时候他就已经发现这个根本的抵触在哪儿，但是他没有办法解决这个问题，于是发誓要取真经，其实就是取原典。我要去原典那儿看他们为什么会发生这个问题。所以他想到西天去取真经。那时正好是初唐，贞观年间，唐太宗把边界给封锁了，不允许人们往西走，要断绝和西域的关系，因为他认为西突厥会有威胁。后来碰到一次九年大旱，唐太宗就下令把关打开，让灾民出关去自讨生活。玄奘这个时候赶紧就装成个要饭的混出去，后来他自己脱队跑掉了，有点叛国的意思，跑国外去了。靠他一个人完成取经是不可能的，谁帮助他？是高昌国的国王。高昌国的国王说，玄奘你留下来，你帮我做佛教这个事儿，玄奘说不行，我的志愿是取真经，取原典。那高昌国王说，好，既然这样，我帮助你。实际上玄奘得到了国家级的资助，他这个取经的队伍，从高昌出发的时候是一百多匹骆驼，而且吃的、喝的、用的，是一个国家级探险队的配备，所以他可以一直走到阿富汗。到了阿富汗，他也就明白，原来是发生了两乘佛教的演进，这两乘佛教的教义有改变，这是他取经抓到的最核心的东西。

所以，在南下到印度去的时候，他为什么会成为上座？因为没有人辩论得过他。他会指出你这个是小乘的问题，你想得到一个大乘的回答是不对的；你这个是大乘的问题，是这个经解决的，你不要期望那个经去解决。他有这个智慧之后，哪有什么人能够辩得过他？因为当时其他地方没有佛教，他的影响虽然只到达印度这儿，或者说局限在亚洲这个范围，但他也可以称作世界顶级的佛学权威了。

当他回国的时候，有人劝他，从海上一路回去怎么样？到海南，到泉州，到舟山，都可以进入你的祖国大唐。他说我不要，我要原路返回。也就是重新再走一次中亚之路，走一次新疆之路。其中原因，我们在这儿可以做一些不过分的想象：他要再一次验证，我所了解的这一切是真的吗？是对的吗？就像还愿一样，你们教给我的，我要对你们礼敬。于是他从原路非常艰苦地回去了。唐太宗听说，原来偷跑出去一个和尚，现在成了大师回来了，于是他叫房玄龄到长安一百里以外迎接他。玄奘，这样一个自费留学生，现在自费改公派，被国家承认了，要回来了。当时他是什么形象？他其实不是我们现在在电视连续剧里看到的一个胖大和尚，那是汉传佛教那些像蛆一样的住持的形象。他不是，他就是有一点像英国人，探险家或登山家这种，贴身都是狼肉，非常结实，整个皮肤晒得很黑，这是长期长途在野外探险的形象。这样的一个帅哥，我跟你说，引起长安轰动，轰动到什么程度？那些妇女，怕挤在人堆里看不见，纷纷在街边自己搭起棚子来，这样她们就可以从上面看到了。所以，欢迎他的一百里的这条路上到处都是高棚子，那些女眷们全部坐在上面，见大师过来，“哗”，往下撒鲜花。玄奘的骆驼队、马队、骡子队驮的是什么？是原版经典。也就是把英文书驮回来了，把法文书驮回来了，咱们别废话，咱们重新一步一步走，了解这些经典。所以他一直到死，第一要务就是译经。唐太宗跟他说，你这么聪明，应该参与政治，你来帮我治理国家。他说，不要，不要，我要把这些原典搞清楚。这些原典到他死的时候还没有译完，但是他对大纲非常清楚，所以他就集中先截译一些经文，跟徒弟说，我死后要把这些按顺序全部译出来。这样的伟业最初靠谁支持？靠高昌国，即现在的哈密。玄奘单凭个人是过不了塔克拉玛干沙漠的，只有高昌国的支持，才使他有了可能，才使他对世界文化史产生了这么重大的意义。

在新疆：艺术与社会

我到任何地方去，都先试图了解这个地方是否跟萨满有关系，是否还遗存着萨满的基因。因为要说到人类的文化基因的话，萨满应该就是了。在萨满之后，就是所谓西方学者说的——后来几乎大家都认可这种说法——轴心时代的一个突破，轴心时代的突破实际上说的是在孔子、亚里士多德等等这些人出现之后，他们之前的人类共同的知识系统和经验系统被突破了。突破的象征是什么呢？如果大家对孔子有了解的话，就知道“子不语怪力乱神”，就是不讲萨满的那一套，他要讲人，这样就没有萨满那样的魔幻世界了，进入人的理性思维，进入个体或者族群本身的权利价值，这个其实一直延续到我们今天。

我们的哲学思辨，人生观、世界观等等，基本上是沿着轴心时代的突破之后这个思路，一直发展到现在。但是，当碰到艺术家的时候要特别注意，因为我们现在所说的绘画、舞蹈、音乐这三样最重要的艺术形式，它们的原理是在什么时候建立起来的？实际上是在萨满时代。在这

注：作者在“刘小东在和田”艺术项目研讨会乌鲁木齐站的发言，2012年8月26日，乌鲁木齐新疆国际展览中心。

上面，听不懂民族语言的歌词其实没有关系，为什么？通过旋律和音程的变化，你就能感受到某种东西。就像我不懂维语，但是，我听到木卡姆的时候，我会从情绪、从状态上进去。我们看到别人的舞蹈的时候，我们也会加入。其实这些都是在萨满时代确立的东西，我们身上其实都保留着这些东西，它并没有因为轴心时代的突破而消灭。当然另外一部分，比如说算个命、预知等等这些，可能大家会说是迷信——因为现在我们都觉得自己是受过教育的人了，我们不会那样盲目了——但是，我们也应该返回来再去关照萨满这个人类的文化基因。

我们今天看的刘小东的这个画展，他的画画的朋友们都反映说，刘小东每到一个地方，不用待多久，待十天或者一天，他马上就能把那个地方的东西抓到了，这个东西是什么东西？当然学者爱说是精神实质等等，其实不是，它就是萨满的一部分，只是直感。小东对直感的抓取性是非常强的，我觉得在目前的中国画家里，不管是传统题材、传统技法的，或者是现代的等等，我认为还没有一个人在直感上超过刘小东，甚至还差很大距离，这是我对小东非常注意的一点。从另一方面说，或者换一个说法，小东也接触教育，小学、中学、大学，现在又做教授，但是，他身上的动物性非常强，我们很多的艺术家动物性消失了，这个动物性不是一个贬义词，而是对直觉的抓取，就像一个猫忽然就跑进来了，看这么多人在这，它马上直觉到这里不一定危险，因为他们都在听一个傻瓜在讲话，所以不会注意到我，这就是动物，一瞬间它就掌握到这个度了：安全不安全，有没有食品，有没有性对象。

所以我想说的就是，民族文化也好，各种文化也好，全世界的文化也好，它有一个文化DNA在萨满文化里头。其实在游牧民族里面萨满文化的东西更多，我希望大家更关注这样的东西，尤其在城市人、主要是汉族人道德堕落的这个情况下，游牧民族从生下来就知道什么是公共的，公共是不可侵犯的，所以他们有牧场迁徙的概念，因为所有牧场都是公共的。内蒙古自治区实行定居式的放牧，这是不对的，这是违反文化的，同时也是违反自然的，因为羊在划定的区域里面来回啃，这个草原很快就退化了，沙漠化，它必须得是大面积的共同牧场，这个草原才不会灭绝，才会长起来。

人老珠黄

人老珠黄，人老了，珠黄了。人老，好懂，可“珠”是什么？既然先说了“人”，那么“珠”应该是眼珠了？不对，这个珠指的是珍珠。珍珠银白色时有价值，时间久了，黄了，就没有价值了，人老了，也没有价值了。因此，人老、珠黄都是“没有价值”的意思。

但是这个“珠”，仍然可以解为眼珠。人过了六十岁，晶状体开始混浊，混浊得不好，则为白内障。目前的医疗技术，可以将白化了的晶状体取出换入透明的，因此已经不是什么大问题。大问题是晶状体开始发“黄”，老化了，但并不影响看清东西，可是，影响辨别色彩。晶状体发黄，就像我们戴上了一副黄镜片的眼镜，看一切东西都偏暖，即使只偏暖一点点。一般人还不要紧，以调整色彩为职业的人，有麻烦了。

以画家为例，当然这里我指的是以调整色彩为主的画家，例如油画家。

俄国画家列宾虽然在世界上并不著名，但老一辈中国画家对他很熟悉。俄国十月革命后，列宾移居芬兰。晚年

注：作者提供此篇文章时未标注写作时间，待考。

的列宾没有放弃油画，但他的画作的画面调子开始越来越偏冷，一些人指出他色彩不准确，这对一个画了一辈子写实的画家来说，几乎是污辱。但旁观者是对的，列宾不知道自己的晶状体开始变“暖”，于是他在调整的时候，多加冷色，到他认为准确的时候，我们看来就过分了。

法国画家莫奈也是如此。他晚年的“睡莲”，偏冷，紫色用得很猛。我在法国看到这幅巨画，知道是因为他的晶状体老化了，很为他悲哀，因为他和他的同志们，印象派画家，致力的就是画出光中的色彩的真实。雷诺阿则相反，晚年画面色彩偏暖，不只是暖，简直是融化的红蜡烛。一种情况是他知道晶状体变暖这回事，于是矫正，结果矫枉过正；另一种可能是他的晶状体老化得特殊，偏冷。雷诺阿晚年类风湿很严重，但我还没有找到其他老年患类风湿的画家的画作，做一个比较鉴定。

画中国画的画家，情况好一些。为什么？因为中国工匠的敷彩，基本是传授，画熟之后，按规矩，一辈子不会出大错。彩墨画家，大致类似，所以情况比西方画调子的画家好得多。但也有例外，齐白石衰年变法，在用色上开始偏冷，例如喜胭脂，喜西洋红，均是偏冷的红。其实石涛、吴昌硕等等都有类似的倾向，只是中国彩墨的原则是“色由墨生”，所以问题不大。在造型上取黑白的艺术家无此问题，因为黑和白，不是颜色，虽然我们常常说黑色和白色，但那只是约定俗成。

这个问题的提出，是我发现中国西画界没有晶状体老化的常识。年轻的画家会说“有些画老了再画”，要知道，老了就画不准色彩了；而教授者常有过了年龄还在指导青年学子色彩，不自觉地误人子弟，我常听到年轻的子弟们在抱怨被修改的色彩有点莫明其妙。

问题还严重在因为没有这个常识，所以也就没有从开始学画就养成保养眼睛的知识与习惯，甚至会酗酒嗑药，或故意寻求癫狂，扰乱身体的电介质，致使有害物质在体内积淀，促成机体老化。我发现有不少中国画家不到四十五岁眼睛就花了，老化已经开始。

那么有没有解决的办法呢？有，与白内障的治疗相似。但问题是可能没有人会承认自己的晶状体变“暖”了，“珠黄”，而且，医生不认为晶状体变暖是“病”。我们会做各种事情来延缓颜面的衰老，但对影响我们专业素质的衰老，却无知或宽容。

纵深是表情

张路江的画面中，有种表情出现了。

话要说明白，就得讲远一些。将近两百年前，十九世纪初，摄影术发明了。谁发明的，有争论，不去管它，但收藏在美国德州大学奥斯汀校区的一张照片我们很熟悉。它摄于一八二七年，巴黎的窗外，模模糊糊，可是纵深明确。摄影术一路发展，除了摄影师，尚有各种使用摄影术的人，现在看来，有不少人马上实现了多年的愿望，开始拍摄色情裸体，并且秘密卖与他人。

而像法国印象派画家爱德华·德加等人，则开始利用摄影代替部分速写，德加拍舞蹈者，拍浴女，拍梳妆的女人，拍熨衣女工，拍赛马的场面。所以德加的画面最有镜头感，或说摄影感，边框常常切掉半个人，我们现在的人看惯了照片不觉得，这样的画面在当时可是另类，全然不顾西方传统肖像人物画的种种法则。德加画赛马场，纵深感极强，类似矫正过的广角镜头画面。其实当时的印象派画家，像马奈、莫奈等等，也都利用摄影术；巴比松画派

注：本文是作者为张路江个展所作的前言，2007年5月。

的画家，米勒、柯罗，还有那个库尔贝，无一不利用摄影术。但是比起古典派学院派的画家们，上面提到的诸位，算是小巫。

上面所说，还是使用摄影术，特点是要印出照片来。至于不印出照片，只利用镜头，也就是让选定的对象，无论是人物、静物、风景，透过镜头投射到画布或薄纸上，再将投影描摹下来，则历史更为久远，至少可以远到十六世纪，那时的镜头制作，可以让伽利略改变命运。画家中像荷尔拜因、丢勒、维米尔，名单可以开出一长串，都利用通过镜头的投影，画出令人惊叹的画。对于现在普遍利用照片的中国画家来说，这样画画算不上什么，所以我要说的意思是下面。

一般人，包括不是摄影家的画家，都不容易察觉，只要是通过镜头的影像，都会被镜头的焦距所改变。我们通常说的标准镜头，意思是它的焦距是人眼的焦距，也就是说，用标准镜头拍出来的影像等同我们人眼所看到的对象。这个标准镜头的焦距，上个世纪末，被认为是相当于135相机的50毫米镜头。人们对这个等同曾经毫不怀疑。

可是同样是上个世纪末，发现等同人眼焦距的镜头，不是50毫米，而是38毫米，角度稍广，于是配备38或35毫米的镜头开始大量生产，一直到现在的数码相机，大多配备38毫米的镜头，50毫米的镜头反而罕见了。

为什么会出现这个错误？原来技术人员在开始的时

候，测量发现用50毫米焦距的镜头照出的照片，变形最小（当然，你会说55毫米的微距镜头才是变形最小的。但是，50毫米的镜头是制作成本最低的镜头，这符合批量生产的原则）。但是技术人员不知道，人眼看到的影像，是被脑语言矫正过的。也就是说，人眼视网膜上的影像，是有点变形的小广角镜头影像，但是这个变形，被脑语言矫正为不变形的，于是我们在心理上认为我们看到的是不变形的影像。要知道，我们生出来后开始看东西时，视网膜上的影像是现实的倒像，经过经验的调整，这个倒像才正过来，这也是为什么要经常在婴儿面前晃动带响声的玩具，因为耳朵不会产生声音的倒像，这有利于婴儿根据声音去抓玩具，发现抓不到，久之，脑语言根据经验，将视网膜上的倒像矫正过来。

说到这里，如果你了解了，我就好进入正题了。

视网膜上的倒像被脑矫正了，由眼球这个小广角而在视网膜上产生的弧度变形也被脑矫正了，于是我们看到了一个“正确”的空间。空间，是三维的意思，有横向，有纵向。摄影镜头改变了什么我们不易察觉的呢？主要是纵深。长焦距镜头，将纵深压缩了，纵深中的关系，被压缩成一个平面的关系，我们可以回想大部分的体育摄影或经常看到的体育实况电视广播，那些摄影师个个操纵着类似巨大生殖器的长焦镜头。欧洲古典画家，凡是利用镜头投影画人物的，其中的人物都有中焦距的透视关系，与背景并不形成焦点透视的关系。我们可以再看一遍欧洲美术史。

可是，纵深关系，纵深感，对我们人类意味着什么？意味着生死存亡。我们知道，如果我们只有一只眼，或伤了一只剩下一只眼，我们就很难准确判断纵深中的距离，你会拿不到桌上的水杯，要试两三下才拿得到。这也就是说，你得到生存资源的效率降低了，发生困难了；你躲避敌害的能力降低了。这从来都意味着死亡。死亡开始隐隐发出气味了。

因此，准确判断纵深，是我们生存的本能意识。我们所谓的审美意识等等，无不由本能意识一层层叠加上来，直到审美异化了我们自己，自以为审美只是由所谓教育养成或由天纵。

从生存本能来说，对纵深的感觉，就是关乎生死存亡的感觉，大意不得。纵深是我们内心深处，或者说我们的潜意识中，不自觉地密切关注的表情。我们身处深广之境，会因为目之所及能迅速判断无危险而心生浩叹，我们也会因遭遇狭长甬道，不知险从何来而恐惧刺激。

所以，每当我眼观无论是何种图片，照片也好，绘画也好，会本能寻找其中纵深的表情。无论古代的、近代的、当代的造型艺术，只要作者使用过镜头，我也会本能察觉，并由知识告诉我，用的镜头的焦距。

凡是纵深处理认真的，画面必有一种表情，准确掺入所绘之物，相得益彰。这种表情，无关观念。本能者无观念。

我的意思并不是说，凡绘画必得画出纵深，而是，如果画境中有纵深，它不是学院里常说的所谓背景，而是表情。张路江是自觉的后者。

领风气之先

此次袁运甫、袁运生的联展，引起我如下想法。

上世纪七〇年代中后期，北京有几个画家有过一段高丽纸的时期。我先是在米谷先生家看到他在高丽纸上画鸡冠花，后又在崔子范先生家看到他在高丽纸上画八哥，同时看到黄永玉在高丽纸上画鹳。当我看到袁运甫先生在高丽纸上画的荷花，认为最为精美，对高丽纸这种材质的理解和掌握最为深刻。以我的见闻，我认为在高丽纸和水粉颜色互为关系的发明上，袁运甫先生是首创者。

高丽纸是北方民居门窗上的常用纸，使用上大概有数百年历史，它和笔墨发生关系，是要有一些前卫的眼光的人才会去引发的。此之前，主流用纸，当然是宣纸、皮纸，之下是廉书纸，发黄，多用于书写练习和一般信笺。在主流用纸上施运笔墨，早已形成固定也就是传统的鉴赏也就是所谓审美的模式。我看到袁运甫先生当时的画，很惊异他对新材料关系的完成度已经达到最高的程度，米谷先生显然在水的控制上敏感度稍有疏忽，纸被画破的地方

注：本文是作者为袁运甫、袁运生画展所作的前言，2014年3月。

多了一些。崔子范先生则是将高丽纸用为生宣纸，新材料使传统的笔墨用法力度下降。当然，袁运甫先生是水粉画技巧的佼佼者，这使他迅速在新的材料关系中成为佼佼者。

纸、笔、色、墨的新关系，促成高丽纸后来在质量上改进，以期成为绘画史上的新材料。这样的互相促进关系，是绘画史中不被人特为重视的关键情节，此种遗忘甚至使后人对历史上某些画法的形成茫然不解。对我们目睹的高丽纸用作绘画承载材料这个情节，应该用视频记录下袁运甫先生的演示，否则，我们会再一次失掉历史的关键情节。

袁运生又是另外一种领风气之先。上世纪七十年代末，袁运生到云南写生，之后在昆明有画展，其中的大幅线描人物，引发轰动。袁运生使用顿笔的方法完成线，造成了线的重量感和闪烁感，勉强可以用清黄膺瓢的勾线相比附。画人物而眼不画眸，这些都有一种奇异的现代感，令人激动。

再之后，是首都机场袁运生的傣族泼水节壁画，裸体虽然成为当时的争执点，实在是冤枉了此作在彼时真正的现代性。回想袁运生五十年代学生时期的《水乡的回忆》，端倪已在那时发生。

中国的线，在于它是一个生长过程。这个过程，极端的时候甚至可以独立存在，而不管它原来要描绘的是什么。这个性质，就是抽象。线的生长变化过程，又是具体的，对应于心，也就是精神，或者画者的整体的心身状态。这样又抽象又具体的同时表达，加之软笔毛和水的随形，施行于易泅的生宣，无一不敏感到极致，可以传达出几位当代的身心状态。

袁运甫先生与袁运生先生，在我看来是这些方面的佼佼者。

缺一个？缺什么？

两千多年前希腊人说：人不可能两次踏入同一条河流。这个河流，此一刻与前一刻及永远的下一刻，每一刻都是具体的不同。当下的河流，永远不同于上一刻的河流，也永远不同于下一刻的河流。简言之，“河流”不再是“同一条”河流，因此，人不可能两次踏入。

两千多年前孔子在河边感叹：逝者如斯夫，不舍昼夜。消逝的事物，就像这河水，昼夜不停，流逝而去。

西方人自从发现了古希腊，将其视为源头，接上古罗马，一次是造成文艺复兴的因素之一，再一次是工业革命，终于确立科学精神，从此势不可挡。也从此造成自一八四〇年至今的我们的焦虑，即关于现代化的焦虑。

第一次世界大战，第二次世界大战，之后，西方反躬思省西方文明，已完成工业现代化的西方放弃管理殖民地成本，着力金融全球化，市场全球化，逐渐转入第二次现代化，终于形成所谓后现代。当然，丝丝缕缕，绝不是这里说的那样简单截然。

注：本文是作者为当代艺术展《缺席》（Absence exhibition）所作的前言，2007年9月。此次展览的参展艺术家有程广峰、邓漪夫、刘小东、贾樟柯、喻红等。

而我们的焦虑，尤其半个多世纪之后，更加焦虑，既焦虑第一次现代化的未完成，又焦虑第二次现代化的压力。对于第二次现代化，也就是所谓后现代，靠猜，靠揣测，互相打听，互相吓唬，终于只好靠策展，靠定义，忽聚忽散，又终于由拍卖量化，管他娘的，类似赌博，别多想了。

如果不稍稍明白我们将两个现代化混成一个现代化，而我们最焦虑的其实是第一次现代化，知识结构和意识结构也是为其而备，那么好了，悲剧，喜剧，悲喜剧，闹剧，国王会一直新衣着，因为那个孩子似乎还没有出生。出生了？那就是他似乎还没有学会说话。

既然我们不可能两次踏入同一条河，那么我们想一次踏入两条河吗？这就是我们的焦虑根源。当我们焦虑时，逝者如斯，不舍昼夜。

写在我们看之前或看之后

自从美国人养的猩猩会画画儿（后来还有大象，最近听说的是蚂蚁）之后，问题变成“人会不会画画儿”了。

芒克证明，人会画画儿。

我的意思是，听说没有经过训练的某人会画画儿，一般人的反应都类似“啊？他也能画画儿！”这种怀疑猩猩会画画儿的态度。

芒克是当代世界上最著名的汉诗家，对他开始画画儿并能画得很好，我毫不怀疑。

他是最具原创性的人，非凡的直觉，敏感，敏锐；非凡的意象捕捉，原创性的表达。当这些秉性移向画布时，看到的人有福了。

人很少珍惜看到天才的最初的脚步的机会，第一是不认为是天才，第二当然更——对不起——糟糕，认不出天才，也就是没有辨认天才的能力。

现在机会来了，面对芒克的画，第一，平常心。第二，不平常心。你可以匆匆略过，但有一天，你会心头一

注：本文是作者为芒克画展所作的前言，2006年5月。

动，“啊，我错过了”。

但愿我们都没有错过。

丹青的联画

丹青近几年画的联画每张都很大，联起来就更大。并非是小画画大就是大画。有一次我和丹青去大都会博物馆，见到龚半千的一幅立轴丈四山水，粗笔勾叶，墨色如银锈，呆看了很久嘿然无语。大都会博物馆还有一幅和中国山西永乐宫道教壁画同时期的佛教壁画，很大。我曾很久想不通中国殿堂壁画里的长线是怎么勾的，问过北京的一个棚匠，他说，长竹竿头上绑个笔，一勾到底。

所看过的美术史评论里，没有发现对画幅的大小有什么见地，但是造型艺术品的大小，也就是“量”，我认为也就是“质”。古希腊的神殿若缩到盒子大小，哪里还会有什么神性？只好用来储存硬币。不过也难说，佛陀的像就有铸成小指头大的。

一九九一年夏天，丹青在南加州的圣地亚哥有个画大画的机会，我从洛杉矶开车一个多小时去看他。见他画大画，觉得很痛快。

可是丹青都是将小照片画成大画，我看来看去，不得

注：作者为*Chen Danqing: Painting After Tiananmen*一书所写的前言，该书作者是M.A. Abbas，出版于1995年。

不承认将小画画大，就是大画。我常常想一些后来证明是很笨的问题。自以为是在思想，其实是自己笨。

丹青的画室在一个高地的楼上，下临高速公路，上面来去的车都开的是快速长线条。画好的几幅摆成联画，幅幅饱满，好像开着大马力跑车从一个州开到一个州再开到另一个州。丹青在画上的运笔，笔笔中锋，油用得恰当。油画的用油，如同中国水墨画的用水，用不好真是不好看，好像干馒头咽不下去。

后来丹青在洛杉矶完成余下的两幅。我写作之余看他从早画到晚，天光，西晒，白炽灯，也真佩服他调起色来自如得好像只有一种色光。

丹青回去纽约，大画留在我家，旧金山一位画廊的主人开大货车来运画回去展览。那天响晴白日狂风骤起，大画如帆，搬起来又如逆水行舟，我是个亚洲瘦子，画廊主人是个美国老头，踉踉跄跄，攒眉攒眼地与风搏斗运大画。隔壁一个每天跑步的雅痞，看得目瞪口呆，眼见得画面上正是广场上军民撕扯，又见一张画面上壮男壮女按住参孙要割他的头发，再见一张是美女狂呼，乳房即刻要被什么人的手捏住了，那个雅痞真是好观众，连呼“Oh! My God!”

我再去丹青在纽约的画室看他画另外的联画。楼下的42街天寒地冻，电影院的霓虹灯广告闪出无数的“X”，色情如冰。丹青却在燥热的画室临摹一张广告照片，无数晚礼服加无数热吻。

丹青的联画在洛杉矶展出过两次，都是在有名的艺术学院的展厅里，依我之见，场地都不好。第一次是竖联的三张画摆不下，墙不够高，光线暗淡；第二次墙够高了，光线也好，却没有足够的距离退开看，场地局促。如果哪次墙够高，场地也好，光线也足，我要想办法再看一次。

丹青来美国之前，习古典油画语言，到美国之后，吸收临摹东岸的馆藏欧洲古典油画遗产；美国又是一个摄影图片泛滥成灾的地方，尤其纽约，十多年看下来，真要是火眼金睛才得正果；而中国的人像肌理，对丹青等于是母语。所以我觉得丹青的这些联画，也许算得上是他的视觉经验。

而将这些视觉经验“并置”在一起，见得出一份丹青东张西望的好奇心情，又有幽默在，又有强悍在。虽然“并置”不免有“强制”的意味，不过随着并置内容的不断增加，我倒觉得渐渐显出一派他的注目的谦逊。

有时不免想到丹青到美国后没有发生过事件。我的意思是美国的现代艺术，几乎是与事件纠缠在一起的。艺术品或艺术家造成事件，之后，因为事件而引起公众对艺术品或艺术家的注意，之后，事情就好办了。

在我看来，丹青不是一个搞事情的人，他只是迷恋用笔绘画。但是传播媒介如此疯狂的现在，这好像不是一句好话，有点科举时代只读书而不去赶考的人是呆子的意思。

不过平实来看，现代人亦是忙着“赶考”，只不过话语系统不同，进入的手段不同罢了。积极并置不同的话语系统所产生的图片，透露出丹青的旁观热情。旁观并非只限冷眼，也有热眼旁观的，不插嘴就是了。

不由得又想到后现代强调对各种话语系统价值的消解，正说明各种价值还顽强存在，否则消解什么呢？

（此文有删节）

内心风景

我将季大纯的画当成风景画。这个风景是俯视的，我是鸟。

我盘旋在天空，看到阳光下的陆地、海洋、森林、沙漠、河流。或者在黑夜，闪烁的灯光，城市的，河流航标的，某一个单独光点。守夜者吗？求救者的信号吗？或者只是一个孩子用灯光照向夜空？他看到我背后的季大纯画的繁星。

我将那些星星点点又当作珠宝。埃及和西亚在公元前二千五百年烧含钠的单色玻璃，一千年后又烧出彩色玻璃。公元前一千年，地中海沿岸出现了在玻璃珠上镶同心圆的珠子。这些小眼睛被千里迢迢卖到远东的中国，高昂的金额，只有王才能消费。之后，在中国加铅仿制的玻璃小眼睛，现在叫它蜻蜓眼，也是贵族追求的，它们看起来与西方来的小眼睛没有区别。也许，正是贵族提供巨资仿制。现在，它们正在画面上闪烁。

画面的一切痕迹都是透明的，莫兰迪的瓶子的那种透

注：作者为季大纯画册《忘掉欲望 与云相伴》（*I desiderri dimenticati e le nuvole che li accompagnano*）所作的序言，意大利Quodlibet出版，2013年1月。

明灰，准确，因此关系微妙。达·芬奇的透明灰，硫化银产生的银锈灰，有呼吸感。当然，季大纯还曾长久地站在克来门特、卡特兰、汤布利、斯汀戈的画作前。这些画家，无疑会在透明灰这一点上，看得懂中国从公元十世纪到二十世纪初的绘画在透明灰上的追求。

中国古典绘画中的另一个追求，是在画中完成一个生长过程。就像一棵树，一株草，不断长出新枝，发出新叶，它们会在哪一点上生出并发展下去？画家关心的是巨石的如生长般的纹理，而不是它们与光影的关系。如果生长关系没有处理好，它就会是死画。透明灰与生长关系，是中国古典绘画的灵魂。

季大纯的画，当中的痕迹的生长关系，就像是自然中的生物，不按概念中的逻辑发展，而是像孔子说的“随心所欲，不逾矩”，意思是自由而没有违犯。内心自由的外化，画笔停止的时候，也是画面永生的时候。

自由而没有违犯，内心的风景。

[附] 从来就没有救世主

说大纯的画有儿童的稚趣，在我看来，是不合适的。

儿童的感觉，是蒙昧。所以小孩子初识字，叫“开蒙”，又叫“启蒙”，总之是开启蒙昧。

感觉，是由触觉、味觉、嗅觉、听觉、视觉这些本能即生来就有的能力为本，不断积累新的感，而越来越有丰富的差别感。因此儿童的感觉，是源，是初级阶段，还不能有丰富的差别感。例如性感，非要有老色鬼的历炼，才会臻于化境。说大纯的画有稚味，好像在说他的感觉单调。

又，开蒙这个比喻，会不恰当地认为文字、观念才是丰富感觉之途，这就误入了歧途。艺术家的成熟，是在行当里成熟起来的，比如演奏家可以在演奏里成熟，在别处可以如白痴；画家可以在绘画操作中成熟，如果形或材质的眼界宽，可以令人不可思议。

当然，自从杜尚一九一七年——差不多九十年前——展出了小便池之后，当今的艺术，是由观念支撑的。我耽

阿城按：文章名摘自法国《国际歌》中文版歌词。被画廊退稿。

心若不小心观念的文本哪一天遗失了，则形的文本就会被遗弃。从现代艺术到后现代艺术，两份文本，形的文本总是相对于观念文本而不重要。

小便池显示，艺术有意义吗？意义不是人规定的吗？为什么这个或那个就不具有艺术的意义？

瓦解意义，是现代艺术、后现代艺术的意义。好，那么，上帝，也就是神的意义是什么？救世主的意义是什么？如果意义瓦解了，也就“从来就没有什么救世主，也不靠神仙皇帝”了，共和国的人其实很熟悉瓦解意义。之所以说中国也有现代主义后现代主义，是从这个意识形态来说的。

起始于漫长的一百多年前的现代艺术，直至当代艺术，基本特征，这个特征也是本质，是救世主不但从意义，同时也从形象上消失了，新的价值是将瓦解意义的意义或瓦解价值的价值表现出来。

所以季大纯的形象选择和制作，说有儿童的稚趣，在我看来，是不合适的。他是瓦解。他甚至瓦解了杜尚的小便池，因为这个小便池一百年来已经成了瓦解的神或瓦解的救世主了。

画外话

在欧洲，我常碰到汤国的画，印象中好像意大利居多。在香港一个人家里，也碰到过，巧了，主人是意大利人。

意大利人在造型品味上是典型的见多识广。他们保留住了很长的历史，一条小巷也撑得起国宝的派头。旅游者很少能看到意大利的全部，因为永远有建筑被篷遮住在维护。大学里有修复专业，学出来是铁饭碗。

所以，常常是傍晚，目光从窗外的意大利敛返客厅，可以见到汤国笔下的逝去家园，留存在异国的墙壁上。画中飞翔的无脸古人，好像昔日王谢堂前燕，飞来飞去。怀旧？我想是免于被毁弃的舒心之梦吧。

这当然是我的刹那恍惚。汤国那个时期的画，大概另有所求，也许是汉俑造型中的滞畅，或许是杏花春雨江南的淡媚，更可能是绘之画之的畅快有趣好玩，总之，我不知道是由什么引起的。

你喜欢一幅画，会为不知道画家是怎么想的而烦恼

注：本文是作者为汤国画展所作的前言，1919年6月。

吗？不会，喜欢就好。一般的观赏者常常不能确定如何喜欢，所以提出一个“懂”的问题，评家于是有了用武之地。其实，绘画好就好在直观，虽然有的理论强调直观也是被训练过的直观。兵遇到秀才，同样是有理讲不清。

汤国后来开始弄一些贴金箔的画。金这种东西其实难侍候，搞不好很是假富贵。好皮好肉才衬得起金，皮肉稍逊，会让人觉得价值只在脖子上那一条链子。汤国的画弄来是好皮好肉，那一方金，也就有意思了。这有点类似诗中用险韵，韵脚不多的话，很难成篇，强凑，境界就难说了。

不过，我常常觉得绘画是无所谓意义的。也许有意义，就像我们常听到的和常读到的。可是，若绘画有意义，我们就难加进我们认为的意义了。音乐在这一点上最像生命，生命本身是无意义的，如果生命本身有意义，我们还替它找什么意义？意义只在于我们的寻找，就像前面我的恍惚和猜测，无非是一己之寻找。

寻找是自作多情。创作和欣赏都是自作多情。人因为会自作多情，艺术才来了。不过绘画有它的宿命：绘画如果不是绘画，就几乎什么也不是。这不像我们人，如果我们不是人，还可以算是一种动物，意思好像很难听，但真的还可以是动物，而不会什么也不是。

贴金箔的那些画，难加入意义，是不是汤国想在无意义上更接近纯粹呢？

剪纸手记

若把中国民族造型艺术比作一个画廊，或者分析中国民族造型艺术的组成，那么除了像敦煌、云冈、始皇陵兵马俑坑以及诸如此类的声名显赫的殿堂陵寝艺术宝库，再除了宋元以来的冷峻清逸的文人图卷，民间艺术还较少被人视为中华民族造型意识的一个更广阔、深厚和生动的部分。我们不妨从造型上切实地分析民间艺术的价值。例如陕西的民间剪纸。

先来看一个有趣的癞蛤蟆（图1）。剪纸在造型上与癞蛤蟆实体有两处大不同。一是尾部：在实体中，癞蛤蟆的尾部并不凹进去，而剪纸处理成凹进去。这是一种为表现趋向的处理。试把尾部填满，则癞蛤蟆为静伏状。而这一凹，就形成癞蛤蟆的向前腾跃的动的造型意味。二是嘴：以俯视的角度，看不到嘴。可在头部剪一个三角形，就不仅与前爪的六个尖

图1

注：本文原刊于《美术》，1983年第2期。

形统一起来，而且使头部的凸弧与尾部的凹弧的统一节奏有一个装饰音，同时人们仍会意识到这是一个嘴。形成装饰音的还有癞蛤蟆肚两边的两个小三角，它们与实体无关，只与造型的节奏有关。长久地凝视这个小蛤蟆，真疑心一个不注意它会跳到纸外边去。

还有一只精彩的鸟（图2）。这只可爱的小鸟简单到极点：两条粗豪的线条组成了身子和尾巴；一颗圆圆的头，力度与身体平衡。身体里一弯极朴素的纹饰，使小鸟身体充满了张力又富于装饰性。那上下两个小三角块，似乎说明这是一只盖碗，同时又对鸟身的节奏加以丰富。简单到极点，风趣到极点，随意到极点，自信到极点，又聪明到极点。

图2

再看一个戏剧人物（图3）。你手中如果有八磅大锤，也觉得丝毫奈何它不得，而这不过是一张薄纸。空白与实线形成的张力，造成极为坚实的感觉，但大大小小互不串联的空白，又使这个人物具有一种纷披的灵气。这张剪纸，具有明显的雕刀在木头上运行的意味，但其造型语言还是剪纸的语言而非木雕。这是门类艺术互相借鉴的高品位的作品。

我们如果更多地分析以陕西为中心的中国西北剪纸艺术，就会看出汉民族艺术气质在其中反映得很纯。它没有其他地区某类剪纸或刻纸反映出来的那种类似“洛可可”式的烦琐和具有市民气息的柔靡与纤巧。它更具有一种健康的原始的生命力，更多汉魏以前的博大、敦厚、自信、自在与清朗，更多汉民族的幽默气质。心智的清澈浑朴，就像蓝天黄土一样。我们不能用先进或落后去评判它，而只是觉得它魅力长存，有时甚至承受不了它的震慑力，因为它太纯了。一九八二年第八期《美术》选登了陕西黄陵县的剪纸，其造型的淳厚、幽默与自信，其手法的随意与大胆，令人瞠目。近年中国美术馆几次关于民间艺术的展览，令人观之再三，其震慑力令人结舌。当代绘画巨匠毕加索晚年想来中国，又不敢来中国，这个老人是聪明人。他和另外一位大师马蒂斯在晚年追求的那种随意性，那种淳朴去雕饰，那种追求线本身的量感与张力，那种超乎西方传统的透视表现与素描意识，那种寓对比色于平和，都在中国农村的女子手下随意地剪了出来，一贴就是一窗户，家家户户都有，还外带一年一换！自己追求了一辈子和晚年所得，在另一世界里竟如此情景，那结果恐怕是脑血栓或心肌梗塞。

图3

我们的造型艺术实践与理论常常触及“民族化”的问题。所谓“化”，我看就是气质特点。但是由于门类研究的缺乏，从门类美学，从社会学，从心理学，从民俗学，从艺术史，从门类造型艺术，还很难系统、细致地阐述这个民族的气质特点。也许对殿堂艺术、对文人画有不少研究，但缺了对民间艺术的研究，就缺了一个极为重要的层次，所描述的气质特点就容易成为一个谜。“化”的概念是综合而来，综合的基础决定着“化”的意识的深浅。概念应由门类的细致研究形成，也应由门类的细致研究补充修正。否则，把“民族化”的提出与实践停留于空泛，容易使人“拔剑四顾心茫然”。

我们的批评与研究，又绝大多数属于社会意识的批评，对于造型本身的艺术批评还少。这尤其对民间艺术的研究，往往是有害的。社会意识批评中认为是糟粕的东西，在造型批评中也许是精华。“二十四孝”，鲁迅对它深恶痛绝，但黄陵李竹英的二十四孝剪纸（见一九八二年《美术》八月号封二），在布局上程序化地处理空间，连线非常大气自信，死的山石部分由于花生壳形状的排列，形成独特的张力与整个画面平衡，使无意义的形成为有意义的处理，这难道不是造型艺术的精品吗？另一方面，在造型上是变形的，在社会意识批评中又往往是现实的。民间剪纸艺术有这个特点，往往形扭曲了，而意识没有扭曲。造型上的扭曲，成为一种幽默，一种心智。艺术中有妄想表现类型，例如现代绘画中的超现实主义，但在中国民间剪纸艺术中还没见到。现实对老百姓再残酷，再不合情理，但情绪在民间剪纸艺术中不转化为妄想。这是一种什么样的心力？这个种族能延续至今，有没有一些这方面的道理呢？

汉民族传统造型艺术中的素描、透视、色彩的独特意识，与西方在这些方面的意识是一种平行的关系，具有各自的合理性。应该处于平等的地位，因此我们如果把某些外域的造型意识限定为“科学”，并以此来对汉民族的造型进行所谓“指导，分析，研究”，这也就把两种造型意识摆在不平等的地位。中国民间剪纸的素描观念，十分强调线在心理意识上的准确。这样就影响到透视关系的构成，也具有心理意识准确的特点。因此，以这样的素描与透视观念为基础的中国民间剪纸造型艺术，特点就在于它与中国其他造型艺术一样，是追求神似。这个神似，往往主要不是审美对象的神，而是审美主体心理感受的这个神。例如我由此限定：美是审美对象符合审美主体的心理结构。那么，关于中国民间造型艺术传统，关于它的表现，关于它的规律，就要到心理结构里去找。这不是引向玄学，而是使问题可以深入。

这里我又特别提出陕西黄陵张林召老大娘的剪纸造型。看这些有趣的人物（图4），特别注意他们的脸。这是一种不能在同一视点看到的脸，或者说，人物的脸在转

图4

动。这种造型处理，我们可以在毕加索的立体主义时期绘画中见到。我不想称这是立体主义的作品，因为它与西方立体主义没有源流的关系。西方古典的透视表现，是在二度空间里重新去组合在三度空间里理性能认识到而从单视点看不完全的各个面。这种新的组合，形成了立体主义独特的透视、节奏与张力。而张氏的剪纸造型是中国民间传统造型观念所形成的心理结构里一种独特素质的表露。这种表露令人震惊。它既是传统的，又是个人的，在某种意义上讲还是现代的。它在传统与创新的关系上给我们启示：不能创新往往是对传统的不掌握；创新非常需要个人素质。

民间剪纸艺术家是极为真诚的。村里人的喜欢剪纸，是真的喜欢。自己的喜欢剪，也是真的喜欢。一九八二年第八期《美术》登了六十九岁的张林召的话：“现在，我也老了，懒得怕铰，看旁人铰，自己心热得又想铰。”这种淳朴的精神上的需求，不逊于世界上诸位艺术大师。同一期《美术》上还登了郑玉珍大娘的话：“‘文革’期间，将我一些辛辛苦苦剪下的作品烧掉了，还批斗我。批斗我的三天后，我又根据记忆把二十四孝重新剪出来。”这些女子是大艺术家，是民族艺术的脊梁。她们的自信是由一个个窗格实实在在得来；是由自己喜欢，别人也喜欢，大家都高兴得来。她们不会被棒杀，也不会被捧杀，因为她们的艺德来自她们的现实生活。

总之，中国民间艺术既不应该是雅士们眼中的野草闲花，也不只应是客厅中的风雅点缀，它应该作为一种气质，进入中国现代艺术。有某些方面洋人对我们的土玩意儿比我们自己还重视，但这只是说明艺术作为一种科学，作为一种独特气质的表现，有识之士都会认识到。我们的不识，正说明我们需要做尽多的踏实的研究，形成一种识。如果不去研究，那么就不会视民间艺术为高品位的艺术，就不会产生尊重。如果不开始认真地从造型上去剖析与总结，形成理论，那么研究与尊重就会只停留在“栩栩如生”、“健康向上”等等浮泛的词语上。

收藏之难

谈收藏可以谈财力、谈机会或者谈投资回收商业运作，不过均为我所不擅长，只能费力却不一定讨好地谈收藏的要义。

要义是，鉴赏能力。

徐悲鸿先生当年从法国学了油画回国后，据说在“专长”一栏中填写的并不是油画，更不是绘画，而是鉴赏。

鉴赏的“鉴”有鉴别的意思，鉴别需要学问，靠积累，否则无从鉴别；赏则是感受，认同。合起来，鉴赏，精鉴欣赏。能精鉴欣赏，是人生一大快事。一个有鉴赏能力的人，如果还有经济能力，即有钱，成为一个收藏家是顺理成章的事。

说起来是一语带过，再容易不过的事，细掂量，并不容易。

先说鉴。

一般来说，并没有教这门学问的。它的难处，在于它的知识散落在各种知识里。我们常说指点，就是对一件作

注：本文收于《曙光：考云岐之部分作品》，Y.Q.K Art Center，2006年。

品指出点到，需要从何处得个明白，举凡历史的，流品的，派别的，工艺的，材料的，等等等等，这是说得明白的知识。

据我所知道的，现在还没有哪位中国大陆的收藏者收藏欧洲油画原作的，只局限在中国大陆现当代的油画作品里，因此，无论从国内的画布质量，底子的材料与制作上，颜料的质量上，要学会鉴别它们的优劣。质量差的，将来画面会有恶性变化，龟裂，脱落，变色，我们总不希望一个人后来得了很多绝症吧？

除了对绘画材料的化学和物理知识的了解（你知道五、六、七、八、九十年代中国油画颜料的配方吗？），最重要的是半个世纪来，政治的导向，时代的变革，趣味的转化，画家个人状态史等等等等，都是分门别类的账，又都互相牵扯，渗透，造成对物体的解读总是有差异，不会是一致的，况且一个时期有一个时期的价值趋向，一个时代有一个时代的价值趋向，一个区域有一个区域的价值趋向。这是更高一层却也是价值判断当中难的地方。

举例来说，中国自上世纪八十年代开始出现先锋（又称前卫）绘画。何谓先锋？先锋就是颠覆（最起码是质疑）既有系统。颠覆即革命。革命，是摧毁（起码是冒犯）中产阶级价值观念的。而收藏这件事，是中产阶级以上（含中产阶级）才有财力做的事情。一个人会出钱收藏冒犯他自己的观念的东西吗？原来是不会的，一百多年前法国人不收藏法国印象派画家的画就是例子。可是现在，要非常非常有钱，出天价才有可能买到印象派画家的画。中产阶级越来越聪明了，他们学会了投资冒犯自己的东西，反而使先锋变得可疑了，他们是不是在制造冒犯来谋取丰厚利润呢？

中产阶级是怎么做到投资冒犯自己的东西的呢？通过教育。中产阶级是最重视教育的。一个受教育程度不高的人，在现代社会中，是一个不懂投资和消费的人。

无论如何，在中国做一个收藏者，或者做到收藏家，要长期的学习，包括自我教育。最起码要仔细留意，阅读文字材料，例如评论、舆论等等，无非是去寻。积累久了，也能起码谈起来头头是道。以上已经进入赏的范围。一般的鉴赏者修到了这个地步，说起来，也算可以了，其中的佼佼者，也可以自称或者被别人称为收藏家了。

不过事情到此，从鉴赏来说，还差一步，或者说，还差得远。

这就牵扯到很难说的部分。

举简单的例子，恐怕不少收藏者，尤其是收藏家都会在鉴赏时经历过的，就是，同一个画家，在同一段时期，甚至同样题材的作品，有感觉好的，有感觉不好的，它决定了你到底要收藏哪一件。

这说不清的部分，中国人称为“养”。修养，修养，修可以按部就班，养，就难了，常常是无迹可寻。到这个地步，看个人的养成了。

也有办法，请有修养的人代劳。不过，这样就只是个收藏者，不可能成为收藏家了。

“人民”的影像

蚂蚁是靠它们自己的一套辨识系统来分辨对方是自己“人”还是非自己“人”。例如气味。味儿对，就是自己“人”。如果我们加了一点什么气味在一只蚂蚁身上，这只蚂蚁就会被同窝视为异类，被驱逐，或被杀死。在我们人类看来，难道它们不是同类吗？或者，它们之间的同类性质不是远远超过那一点不同的气味性质吗？

我们不要因为我们定义自己为“高级动物”，就有优越感，以为可以质疑蚂蚁。我们也有一个类似蚂蚁的残酷系统去分辨敌友，这个系统叫“意识形态”。意识形态的构成很多，宗教的，道德的，文化的，财富的，很多很多，甚至审美，都可以成为排斥、仇恨，甚至互相消灭的理由。

我的意思是说，你应该猜到了，看来真实是有条件的，真实是有意识形态作条件的。我们初初醒来，无思无想地看到的世界，若你表达出来，有一个贬义词早等好了蔑视你，“自然主义”。

注：本文是2006年举办的“李晓斌个人回顾展（1976—1989）”的前言。

你如果就这样拍下一张照片，还递给人看，质问一定是“这会是什么意思？”很熟悉是吧？一定的。

真实是什么，乃大学问，大到哲学，形而上；“这是什么意思”，小学问，非常具体，究竟要用哪种意识系统解读？有了意识形态，才会有意义，才会读到真实。

所以真实一般是指定的。所谓“写实主义”，一般都是“指定写实主义”，我提醒一下，主义，就是价值标准，就是意识形态。不过非常不好意思，“指定写实主义”是我自造的一个我认为挺有用的词，你完全可以认识它纯粹是添乱。我提醒你给你一个让我哑口无言的质问：难道有不指定的真实吗？

我之所以说它挺有用，是因为它会给你意识到，如果我们颠倒那个“指定”也许可以得到点什么。

李晓斌正是这么做的。他最为人知的《上访者》，显然在他拍摄的当时，是在指定的现实之外。晓斌最令人敬佩的即是：他几乎是不管各种时期的指定，只是按下快门，冲洗胶片，之后收藏起来。但是我相信有不少人也这样做，问题是晓斌不断发表出来的，总是很标准地表达了他当时的直觉。我们其实对这样的人有一个都不陌生的说法，就是，天才。

说到《上访者》，其实应该整理一下我们总在说的“人民”这个概念。人民是概念出来的，摄影机拍不到，摄影机拍得到的是具体的人，所以摄影机是拍不到人民的。

而具体的人，与其他人有具体关系的具体的人，都处在各种各样的权利关系当中。今天他可能是没有权利的人，明天他可能就成了有权利的人；他在这个领域处在无权利地位，而在另一个领域他就可能处在权利地位，例如一个男人在单位是个最低阶的工作人员，但回到家却是个说话算数的家长。我是将近二十岁时因为插队才懂得所有的人无不随时随地处于各种有权利和没权利的境况。所有的人，也就是人民了。

这些都是我们日常能看到，能体会到的。一般人由教育而得到的“人民”的概念，偏向于“主人”的意义。主人当然是权利者，而实际中人民是无权利者。

所以我看到晓斌的《上访者》，心里复杂。他的情况，无疑是无权利者；他身上佩带着当时绝对权利者的像章，像是护身符，却又透露了他的意识形态。因此，如果有一天他成了权利者，他也会，是的，迫害人，冤枉人的。晓斌用胶片抓住的这个上访者，颠覆了权利和无权利的绝对划分。

认真讲，我对李晓斌的摄影没有什么好说的了。七十年代是该说的时候，但彼时说了白说。九十年代涌现出大批晓斌式的摄影，以写实报道的摄影来说，好像人人都那样拍了，而且我们都几乎只能鱼眼看世界了（布列松、卡帕等人好像不在意镜头的设计制造花样）。

不过晓斌的厉害在于，他过去的积累太多了，他会随着开放的程度，不断拿出东西来。他不囿于各种意识形态，因此对人的直感判断令人惊异，所以他的东西造成了几代人都爱看的现象。我预感，晓斌的摄影，会成为共和国的影像编年史。

百分之一秒

——郑鸣摄影作品集序

我在纽约的时候，听到个有关柯特兹（Andre Kertesz）的故事，说是某日柯特兹到华盛顿广场旁边的商店买胶卷，华盛顿广场周围是纽约市立大学，再往南就是雅俗难分的苏荷（Soho）区，柯特兹晚年住在附近。故事是，卖货小姐对柯特兹不太礼貌，于是有个年轻人义务提醒她：知道他是谁吗？他是柯特兹！

我不喜欢这个叙述角度，听来像无数描写名人的廉价小品。柯特兹一八九四年生于匈牙利，一九八五年死在纽约，我猜那位小姐卖货给柯特兹的时候，柯特兹正是美国人所说的脏老头儿（dirty old man）的年纪。因此我猜柯特兹可能挺高兴，瞧见了一张生动的脸。人失礼貌，生动的可能性很大。

柯特兹是我喜欢的摄影家之一，其他还有像布列松（Henri Cartier-Bresson）、布拉塞（Brassai）等等许多人，个个精彩。大体说来，他们构成了一个摄影艺术现象，就是所谓的新真实主义（New Realism）。简单讲，新真实主义就是所谓的“As it is”，大概可以译成“如其所在”。布列松强调“决定的瞬间”，就是不干预地面临，由摄影者主观地决定哪一瞬间按下快门，留住决定的瞬间。至于决定了甚么，布列松很老实，他说他不知道。我们好像知道，但我们每个人知道的又都不一样，于是瞬间的意义很丰富，中性的说法是意义不确定。

新真实主义美学在影像上的端倪，我认为是由法国画家德加（Degas）开始的。德加在十九世纪末二十世纪初，描绘瞬间是他的绘画的特征之一：舞蹈，打马球，跨入澡盆的浴女，打哈欠的洗衣妇。而且，相对于古典绘画几何学意义的平衡，德加有刻意的散漫，一条腿，一只手，一个头，很随便地就被画框切掉了；尊为心灵之窗的目光，随便乱看，不再被统一。德加在描绘瞬间的动作印象。摄影术那时发明了不久，我因此怀疑德加好此道，

后来知道有美术史家找出德加拍的三千多张照片。德加是开放性构图的始作俑者，也是确立现代瞬间意义的第一人。要知道，当时许多画家也利用摄影，但目的多在于节省模特的摆布时间，而当时的摄影家则比照绘画的法则调整对象，按下快门。

德加一九一七年去世，柯特兹一九一二年买了第一部相机照布达佩斯街景，布列松一九三一年拍第一张照片，布拉塞一九二六年认识柯特兹，一九三〇年成为摄影师。他们交往认识的人，有康定斯基（Kondingsky），

夏迦尔（Chagall），毕加索（Picasso），小雷诺阿（Jean Renoir），马蒂斯（Matisse）……一句话，那一代的艺术家，几乎应有尽有，他们构成了一代。德加是上一代人了，和塞尚（Cezanne）一样，暮鼓晨钟，开启了下一代。中国也有一个画家是异数，就是齐白石。一九八三年北京中国美术馆有齐白石的遗作回顾展，闭幕的那天我自外省赶到，竞走般地看了一圈便到了清场的时刻，往外走的时候心中留住一幅立轴：上画一只鱼头，下描半片鱼尾。心下笑道，条条大路通罗马。

布列松等人对真实的把握，现在已经成为世界流行的摄影语言，此中好手辈出。尤其柯特兹、布列松等人又大多做过新闻摄影记者，所以现在新闻摄影的质感，几乎都体现了新真实主义的特点：瞬间，开放性构图。

我还是趁早儿扯到郑鸣的摄影上来，不过有了前面，我们可以轻松了。郑鸣由北京电影学院毕业，学的是摄影，同届出了名儿的人有富余，像陈凯歌，张艺谋，田壮壮，吴子牛，张军钊，顾长卫，谢园，一大帮子，各个儿都能横着走。也难怪，“文革”十年，只要会玩儿政治，哪怕先天不足，也能混出个名堂，是那个世面。“文革”之后，天下交椅已定，空出的闲场，该另一拨儿人马踢打了。文化落了个白茫茫大地真干净，毛主席他老人家有言在先：好画最新最美的图画。运了十年气，该发功了。

眼花缭乱又十年。所谓眼花缭乱，是说创新已经成了通行的广告句。好像是日本精工表先起哄，每天在电视上领导世界新潮流。创新不易，新的原理出现，才谓之创。试想想水真的自己往高处走，而且能说出个子丑寅卯来。中国画创新的讨论有不少日子了，久论未决，久试未果，大概是笔墨的原理已经严密得下不进蛆了。欧洲文艺复兴的美术，在造型原理上没有创新，原理已在中世纪和古希腊古埃及确立了，创新的是人文原理。到了十九世纪末，因为光学原理的发现，才由印象派画家群创了造型中颜色部分的新。塞尚创的新比较多，所以开启了之后好几派的原理，德加则创新了构图的平衡原理，由此我们才可叹“创新”二字。

我的印象中，郑鸣很少谈到创新，这倒要防他一下。郑鸣听人谈话，眼神儿虚直，过两天看他的活儿，心中一惊：这小子反应贼快，蔫土匪。

郑鸣毕业后分到农业电影制片厂，再转到中国青年报当摄影记者，又借出去搞了一部电影，幸亏有些麻烦还不能发行，否则也是叫评论界架起来放到创新的火上烤的主儿。他的几个同学都是大闹艺术天宫叫太上理论老君炼了新丹。郑鸣手里慢慢积了不少东西，我估摸一定得闹出点儿乱子。果然，一九八五年他得了一个新闻摄影奖，全国性的。

郑鸣几乎只拍摄“人民大众”，加引号儿是因为“人民”以往在大陆一直由“真实”规定着，从喜晒丰收粮到捧读红宝书，郑鸣拍引号以外的。往学术上扯，郑鸣有他自己的决定的瞬间。别的不说，郑鸣有幽默，这一点在他电影学院的同学的作品里几乎找不到，平常聊天儿，一个赛着一个贫，一个比一个损，闹作品的时候，全都哲学了，怪。幽默的品性得有哲学，哲学是土匪，幽默是蔫土匪。

郑鸣的作品有新真实主义摄影美学的特征，但不纯粹。布列松他们的作品常常只有地名和年份，看的人会以比较纯粹的眼光去判断。或者说引起全部的经验，而经验又被照片纯粹化了。布列松说他不知道决定了甚么，我们也可以说我们不知道被纯粹了甚么，但经验刺激我们讲出无数的东西，强过大学二年级女生常挂在嘴边儿的“感觉真好”，你问甚么感觉，她说就是一种感觉嘛，你问为甚么好，她说就是好嘛。虽说可气，倒有可爱在。

我不敢说我被郑鸣的摄影所引发的经验是所有人都能理解的，比如一个美国人。美国人听讲中国，常说That's interesting，that's wonderful，你别以为真是“有意思”、“奇妙的”，其实意思只是类似中国人听到甚么邪事儿，说，嚄。中国的事儿太天方夜谭，新闻，刚发生的事儿，若还在人的经验里则已，否则是奇闻。奇闻可要费点儿事儿讲子丑寅卯。所以我理解郑鸣给他的照片加上文字，所以有的照片像电影中的定格，前后知道了，定格儿的瞬间就知道决定的是甚么了。摄影文字其实很不好搞，郑鸣是此中妙手。柯特兹有一张照片的标题是：火线之后，戈洛戈利，波兰，1915。照片上是斜对镜头坐在一条横木上的四个士兵，每个人手里都有一点儿草。仔细看，他们的裤裆都在膝盖处。柯特兹写道：我照了一张四个如厕的兵的像。其中一个后来死了，我本来要给他老婆他最后的这张照片儿，可我只有这一张了。她明白并且谢谢我。另外一张的标题是：等船，布达佩斯，1919。画面是三个坐着谈话的妇女。柯特兹写道：我绝不为了题材跑好远，它们一般就在我门口儿的台阶儿上。我说不清楚这种事情。别人问我是怎么搞出来的，我不知道；事情自己会说话。

也许郑鸣可以遮掉某些照片的文字试试看。我瞎操心，万一哪天说明文字遗失了呢？

一九八九年十月于美国洛杉矶

音乐

《刘少椿琴谱书法选》序

古琴音乐之有谱，是中国古典音乐大幸。

古琴谱现存的最早形式是以文字叙述弹奏指法、弦序和音位，后人称为文字谱。历经劫难，保存下来的唯一一份谱子是《碣石调·幽兰》，原件现存于日本东京博物馆，为唐朝手写卷，据说是抄写南朝梁代的丘明的传谱。今年九月，我再次到东京观看，感慨日本自中国古代传接筝、尺八、琵琶并演奏至今，独不传接古琴。

不过，所幸也在唐代，曹柔开启新的古琴记谱法，即流传并使用至今的减字谱。但减字谱为何仍不记录弹奏的节奏和时值？清代张椿在减字谱中加入工尺谱，以确认节奏，受到欢迎，但至今仍不乏质疑者。中国古代上至孔子，历代均有以抚琴著名者，难道他们都不觉得当时的琴谱有缺陷吗？

以我个人的看法，这触及到两千五百年前以降的中国文化的一个本质。

上个世纪的一九四九年，德国哲学家卡尔·雅斯贝尔斯（Karl Jaspers）在《历史的起源与目标》（*The Origin and Goal of History*）中提出“轴心时代”（Axial Age）的概念，指出公元前八百年至二百年之间，世界上不同地域出现了一批智者，例如柏拉图、亚里士多德、孔子、老庄，都对之前的整体状态提出质疑，也都对之后的世界造成了持续至今的影响，此即所谓轴心时代。

此概念造成了思想界的震动，包括影响到汉学界出现了新儒家的提出与倡导。

舍古希腊不论，专就孔子，我的看法是，孔子确实是这样的智者。孔子所处的时代，基本还是萨满，也就是巫的时代，但孔子已经自觉到“子不语怪力乱神”；对周的礼乐制度肯定的同时，提出“仁”这种启发内心的价值观，甚至指责周礼中的“始作俑者，其无后乎”；将贵族的专称“君子”剥离出来，创造了注重内心修养的人格标准；提出原始儒的“道”。

观这一时期的诸子，尤其老子，无不言“道”言“心”，言心与道的关系。在巫的世界中，人皆处于集体无意识，此时期提出“心”，是个人意识的觉醒，而“道”，则是对怪力乱神的隔离，提出新的宇宙观。“天不生仲尼则万古如长夜”，确是由衷赞叹，“夜”，是指巫时代和集体无意识。

心，是指个人的状态，人人状态不同。《论语》中孔子对“仁”的解释没有统一的规格，是因为每个来问“仁”的人，状态各个不同，“心”各不同，无以规格解之。“孔子无日不弦歌”，想来每次弦歌同曲，必不是相同的吧。

古琴谱记音位及指法，但不规定最能表达内心状态的节奏与时值，由每个不同的心去随兴处理，实在是轴心时代的先秦诸子，尤其是孔、老为代表的那一批智者，贡献出来的对心的尊重。仅就古琴和古琴谱来说，它们绝对是我们要继承的文化中毫无疑问的遗产。对此一遗产，缺乏内心的人，讲求一律的人，非不如此便不安的人，有难了。

刘少椿前辈的减字谱，如若做以上看，就非常有研究的价值了。这批手稿，我最初是在南京陶艺的家里看到，能够原样出版，是一大功德，能够由此而引起多方研究，则功德无量。

幸为序，惭愧。

二〇一二年十月

假声音

现在买CD很容易，就像买瓶可乐（这个比喻不好，因为有的地方，例如俄国，买CD比买可乐容易）。美国最大的CD环球连锁店Tower Records，到处都有，洛杉矶当然不例外。我常去的是West Covina的一家，没有什么特别原因，只是常去，去了就翻翻看看，常常什么也没买就走了，可去是专门去的，开车来回要一个多小时。

我的买CD，历史并不长，因为CD的历史也没有多久。关于CD的保存时间的争论（CD没有磨损问题，又不是磁性材料，所以只好质疑它的化学性质）现在还没有意义，因为还没有到材料设计者定下的期限：五十年不变。但是关于CD的音质的争论却一直继续着，我也认为意义不大。

听音乐要听得人心里触动才算数，所谓“圣人心动”。人耳非常主观，音量过大，控制耳膜的肌肉会自动疲劳，以防聋了；市井嚣音，人脑独取一瓢饮，耳膜也真就好像只听到要听的，“风动”、“幡动”，视而不见，听而不闻。

注：本文原载于《音乐爱好者》，1996年第6期。

有个长沙的朋友，家住铁道旁，后来觅得新居搬走了，不料当晚即失眠。听而不闻的巨大的火车噪音消失后，不但失眠，甚至需要买个小钟，听而不闻却视而见，以前是靠往来火车班次对时的。

所以小时候听78转唱片，刺刺啦啦噪声中，音乐留在记忆里了，恍如隔日，至于音怎样噪，记不住了。“百代公司请梅兰芳老板唱贵妃醉酒……”宣叙得又得意又谦卑，昂扬顿挫，最后的“酒”字，缭绕得几乎夺走梅老板接下来的锋头，其实这一切都是在兵荒马乱的噪音声中分辨出来的。音乐性，说来说去，还是圣人心动。

录音，我个人觉得目前还是电子管扩大机放LP的好，LP就是大唱片，33转，78转，还有45转三种。我是听78转LP起家，手摇唱机，我像唱片商标上的那只白狗一样，听号角式喇叭筒里传出来的声音。曾将钢针换成筷子削成的竹针，为的是保护听一回少一回的胶炭唱片，音量小但音质柔美。现在听LP成为高品位的标榜，去年美国赌城拉斯维加斯一年一度的世界音响大展，电子管机为主要展出器材，有些公司又在出版33转LP。

前几年流行麻布衣料，蔚为时尚。从前什么人穿麻布？古人，穷人，少数民族（后两者之间没有等号，部族头人不穷，可是穿麻）。我喜欢麻布，乡下干活淋雨出汗，麻不黏身，腿迈得开，继续干活儿或逃跑都不成问题。

现在是CD的天下。一九八〇年我有了第一张CD，端详良久，看不出纹理之美，听过之后，觉得耳朵酸累，原因应该不是营养不良。但是不出几年，LP退出市场，CD进驻。

不过CD的努力是有目标的，就是要在音质上等同LP，等同之后，我估计不会去超过，因为耗费的资源巨大。一九九三年德律风根（俗称黄马克，Deutsche Grammophon）公司出版标为4D的20-bit（目前市场上都是16-bit）的CD录音，代表作是德国女小提琴家苏菲·穆特（Mutter）的演奏集*Carmen-Fantasie*，声音丰满了很多，只是穆特句句斤斤计较，我听来不是好文章。不过我的看法并不左右市场，这张CD几年来一直畅销。今年买到日本限量发行的飞利浦公司用24-bit重新处理他们七十年代著名录音的CD，声音改善到惊人，据说LP的死硬派开始动心。

但是想一想，16-bit的意思是声音量化为每秒2的16次方，此喻成形象，也就是一根黄瓜一秒钟里被切了六万五千五百三十六刀！而20-bit是16-bit的16倍，24-bit则是20-bit的16倍、16bit的256倍！乖乖，这样的数码好厨子还做不出LP的菜味，CD的救赎在哪里？

救赎据说在今年冬季上市的DVD。今年初DVD正式将Digital Video Disc改名为Digital Versatile Disc，虽然仍简称为DVD，但分为影音、游戏、音乐、资料读写几大类。建议中的DVD-AUDIO规格，声音的量化为20-bit，取样频率为96KHz（以前是44.1KHz），动态范围104dB（以前是96dB，音响发烧友们要小心自己的喇叭了）；另一种建议是24-bit，48KHz，112dB。以这样的技术规格录成的声音，据说，可以彻底感动LP死硬派，“彻底”可能用得不对，因为LP还有一个法宝是噪音。张爱玲喜欢市井噪杂电车当当驶过，这就好像是老唱片，虽有噪音但人气在。

不过有问题在先，我这里议论任何录音的质量，当然以“自然音响第一”为前提。在这个前提下，所谓放个屁都是好的，绝对是真理。

声音一经过复制，LP也同样，所打的折扣之大，做唱片的从来不说，我们要自己心里有数。管风琴的现场效果与录音的再放，天壤之别；长笛的音色，泛音成分多，所以最考验录制与回放的质量，中国的二胡也是如此。不过你必须常听这两样乐器的实际演奏。一个失败的音乐会，在声音的意义上是珍贵的。复制声音，已经是一个专门范畴，所以我谈的是“假”声音，或者说谈的是“假”的音乐。

第一假，假在麦克风。麦克风将声音转为电脉冲，这之中，用何种磁电装置来产生电脉冲，已经将声音导入“歧途”，也就是不同的装置产生不同的结果。

第二假，假在长电线。电脉冲经导线传到录制设备，因为线很长，信号衰减，杂讯干扰。所谓最新的4D录音，是在麦克风上就将电脉冲转成数码，数码在传输中是不会受干扰的。

第三假，假在录音工程师。麦克风传过来的东西是不能照录的，因为乐队的声音响度范围，也就是最弱音和最强音的对比太大，照录下来，不是机毁就是耳亡。因此将响度控制在一个可接受的技术范围里是必须的。这样的假，假如我们必须接受的话，录音工程师的另一种控制就很可异议了。原来录音师还控制声部的响度，最常见的是协奏曲中独奏乐器，原来不太响，调得响一点，反之亦然。录音师还控制麦克风的摆位，决定我们从什么位置听到假声音。这些都近乎录音师为我们事先进行了一番美学选择，也由此产生了发烧友选择录音师的现象，就好像女人选择美容师。

最后的假，假在我们用差别极大的音响器材来听录音师动过手脚录下来的麦克风传来的假声音。负负得正，假假却得不了真。我们看现在满坑满谷的音响杂志，里面的试听报告簧舌涌动，恰恰说明回放器材的千差万别。

不过现在的唱片说明书，除了介绍乐曲、作曲者、演奏者、指挥外，还标明录音工程师，录音器材和监听喇叭，供人了解。

因此有不同类的发烧友，听现场的，听唱片的，听乐队的，听指挥的，听录音设备的，听录音师的，听回放器材的，形形色色，都有自己的快乐，都有自己的心动。

我常常被朋友询及买一套什么样的音响才好。买音响有两类，一类是买来当家具，屋里总要摆一套音响才有个样子，这好办，无非是按自己有的规模来配。另一类是要听，这也好办，让朋友去店里听，喜欢就买。音响是买来自己听的，店家说得再好，品质指数再高，你不喜欢，岂不是每天苦自己？如果没有面子问题，只要你喜欢那个声音，几十元的器材就可以是极品。我自己的一套音响就是几年中靠自己听凑起来的，数据是别人的，耳朵是自己的。顺便介绍个小招法，听CD的朋友如果有电脑的CD-ROM机，不妨用它来放CD，质量胜过几百上千的CD机，问题只在于要自己接出信号，最好是接出数码信号。

庄子有一次在水边，对惠施说，水里的鱼真是快乐呀！不料惠施是个杠头，说，你又不是鱼，你怎么知道鱼是快乐的？庄子就也杠回去，你又不是我，怎么会知道我不知道鱼的快乐呢？杠来杠去，庄子刹尾说，请循其本。意思是说，我最初的意思是觉得鱼是快乐的，杠来杠去，最宝贵的本意给杠没了。

最宝贵的本意就是“圣人心动”，我前面说过了，音乐性就是“圣人心动”。真声音，假声音，凡有乐音入耳而致心动就可以了。看无数文章，听无数唱片，与各种发烧友争论，记着“请循其本”。

我手上有不少自己钟爱的假声音，但如果发生灾难，例如火灾，我不会把最常听的几张CD带走。灾难过后，去街上再买就是了。现在买CD很容易，就像买瓶可乐。

一九九六年

弦乐四人帮

我每年都会找一件事，或以得到的一件东西来纪念那一年。一九八九年，我以买到的贝多芬弦乐四重奏全集为纪念，捷克TALICH四重奏团演奏，一九七七年录音，法国CALLIOPE公司出版，编号CAL9633/9，有七张盘片。

贝多芬的晚期弦乐四重奏向来被形容为艰深难懂，不少人因此而不敢听，或者听了也不敢说什么，另一种结果自然是有人以听贝多芬的晚期弦乐四重奏为标榜。两极分化，大部分人不听，听什么呢？既然听不懂。我觉得这是恶性循环。

总之，在中国大陆，好像从来不演奏贝多芬的晚期弦乐四重奏，早期的也不演奏。进口音乐复制品，现在通常是CD，也几乎不进口贝多芬的晚期弦乐四重奏，盗录就更不用说了。所以我谈这个录音，怎么说呢？有点不合国情。

不合国情还在于这个捷克弦乐四重奏团几乎没有人知道，这是我猜的，有人知道就算我白说。我当然是希望有人知道，而且喜欢并且迷。

这个录音初版是LP的，很多收藏LP的人都没有，原因是购买方式为会员制。我很多年前听的时候，因为年轻，所以非常激动。以前乡下有戏班子来，走的时候常常有孩子偷偷跟着跑掉，我想我如果当面听他们演奏，结果一定是跟这四条汉子跑掉，再结果一定是他们不要我，要我干什么呢？我可能发奋练琴，再去找他们，结果还是不要，四个人够了，重奏乐团不是人可多可少的戏班子。重奏最重要在于默契，音乐感的默契，突然来了个人，拉得再好也是白搭。

一九八九年六月，我在TOWER RECORDS 的架子上发现这个演奏集的一九八七年CD版，初看重奏团的名字，冷汗唰地冒出来，是那种录不出来的“唰”的一声。买录音制品有个恼人处就是不许听，事隔多年，我不敢确定就是这四个家伙，我记洋名属于低能。不过冷汗冒了，直觉就是他们，二话不说，出去排队，买。

这个集子的包装实在丑陋，硬塑料，不平整，口儿翘着。每盘的资料印刷亦无精心处，一副爱买不买的架式。我们常常会在街上看到父母拎着衣裤脏乱的孩子回家去，我当时就是这种心情与样子带了这套CD回家去。

好，机器打开了，小盘子唰地一下被收进去，动作倒还利落。第一声出来，没错，就是这四人帮！云游四海，叫我逮个正着。

四人帮的组成是这样的，Petr MESSIEREUR 和Jan

KVAPIL演奏小提琴；Jan TALICH，演奏中提琴，这个弦乐四重奏团就是以他命名，乐曲的演奏解释，应该是他拿主意；Evzen RATTAI演奏大提琴。我不通捷克文，做不出音译名来，只有老老实实按大小写照抄。对于这个重奏团，没有任何介绍，意思是“这你还不知道”？

我记得捷克作家米兰·昆德拉在小说《不能承受的生命之轻》里写到过布拉格的一个弦乐四重奏团来到一个小镇演奏贝多芬的最后三首弦乐四重奏，听众只有三个人，之后听众之一的小镇药剂师请乐手们吃饭。我总觉得TALICH四重奏团就是这样的。萧斯塔科维奇回忆说旧俄外省小城的市长、警察局长等人聚在一起可以演奏门德尔松的八重奏，而苏联的市长、公安局长、党委书记聚在一起能干什么呢？卢那察尔斯基也说过列宁明确表示很厌烦音乐。列宁高度称赞贝多芬的“热情”钢琴奏鸣曲在中国读书人中广为人知，其实列宁后面还有话，转折词是“但是”，“我们正是要消灭产生这种艺术的资产阶级”，俗话说“捧得高，摔得狠”，原来可以这样用。

捷克与欧洲的古典音乐关系很深，但是以前有东德在，于是捷克多少被忽略了。还是昆德拉，记者对他有一个老生常问：你从捷克来到法国，是否觉得根被拔掉了？昆德拉答以常识：我回到根来了。那位法国记者好像对欧洲关系史不熟悉。

中国在“文化大革命”之后，不断邀请美国西欧的乐团或指挥来，搞得一时又崇拜又胆怯，言必称卡拉扬。其实靠着过去沾社会主义的亲，不如邀请东德、捷克、匈牙利的乐团或指挥来。我一九八八年去洛杉矶市区一家饭店的音乐厅里听布达佩斯来的一个弦乐团的演奏会，极其细致又元气淋漓，风度中肯，收放潇洒，更证实了我认为几乎美国所有的乐团演奏都是马戏团伴奏的判断。好，不多说，再说就拢不住了。

欧洲和美国有不下十个著名的弦乐四重奏团，恕我不一一列举名称，因为我实在对他们的演奏不感兴趣，不是说技巧不精，很精，很默契，都是好曲目，录制公司、录音师也著名，可我就是不感兴趣。我不靠推荐介绍来听录音，几本有名的唱片录的评判都很可疑，三颗星，四颗星，是他们的道理。我的选择是自己听。

回来说TALICH。

贝多芬的弦乐四重奏共有十七首，分三个时期。早期是标为作品18的六首，规规距距，都是四个乐章的。弦乐重奏是十八世纪四十年代开始，五十年代确立，八十年代才由海顿、莫札特（现通译为莫扎特）确立名气。海顿一七八一年献给俄国保罗大公夫妇六首“俄罗斯四重奏”，自己宣称是用了“完全新鲜特别的方法”；莫札特随后在四年里也发表了献给海顿的六首“海顿四重奏”。这之后，海顿、莫札特接下去的弦乐四重奏就都是这个路数，两位包办了当时的“创新”项目。我们现在来听这十二首弦乐四重奏，明亮，元气充沛，四大件（实际是三种，因为有两把小提琴）配置平衡，好像四只气缸，只是当时还没有汽车，但是水晶吊灯和橡木地板之间，贵族们都听得很过瘾，于是贵族们开始订这种新产品。

贝多芬一七九八年到一八〇〇年之间写的作品18的六首（也是六首！），献给的是波西米亚贵族罗伯高维支侯爵。这位侯爵是贝多芬的财神爷，所以贝多芬将《英雄》《命运》《田园》还有后来的作品74的弦乐四重奏都献给他。不少传记介绍中说贝多芬与贵族不睦，但贝多芬还是将准备献给资产阶级民主斗士拿破伦（仑）的《英雄》转献封建贵族，在生活上，贝多芬基本是由贵族养着的，作品献给贵族相当合理。现在的作曲家，用了基金会等等的钱，却省了题献，新钱冷，旧钱到底是温的。

这六首，都好听。批评家说它们不深刻，实在好像端上来咖啡顾客说不是酒。如果兴趣大的话，不妨按实际创作顺序听，是这样的：三，一，二，五，六，四。第四首贝多芬的特点明显，第四乐章结尾时，第一小提琴持续擦弦弱奏，突然四大件强奏，吓人一跳，结束，干净利落。这一下，也就结束了贝多芬的早期弦乐四重奏。

隔了五年，一八〇六年开始的中期的弦乐四重奏，有作品59的三首，作品74的一首，作品95的一首，共五首。作品59的三首，都是受拉兹莫夫斯基伯爵委托而作。这位伯爵是俄国大使，在维也纳驻节二十年，好音乐，组了个当时欧洲最好的弦乐四重奏团，自己拉第二小提琴。贝多芬亦善体人意，曲中常出现俄国民谣。三年后的作品74，前面说了是献给罗伯高维支侯爵的，作品95则是献给兹梅斯卡尔男爵的。

作品59的三首弦乐四重奏，非常惊人，爆发与纤弱，巧妙与单纯，戏剧化而内心渗出，每个声部都尽心在意，大概贝多芬觉得四个人功力都好，所以放开了写。当然这时候贝多芬在作曲上也整体成熟。

再隔十年，一八二六年开始的晚期的弦乐四重奏，有作品127、130两首，都献给嘉利珍侯爵；作品131一首，献给舒都达罕男爵；作品132一首，又是献给嘉利珍侯爵；作品135一首，献给沃夫麦耶；作品133，原来是作品130的最后乐章，后来单独成大赋格，献给鲁道夫大公。

这时贝多芬已经完全聋了，靠在笔记本上写字与人交流。

贝多芬中年开始耳聋，此中之苦，似乎简单，无非听不到声音，其实苦不堪言。中国人讲究吃，我们不妨想象我们的舌头麻了，永远不知道食品的味道，无论荤素，十之八九的中国人不疯才怪，愤怒，无名火儿，哀怨。也就是这种想象之下，你才会发现，原来蒸馏水都是有味道的。小时候上化学课，说水是无色无嗅无味的液体，我直到现在还想不通，只当它是一种规定。

从作品127 开始的晚期四重奏，贝多芬的音乐语言有一种私人性，不同于以前的作品。听的人可以以自己的程度与贝多芬谈。

作品131 有乐章只是五十秒，但不是过渡性的。这首曲子我最喜欢，还有135。

一八二七年贝多芬去世，再过十三年，大清帝国道光朝与大不列颠及爱尔兰联合王国的第一次鸦片战争发生。

一九九六年

谈音乐

理性对音乐欣赏究竟有否意义？以逻辑论，音乐几乎是数学、音高、音程、和声、调性、节奏乃至音色（配器）无一不在严密的逻辑之中。逻辑愈严密，我们能称之为“懂”的部分似乎愈丰富与细致。但对我来说，最需要摆脱的恰恰是以上所说，因为音乐最终只是引起情绪而已。情绪常常是经验的。我爱听我所熟悉的而且喜欢的音乐，但略感厌烦的是经验使我预知过程的延续，克服的办法是去听不同演奏者演释同一个曲子，因为其中一定有新解的经验。

情绪又常常是非逻辑的。我知道瞿小松作品音乐会的曲目，但我把它们忘掉，故意的，好在我还有点这种能力，为的是想在整个音乐会中永远处在新解的情绪中。我也不想听任何对小松作品的具有哲学意义的解释，音乐最重要的是音乐本身。于是，每一种音色的出现，不同节奏的变换，响度的对比，和声的新鲜刺激力，都引起了我新鲜而合理的反应。我追忆了全部作品所引起的我的情绪，

注：本文原刊于《人民音乐》，1986年第6期。

想，贝尔格是否太理性了？斯特拉文斯基是否情绪有些泛滥？而潘德莱斯基是否又太偏爱非经验的音色？小松的音乐，他们的过分似乎都有，但小松的音乐又不同于他们，我最看重这后一点。艺术大师的罪恶在于他们把很多世界都完善了，创新于是容易成为自杀，而能活下来，其实常常是因为有极微弱的那么一点不同，耗尽精血以成为世界，之后再杀无数庸才。

很可惜音乐厅二楼的音响效果远不如中央音乐学院礼堂的二楼，在小松的音乐作品仍不能经常演奏的现在，我寄望于录音制品。

［附］音乐是种生活方式

王幼民：您什么时候开始听音乐？

阿　城：小时候。

街头巷尾就有音乐。

比如叫卖，那是有音律的。

有的叫卖是三分损益律的，有的叫卖是纯律的，还有混杂在一起的。

音程不同，可以辨别得很清楚。

比如磨剪子磨刀的吹的那个号就有大三度，有小三度。

另外很重要的是中立音，也就是不同民族的音感是不一样的，就是说有些音并不准确落到标准音高上，而是趋近。我们常常说的那个“味儿”，就是这个原因造成的。这可以算是文化上的差别。

现在想起来，我的小学不是音乐小学，但音乐课实在是不可思议，从五线谱开始教，视唱。一年级的考试居然是老师在钢琴上弹一个音，要你到黑板上的五线谱上点出

注：本文原刊于三联《爱乐》，2007年第5期。

这个音，同时到钢琴前再弹出这个音。我考得不错，我是有固定音高听觉的人。我猜我们的音乐老师是个专业音乐人，她一定有个自己的教育计划。我后来转学到别的学校，最大的麻烦是不识简谱，被班上笑话。

我小的时候音乐环境很丰富。

现在没有了，周围走着的都变成自己戴耳机的人了。

王幼民：许多人喜欢用“懂”与“不懂”来表述古典音乐。我觉得这里面没有懂与不懂的问题，只有喜欢不喜欢的问题。

阿　城：音乐是直接的，就是频率，直接影响你的状态。

音乐不像文字。文字是符号，需要经过学习去解读这个符号，再转换成情感什么的。音乐是频率，从耳朵直接就进去了。

王幼民：我刚开始听古典音乐的时候看过一本音乐普及书，里面都是对音符和旋律的“解释”，比如把贝多芬第五交响曲开始的几个和弦叫“命运在敲门”。结果听来听去，发现音乐是不能这样和某个意思或者场景一一对应的。

阿　城：其实这个也没有关系。

就是中国那句老话：师傅领进门，修行在个人。你最后会修行到不去理会那是不是“命运”在敲门。你要是不接着修行，那就只好停留在“敲门”阶段了。

王幼民：一般人听古典音乐常常是从贝多芬和柴可夫斯基的作品开始进入，听着听着跑到了两极。向后停在马勒和肖斯塔科维奇那里，向前停在了巴赫那里。

这是个挺有意思的现象。

阿　城：你刚才说的这个现象特别有代表性。为什么古典作曲家的作品演奏最广泛？因为没有版权。创作者死后五十年版权期限一过，敞开演呐！那是白拣的。

由于有版权保护，演奏现代作曲家的作品要付版税，演奏者和唱片出版人就要掂量了。

美国有规定，每次古典音乐演奏会必须加一个当代作曲家的曲目，这样让老市场带新市场。

要不然，人家活生生等你死！

王幼民：您在美国住了很多年，那里的古典音乐市场是怎样的呢？

阿　城：不景气。

时代不一样了，古典音乐的观众正在流失。

在美国大型的卖CD的世界连锁店Tower Records里，现在古典柜台都没有了。我八十年代去美国的时候是很大的，你眼看着它萎缩，直到最后关掉。

王幼民：国外的古典音乐会是怎么一种情况？也没有人去听吗？

阿　城：你知道“爱乐”是什么意思？爱乐就是“业余”的意思。

伦敦交响乐团，这是政府。伦敦爱乐乐团，这是业余。“爱乐”就是音乐爱好者，最早是音乐爱好者出钱请乐师演奏音乐，后来爱好者成为会员制，是种荣誉，交年费，演出之前有通知，今年有些什么曲目，谁指挥，谁演奏。演出的时候，你就来听。国外音乐会市场，会员制是基础来维持。

所以，爱乐在维持古典音乐市场方面功绩很大。

王幼民：可是美国有许多世界著名的交响乐团。比如纽约爱乐、芝加哥爱乐、费城爱乐、波士顿爱乐……

阿　城：这些乐团除了维持本地，还要到外地到世界上去转，它不走摊儿，起码我们北京国际音乐节就办不成啦。

七八月份放假了，有钱人都不在美国待着。九月份度假避暑的人回来了，演出季开始，歌剧开始唱，古典音乐也开始演了，那些乐团就一定在自己的地盘演出。

王幼民：在电视里看过英国的“逍遥音乐会”。虽然演奏的是古典音乐，但形式很特别，不是那样“严肃”。

阿　城：这里面反映的不是对音乐的态度，而是古典音乐试图再回到当代普通人的生活方式中来。古典音乐已经成为博物馆的东西。

卡拉扬指挥音乐速度普遍快，快得……就好像是演奏完了要急着上厕所一样。（笑）我心说，您着什么急呀，演出之前这些事儿都解决了不完了？

这是玩笑。其实比卡拉扬快的指挥有的是。

我们如果不了解西方古典音乐市场滑落的现状，就很难体会卡拉扬的苦衷，这苦衷就是他要想怎么把听众拉回音乐厅。卡拉扬自己说，现在人喜欢速度快，顺应潮流。

中国人现在都说“快节奏”，“节奏快”。错了！节奏怎么会快会慢？！

只有速度有快慢，节奏是拍子，是型。你说三拍子改四拍子，这个可以，型改了。但是让三拍子再快一点……怎么快？快三步，慢三步，要求的是速度快或速度慢的三拍子。

所以现代人要求的实际上是速度要快一些。

卡拉扬把速度提上去了，而且在这个基础上还强调弹性。这是卡拉扬的特点，你喜不喜欢那是另外一个问题。不管怎么说，这对当时的古典音乐市场来说，是有作用的。市场不垮，就还有的玩儿。市场垮了，谁也别玩儿了。

王幼民：前几天看了一张瑞士韦尔比亚音乐节十周年音乐会。许多世界级的音乐大腕都出席了，像詹姆斯·莱文、阿格里奇、祈辛、麦斯基、克莱默，还有中国的郎朗。新老大师组合，四手联弹，整个演出感觉很娱乐，很“秀”。

阿　城：从市场来说，这种方式都是值得鼓励的。秀呀，折腾呀，反而吸引人。因为古典音乐市场实在滑落得太厉害，真需要这样的折腾。

我在台北曾经听过一场贝多芬的三重协奏曲，有马友友和林昭亮。

在台北中正纪念堂旁边有一个改建的音乐厅，就在那里演。我觉得他们用的形式不错，在音乐厅的外面架起一个非常大的屏幕，转播里面演出的实况。凡是花不起钱，进不到音乐厅里面去的人，就坐在广场看大屏幕。演完之后，三个演奏家被指挥拉着走出音乐厅，专门要给广场上的人鞠躬。

那次去台湾是为老侯（侯孝贤）的电影。

有个导演助理，从来也没有听过所谓的严肃音乐。我介绍说马友友拉的音色很好，不妨听听。结果那天晚上导演助理带着女朋友一起去了。我们一堆人就坐在广场听，这小两口从此就听上了。后来疯狂买碟，连连赞叹好听。

那场音乐会结束的时候，马友友他们出来给广场的观众鞠躬的时候还下着雨，都打着伞。这个举动显然对我刚刚说的小两口发生了作用。

就是要闹出这样的动静来！不能总是——这是严肃的，这叫高雅，你听得懂吗？！这就完了。受众一点点剥没了，最后就剩三五个人，音乐会的票卖给谁呀？票卖不掉的话，这个市场就崩盘了。把古典音乐往“雅”那边推，有毁古典音乐的意思。Classic翻译成“古典”是翻差乎了，应该是“经典”。经典，听着就离我们近些。

王幼民：记得好多年前，曾经听过陈佐煌老师就美国图书馆的音乐资料馆藏发过感慨。他说图书馆的音乐唱片应有尽有，在国内别说一般音乐爱好者，做专业音乐工作的人如果有这样的条件也就知足了。

阿　城：美国的图书馆音乐储藏很丰富。

即便是一个市（这个市也就相当于我们的一个朝阳区）的图书馆里，几乎全世界的CD都有，你可以随便借。

盗版为什么在美国不流行？因为你何必盗？不必要嘛，到处都可以拿得到原版。你在图书馆里看见唱片，没有听过，不了解那个演奏家，那你就借回家去听。另外，你在大学修古典音乐课的时候，老师也会给你开一些单子，要求你听什么。这些东西学校图书馆也有，市里面图书馆也有。像洛杉矶这个城市是几十个小市组成的，每个小市都有图书馆，然后洛杉矶还有一个大型的中央图书馆。

你如果真想听的话，这些图书馆就足够了。

这些图书馆不仅音乐资料丰富，设施还很齐全。有一个一个的小格子，你可以在那里听，但必须用耳机，不能够出声影响别人。

如果这个城市确实没有你需要的音乐资料，比如你挑的音乐版本太老，只要你可以提供所需CD的编号，图书馆会帮助你寻找。他们会在全国的图书馆系统找，哪个图书馆有，会直接寄到你家，这些服务都是免费的。你听完之后，就还给离你最近的那个图书馆，包括书也是这样，它整个是一个系统，不必再还到中央图书馆。如果美国境内没有，图书馆甚至还可以做国际链接，到欧洲去寻找。像一些小唱片公司录制的CD，只发行很少的数量。比如你是搞专业的，或者听得特别冷门，它也会找到你需要的唱片寄来。你等着吧，也就是一个星期。

纳税人的钱不是白交的！政府不仅要服务，还要讲究服务质量。

王幼民：在美国，指挥家们的声望、地位是怎样的呢？

阿　城：不是因为我是音乐发烧友，我才尊重指挥。如果是个做IT的人，不听交响乐，就不尊重音乐指挥了？不是。美国人对所有有成就的人都是尊重的，不管你从事什么。

这个和中国不好比。这些人会投入很大精力去参加公益事业，比如慈善演出。别管多大牌的指挥，如果有问题，只要你敢写信给他，他就回信给你。比如说你写信说听了他一场音乐会，有一种乐器的声音没有听到。他会回信给你回答这个问题，这种回信往往还很亲切。他会告诉你可能是因为坐的位置不对，还会建议你下次再听他的音乐会换个位置坐。

在互动的时候你会知道，并非音乐爱好者才尊重他，是整个社会都觉得，他在这方面是个好人。

另外，这些人还有许多让人尊敬的社会职务。

比如伦纳德·伯恩斯坦。在美国，他比做指挥更有名气的，是一个业余救火队员。

美国是个移民国家。最早那些英国人老远地坐着“五月花”过来，好不容易弄了几栋房子，什么最重要？防火最重要。直到现在，救火队员的地位很高。任何游行，没有救火车参加，没有救火队员参加，那是不够级别的。每年元旦洛杉矶有个玫瑰花车大游行，现场世界转播，消防车队在最前头，每辆车都擦得像从来没救过火似的。救火队的小伙子脖子都和脸一般粗，那都是姑娘们的最爱呀！救火车擦得锃亮，小伙子勾在车栏上，跟下面一打招呼，当场就有姑娘晕过去！

伯恩斯坦是个业余救火队员。

据说纽约有一次着大火，当时伯恩斯坦正在指挥演出。专业救火队员不够了，需要动用后备人员。动员令一下，跟打仗一样呀。通知送达，老人家正指挥着呐，结果他把棒子放下说，大家等我一会儿，我先得去办点事。

救火可是头等大事！

王幼民：您交响曲听得多吗？

阿　城：我不怎么听交响乐，我喜欢室内乐。

室内乐是西方重要的生活方式，其实中国也有这样的生活方式。比如说朋友聚会，夹着几把琴来了，一起合几段。或者说听堂会，叫一个名角儿唱上几嗓子，也可以来两三个折子。

这些欧洲全部都有。

我们经常能看见有这样的唱片。这种应该叫“堂会”唱片。

一般来说，有教养的人总是受过音乐教育或者乐器训练。聚在一起的理由常常是为了合奏一个东西，尤其是贵族，高级僧侣。

海顿、莫札特、贝多芬为这些“堂会”作了很多室内乐作品。

海顿就不要说了。莫札特，像他的钢琴协奏曲什么13号20号的，钢琴部分技巧就是初学者水平，应该是某贵族金主买给自己孩子的生日礼物吧？我们这样去听，倒能听出喜欢来。

在贝多芬的的三重奏、四重奏，甚至钢琴五重奏里面，你会听到其中某一种乐器演奏非常简单，就是到它那儿了“咣咣”来两下。这个声部的演奏者一定是个贵族初学者，你给他写复杂了他倒不过来。本事也恰巧在这里——我让你那两下听起来效果真好！我作这个曲子不是为了羞辱你，反而让你加进这两下真给劲儿，真到位，让别人觉得演出是成功的。

你的乐器拉到什么份上，我就给你写什么样的曲子。我知道你的水平，绝不会超过这个水平给你的声部，你也玩得挺高兴。

（阿城拿来一张贝多芬《钢琴、小提琴、大提琴三重协奏曲》DVD，是巴伦博伊姆和帕尔曼、马友友合作演绎的。）

像这个曲子中钢琴的初始演奏者水平恐怕就不怎么样。旋律非常简单，就是过一遍音阶，音阶上行下行。但是这不是一般的音阶上行下行，它在这个曲子的构成里，是具有音乐性的。

我想，当年弹这个音阶上下行的贵族一定非常满意。

王幼民：贝多芬有的作品题献给某位大公。当时就想，贝多芬是不是和这个大公有交情。

阿　城：那是金主，给钱的。

这是贝多芬了不起的地方。虽然演奏简单，但是音乐性在里面，简单归简单，音乐性会出现。咱不是说既然你技术比较差，你又给钱，我给你对付一段，然后演奏完了咱们喝酒呗。听众都会觉得真好听，真耐听，因为音乐性在里面。音乐性是第一位的。里面有音乐性在那儿顶着。

听音乐就是要听音乐性，不是听技术。整体构成的音乐性。所以在贝多芬早期的三重奏里，这样的现象非常突出。到晚期的四重奏的时候，你已经不听技巧了，完全在听里面的音乐性。

听听贝多芬晚期的四重奏，真是好。

一个人到了这个年纪，梅毒晚期，不可能有婚姻，侄子又老惹麻烦，非常痛苦。很多人回忆贝多芬说，这个人病很重，但是不吃药。医生给他药，常常被他拒绝。为什么？他会因为疼而high。疼到一定时候，反而乐如泉涌，最后竟然形成这样的创作规律。

因此，从他的晚期四重奏里，你甚至可以“听”到那种生理疼痛。非常微妙的长轻音让你感觉作曲者疼得不敢挪动，但是“疼”得非常有质量。接下来的愤怒你同样可以从音乐中感觉到。

所以，在他的晚期四重奏里面我觉得就是当代心理的东西。

好比说现代的流行歌或者摇滚作品，我们是靠歌词说出来的。贝多芬不作词，就是活生生用音乐性来表现。很多听古典音乐的人都被专家学者吓住了，不敢去听，觉得不可能听懂。放心，坐下来，听一个叫贝多芬的老外跟你掏心窝子说说心里的事，这些心事你也有。另外有意思的是，贝多芬写这些的时候，我们这边是乾隆年间。如果要听中国这边的个人内心音乐，反而要听中古时代的古琴曲目。

肖邦的曲子有强烈的“沙龙感”。

“沙龙感”是什么意思？就是眼睛闪闪发光。

肖邦是肺病晚期，一到下午三四点就开始低烧。一低烧，眼压就升高，眼睛就绷得倍儿亮。在蜡烛光下，那眼神跟钉子一样。被盯的那个贵夫人心里就一阵狂跳。

现在弹肖邦音乐的演奏家没人盯了，只好抬头乱看。

这种演奏就像生活暗号一样，演奏者弹着弹着会看某个人一眼。那意思说，这是给你的。

肖邦的乐曲，里面有暧昧的关系。然后沙龙里面传为美谈，传为笑谈，传为某某谈，这是一种生活方式。

这种生活方式没有了，用过去的话说这种腐朽的生活方式没有了，现在变成为人民演奏，可是人民真听不懂了。

中国也一样。

旧时候的王爷会拉个京胡。堂会的时候，人家说，爷，您来来这个？嗬，那高兴的！就拉上了。这个时候，打单皮就得跟他了，不能自己走了，自己走可就不合适了。唱也跟着他，板眼跟着京胡。可能这位爷也会打单皮，来了先让一下。这一让不要紧，有不知深浅的王爷可能还真敢上去了。

我们可以把中国的这种生活方式和欧洲贵族的生活方式做一下对比，性质是一样的。小红低唱我吹箫，这是一种生活方式。

这个生活方式没有了，这种音乐其实就消失了。

王幼民：前年德国纽伦堡州立歌剧院专门到北京来演《尼伯龙根的指环》四联剧，外国人都坐飞机专门来看，轰动一时。报纸上曾经提醒欣赏者要锻炼身体，因为连续四个晚上，每晚四个小时看歌剧对体力的确是个考验。

阿　城：那就是我们的《群英会》《失空斩》，这就是过大节呢！连着演，你要去听，那剧场一定要提供从食品开始的各种服务。完了手巾把递着……这种。只有在这种服务中，你才能把《失空斩》全部都听下来。听一出，然后回家该抱孩子抱孩子，该办事办事。办完了回来，如果能还赶上最后的《斩马谡》，就再听一耳朵。

听瓦格纳、理查德·施特劳斯的某些作品，你不把饭吃好，不来点牛肉，弄点奶酪，真坚持不下来。到最后你会觉得音感都糊涂了，那是生活方式造成的。现在这样的生活方式没有了，你单独听二十多个小时歌剧，不是找死吗？不是毁坏自己的听觉吗？这种东西我看还是听唱片，把主动权掌控在自己手里，想暂停的时候，只管按遥控器！

在音乐史上，有和声、调性的发展变化过程。其实还有一个非常重要的点，就是生活方式的变化。

《莫札特传》那个电影中有意思的一部分就是把那个时代人们的生活方式多传达了一些。莫札特这样的人，在写伟大的音乐之余，还干些什么？去下等剧院。剧场最下面那层有稍微富裕一点的工人、小资产阶级等等社会底层的人。这些人要什么样的歌剧？《魔笛》就是这样的东西。

那时候还要讲剧场效果。

上面唱一句，下面就能跟。不像我们现在听音乐会，鸦雀无声，手机都得关了。那就完了，没有剧场效果了。

我们现在的剧场效果是演变过来的，把音乐欣赏专门化，变成一种教养了。

在莎士比亚的剧里，小丑或者一些角色为什么常讲黄段子？因为有剧场效果。

《哈姆雷特》里面那句著名台词，“生存？还是毁灭？”人生哲学呀！我是活下去还是死？上面话音未落，底下马上雷鸣般地喊起来：“死——！”恶搞。

现在不是了，全场静悄悄的，听着台上深邃的哲学对话，心里感慨：深刻，太深刻了！

生活方式变了。

伦敦恢复了当年的玫瑰剧场。清理的时候，发现堆积下来的瓜子皮竟然有两英尺厚。这就是当年看戏留下的“痕迹”。手机不让响？门儿都没有！

为什么有楼座、专座呢？就是把真喜欢的贵族与下层隔开。下层的座位要么是长条凳，要么就是站着。约架有约到那儿的：“《王子复仇记》，下午五点那场，谁不去谁是孙子！”

我们现在已经主动变成严肃音乐了，生活方式改变了，很多感觉就消失了。我不是古代欧洲人，怎么敢胡说？这些是他们的学者专家考证研究出来的。我一看，对了。为什么？因为我们的戏院子的情况，就是这样，才过去不到五十年。

王幼民：您听唱片的时候注意录音吗？

阿　城：当然。

录音很有讲究，录音师非常关键。

有的人听来听去从听音乐变成听录音师了。买唱片的时候先看录音师是谁，是自己喜欢的那位就买。

我喜欢英国DECCA公司的录音师威尔金森。别人更注重录音技术，他喜欢把握作品的音乐性。

如果看完一个片子，你说摄影师真棒，这个电影就砸了，因为摄影师“抢戏”了。如果看完之后觉得很好，可又说不出谁最好，这可能就是最好的电影。

我觉得英国公司整个录音的指导思想就是这么个意思。

在录音师成为发烧友的追逐对象之前，唱片上是不记录录音师名字的，也省得你去追谁。假如有一小子，人家就不爱听他录的，把他的名字印上，唱片还卖不出去了！

威尔金森录的唱片确实好。

我有他不少录音，例如他录的歌剧《弄臣》。米尔内斯、帕瓦罗蒂、萨瑟兰唱的，录得非常非常好。早年买了黑胶，后来出CD，我又买了。录音师对演奏者的意义，就是幸运的意思。

还有一些小公司的录音也很好，水平要超过一些大牌公司。

我喜欢爵士乐的录音，不管这些录音历史有多老。

爵士乐的特点是现场，因为每一次演出都不一样。所以说到爵士，总是要说是哪年哪月，在哪儿的那场，而不去说这个曲子、那个曲子。因为这场和那场是不一样的。

录音师拎着器材到演奏现场去，临场的调度和处理特别重要。

爵士乐手不在酒吧合音乐，只有晚上演出时才到这里来。现场有顾客在喝酒，还有端着盘子的侍应来回穿梭，音响环境很复杂。

怎么处理这样复杂的音响环境？都要什么样的音响？或者说把这种环境声响降到多低？你一看现场，就会知道在这样的条件下录音是个挺难的事儿。那个时候又没有胸麦，可是录出来效果真好。许多爵士乐的单声道录音，还有五十年代的小现场爵士乐录音，听起来都很有味道。

那种录音会给你一种感觉，如果没有那些盘子、叉子的细微碰撞声就不是现场了。

我自己买碟也有个习惯。

如果是同一场演出，同一班人马演奏的同一个曲目，我一定买现场版，不买录音棚版。现场版感觉好，拉错了，那是真的呀！现在录音棚已经用机器一小段一小段地接了，没意思了。

录音能把音乐性录出来不容易，如果还有现场的音乐性，就又多了一样可以欣赏的东西。现场是什么？就是生活方式的痕迹啊！

王幼民：中国音乐您听得多吗？

阿　城：当然，我们的音乐中有许多经典。

五十年代初，杨荫浏他们录了阿炳的《二泉映月》，如获至宝。

其实不用跑那么远，北京门头沟就有这样的民间艺人。上通州，还有更好的民间艺人。那个时候的意识形态，只认为艺术是劳动人民创造的，所以要找阿炳这样的曲调。

当时对古琴不够重视，地主阶级的嘛。古琴是世界级的乐器。古琴的打谱都是按照自己对减字谱的理解去打，古代传下来的减字谱只标出音位和指法，节奏和速度要你自己来定。所说的古琴各派，都是他们的创派者也就是祖师爷对同一个减字谱的不同理解。所以，古琴，最能容纳可能性。什么可能性？音乐性的可能性。古琴，是最能表现个人内心的，所以才有伯牙子期的相知，才有张生与崔莺莺的相知。四川的王华德老先生，同样的曲子他弹出复调来，用的唐代琴，声音大，狂！不过从小听洋乐的人，会不习惯古琴，会觉得有点“左”，那是因为音律不同。搞音乐的人不懂音律是大问题。音乐学院就不教音律。

从传统上说，中国是最重视音乐的国家。

为什么？就是新朝建立的时候，两件最重要的事情同时进行——历法和定音律。历法不去说，音乐是定黄钟律。

其实前朝也是这样，但是还要重新定一次。因为音不正，民族的状态就不正！天道运行你只有顺从，所以历法是表达严格顺从的，而声音是人道之正。你看这事严肃不严肃！

周公制礼，是规定人的行为规范，造成文化，约束武化，武化就是人的动物性，孔子很准确地表达为“克己复礼”。同时作乐。有人读“寻欢作乐”的“乐”是不对的，其实是音乐的“乐”。为什么要作乐？因为音乐会改变一个人的状态。如果你到过教堂听过管风琴，你就明白了。

吴公子季札到鲁国去听周乐，佩服得不得了。他听的是雅，颂，黄钟大吕，严肃音乐。风就不一定了，风是流行音乐类，孔子说过郑声淫。

孔子是每天要弹琴唱歌的人。听了一次韶乐，三个月不知道肉味，其他感官都退化了。音乐绕梁三日不绝！我们后人反而不行了，变成了音乐落后民族了。

人物

昨天今天或今天昨天

我二十岁就开始回忆以往。普遍的说法是，谁总在回忆，就是老了。我同意。在这种人人怕老的时代，真诚不易。

不少人对记忆力很自信，我是这之外的，只记得气氛。肖斯塔科维奇在其回忆录开始部分引了梅耶霍尔德喜欢讲的一件事：法律教授讲人证问题时，突然一个流氓闯进来，教室大乱，接着便打起来。警察带走捣乱者后，教授要学生们讲讲刚才的事情。结果每个人对格斗的情况各有说法，对流氓的模样也各有描写，有人甚至坚持说来了几个流氓。最后教授拆穿这件事是假戏，是为了说明未来的律师应当知道目击者的证词究竟有多少价值。

但我还是在回忆文字中用引号引述话语，为甚么？因为行文的需要。

诗人之一

郭路生在八十年代初常常到我在德胜门内大街的家里

注：发表于《今天》，1991年第三、四期合刊。

来，来聊天。聊天的时候，我曾向他提起六十年代末我喜欢他的诗。那时候，郭路生的诗被广为传抄。“广为”是我的感情虚拟语气，没有数字统计传抄的范围，无非是我认为他的诗应该被广为传抄。我也是从别人那里得到郭路生的诗，而且把我的抄本借给另外一些朋友看。我当时以为诗人的名字是“郭鲁生”。

有一次我翻开笔记本看到当年抄的《鱼群三部曲》，那时只找到其中两部曲，也许是希望能找全，所以本子上空着几页。渔夫等渔讯。

我记得六九年在内蒙插队的时候，插在一个叫东新发的屯子里。冬天，外面当然是风，我却意外在新结识的朋友手里得到郭路生的《酒》，于是就在炕沿上抄下来。

郭路生“精神崩溃”之后，在北京安定医院治疗。他是安定医院的模范病人，每当感觉自己不对头的时候，他就坐十四路公共汽车到医院去。严重的话，住上一阵，再坐十四路公共汽车回家。十四路公共汽车穿过德胜门内大街，郭路生来去会在我家门口下车，进来聊聊。但我说他常常来，并非是他常常犯病，只是常常来。我亦去过他在阜城门外的家。

他和父母住在一起，房子是典型的五十年代苏联式单元楼。吃过他家的饺子，饺子煮破了，菜粗疏但是多。

冬天的时候，郭路生戴一种叫“猪耳朵”的棉帽。这种帽子过了六十年代就绝迹了，路生还是很得体地戴着它。有些人是穿时装才有气度，有些人，譬如郭路生，时不时装，依然有气度。路生敲门，我隔着玻璃可以看到他：眼睛向上望，手互相袖起来，静静地等待开门，一副古人雪夜叩柴扉的样子。

郭路生常常说，我最近写了首诗，你听听怎么样。之后，探头向上望，片刻，开始朗诵。声音不大，似乎不能称之为“朗”，音节类似俄文诗的起伏。

听他吟诵，我会想起他六十年代的诗，而当我问起他六十年代的诗的时候，他总是很不好意思地说，不行不行，那个时候太幼稚。总听他这样讲，我想可能是因为我太幼稚，所以喜欢幼稚的诗。可是，小学低年级的课文“秋天到了，大雁向南飞去，一会儿排成人字，一会儿排成一字”，喜欢它无关成熟不成熟。

有一次，郭路生讲起他将要写的诗。他正在访问军队里的一些老将领，打算写关于内战年代的长诗或组诗，要写关于毛泽东的诗。这可以说是不合时宜，因为当时人们正在对革命历史疑义纷纷，包括事件和人，只是还没有加进“文化”这个时髦话题。

我很注意地听。我天生相貌呆滞，常常引起别人误会。郭路生停下来，打量我的反应。我知道我常常说客套话，因为心中的意思还没有找到表达处，就好像有人敲门，于是一边穿裤子，一边说等一下等一下就来就来。

我想他这是第二次不合时宜，第一次是《鱼群三部曲》。我不记得把这个意思讲给了他没有。我常常犯这种毛病，自以为讲过自己的意思给别人，其实没有。我检讨这种情况是我接受贫下中农十年再教育的结果，一个人在山上干活，心里讲了许多，以致形成讲出很多话的幻觉。我还记得在内蒙听人咦咦呀呀唱，走过去问他你唱甚么，他说我唱了吗？

总之郭路生很高兴，当下约我过几天去一个人家。我想我一定讲了我的一个肯定的想法："革命战争"和毛泽东，不缺歌颂和咒骂，但是缺诗，你是诗人。

过了几天，我随郭路生到复兴门外公主坟以西的一个军队大院的人家去。我生平第一次进这个大院，警卫打电话问里面，签字，放行，走很远，大院里的一个小院，附近有几个相同的小院。

见到的是一个残疾的年轻人坐在轮椅上，但说话声音底气足，致残的原因说了，可是见他如此有元气，一下把原因忘了。郭路生说这些天正在和这个年轻人的父亲谈过去的事情。年轻人有些不以为然的样子，随即就谈别的，谈当时的经济改革。陆续又来了几个人，都有元气，女的也高高大大，所谓"硕人"，着时装，好看。

郭路生念了诗，大家都很注意听，但随即又谈政治。郭路生在其间显得单薄，有病容，笑貌谦谦而无卑色，他的父母也是打天下并有一份位置的人。"路生"大概是行军生于道旁的意思？屋里有暖气，很热，大玻璃窗外的杨树晃来晃去，干了一个秋天的叶子如雨般打在玻璃窗上，落下去。

我忽然悟出郭路生将来要写的，真是他自然而出的东西。这间大屋里充满着“这个国家是我们的”那种风发意气。你当然可以用“高干子弟”一言蔽之，但我真是喜欢有元气的人，无论品位。毛泽东当年说“世界是你们的，也是我们的，但是归根结底是你们的”，对眼前这些人来讲，就像“你是你爸爸的儿子”一样当然。二十多年前的许多年轻人愤怒于毛泽东在“文化大革命”中“欺骗”了他们，其实是他们误会了，你以为一个美得令你股颤的女人在向你笑，可是遗精之前，“蓦然回首，那人却在灯火阑珊处”。要懂得他人眼里的焦点所在。

我想我当年确实幼稚，直到读初中才明白我根本不是“新中国未来的主人翁”，连“祖国的花朵”都不是。我认识一个和尚说他当年出家在寺中学打坐，总要睁眼，被巡堂的师兄见到，劈面一掌，说，这里哪样东西是你的你看！当下顿悟。

我赏心悦目于眼前这些谈政治的人，分不清霸气还是豪气，尤其有健康高大的女人行坐其间，那些时髦衣衫本来有些做作小气，此时只像撒娇。那种像猪脚的高跟皮靴，实在要安马刺才配长腿宽臀，才更妩媚。

但愿会有诗意。郭路生写过诗，有诗意，我不在乎他的意识形态。

诗人之二

芒克，诗人。

幸好，芒克是不是诗人，并非由我写下“芒克，诗人”而成立。芒克早在七十年代就是汉文诗界最好的诗人之一了。而且，他的小说《野事》，饱满，元气淋漓，一股子少年人的质朴的温柔，是这个时代的奇迹之一。

最初读到芒克的诗在何时，想想，记不得了，但最初的印象记得。印象是，这才是诗。

不过不幸，芒克的诗句，我不大能背了。原因是之后能读到的诗越来越多，模仿芒克的诗感的诗也越来越多，多到……多到你的记忆被混淆。

记得两件事。

一是玉渊潭诗朗诵会。时间不记得了，真是糟糕，八〇年初？总之我当时手上正好有一架十六毫米摄影机，为什么会有这样一架摄影机，又不记得了。为了整理记忆，我不得不停下来想，一直想到痛恨自己，沮丧。我决定不再绞脑汁，写下去，不记得的东西就写“不记得”。

我记得的是，我爬到一棵槐树上去，从上面俯拍朗诵会，池小宁在下面扶住我的一只脚。我有点记起来了，摄影机应该是池小宁的。会场很久不能安静下来。人很多，蓝色的衣服挤在一起，新旧区别而已。老鄂整理扩音器，这不是我的记忆，而是从来老鄂都是做这些事的，因此我确信是老鄂整理好了扩音器。

北岛走到麦克风前，宣布诗歌朗诵会开始，好像还说了一些意义之类的话，但是听不清，会场安静不下来。

芒克走到台前来，用眼睛扫了一下下面，扫视当中停顿了一两处。会场立刻安静了。

这就是芒克。

二是八十年代初，栗宪庭，芒克，我，妄图弄个公司，现在想来真是妄图，搞搞城市雕塑。第一担活儿是秦皇岛市的城市标志，让曹力设计了一个钢板栓接起来的凤凰，用防锈漆髹成朱红色，很好看。栗宪庭，芒克，我，我们三人拿着小模型，坐火车到秦皇岛去。当时北岛好像弄了个买卖带鱼的公司。改革开放，对不愿在体制内的人来说是，一面可以仍旧做自己的事，一面可以在缝隙中解决生计。

我记得九二年的《威尼斯日记》里好像提到此事。马上翻查，是的，五月二十二日，“八四年夏天，中国已经开始经济改革，我和芒克去秦皇岛与人谈生意，以为可以赚点儿钱。芒克一到海边，就脱了鞋在沙滩上跑，玩儿了很久。芒克人很漂亮，有俄国人的血统。我躺在沙滩上看着美诗人兴奋地跑来跑去，想，如果我们能赚到钱的话，可能是老天爷一时糊涂”。

这也是芒克。我还记得他会忽然停下来，长时间地，他远远地背对我，我猜他一定是长时间地看着海。

会是什么诗句呢？

诗人之三

不久前，听说三午死了。讲出这个消息的人确实是用“死”这个字，而不是“逝世”或者“去世”之类的辞。

三午姓叶，名字未审何意。叶家住在东四的一个四合院里，对面是“文联”的大楼。我认识三午很晚，大概是一九八一年或八二年？认识的原因很简单，我自识为喜好音乐者，朋友带我去交结一个爱好音乐的人。

是个晚上，叶家的街门关着，于是拍门，良久没有反应。我说没人罢，朋友说打过电话的。后来有脚步声，门开了，脚步声随即离去。微光中即看出非等闲四合院。北京旧时官员商贾住东城，文人住西城，鲁迅即住过西城阜城门内，至今仍然是东城的旧房比西城的好。但此时叶家的院子到处是垃圾，西厢房有灯，暗甚，我已经在提防有狐狸之类。其实北京人口拥挤，狐仙们测过人气污然之后，和鬼怪们一起搬迁走了，所以不像幼时可听到大人讲鬼，现在是听到讲“坏人”，六七十年代则是讲“阶级敌人”。

进西厢房，什物散乱，中立一竖式钢琴，有肤白者垂首卧沙发中。介绍了，白臂伸上来，握蜻蜓点水手，侧头颔首，眼含薄泪，示意坐下。我不免有些踌躇，后悔在不恰当的时候到不恰当的地方不恰当地见一个人，盘算着致以音乐的问候之后应该离开了。问我最近在听甚么，答以在听京韵大鼓，小彩舞的《丑末寅初》。臂白者垂首良久，说，我在听马勒。

这就是三午。

后来因为聊到帕瓦罗蒂热络起来。三午说他有磁带，于是起身去拿。这一起身，我方才知道三午是类风湿患者，但还只是腰直不起来。腰常剧痛。胃亦常痛，所以双手常杵腹上，常微笑时突然攒眉言痛，表情变化快。

帕瓦罗蒂的美声在本该狐仙出没之处回荡，阳刚气声震屋瓦，穿墙透壁。我问是不是要小声一点，三午说院子翻修，家里人都出去住了，前院是“文化大革命”时住进来的人，现在请不出去，没事儿，听咱们的。

三午的音响只是一个手提录音机，音量大时喇叭承受不住，三午却听得很高兴。我明白他是音乐爱好者而不是音响爱好者。我有个朋友是音响爱好者，自己下手做放大器，请朋友来听十六赫的低频音和一万五千赫的高频音，江湖人称“高低频”，是水泊梁山的现代好汉。

当晚即在西厢宿下。我因无房，夜里睡桌子，“刷夜”，即借宿是常事，所以欣欣然。

应邀睡一小行军床。先去清理膀胱。叶家用抽水马桶，我很新鲜，为了看漩涡，冲了两次水。睡之前，三午说，念一首我最近的诗给你听。我才知道，叶三午原来是北京“老”诗人。三午念诗，声音是颤的。念完之后，总是说，“还有一首”，或，“再念一首”，几个笔记本翻来翻去，终于找到了，“这是二十年前写的，你听……”。

翌日晨起，至廊下巡望，果然好庭院，可惜冬天南面文联大楼会挡住阳光。我小气了，问，你何德何能，住这么好的院子？三午弯腰偏头看看四处的翻修材料，说，肏，叶圣陶是我爷爷。这一肏煞是响亮，我才明白三午为甚么姓叶。

三午好意邀我见他爷爷，我始终没有应承，原因是有些人我愿意旁观。有时坐在叶家西厢房里，老人沿廊散步，花玻璃上映出移过来复移过去的模糊灰影，心中于是默念中学读过的课文题目：多收了三五斗多收了三五斗多收了三五斗……

三午是我在北京认识的诗人中少有的不以政治入诗，或诗无政治隐喻的诗人。我不知道这是不是有关家教，但诗是私人的事，看来三午是自己如此。也许不是，但我不知道。

三午有两个女儿。小的一个在学钢琴，聪明，短裤背心，手下是莫札特，会忽然岔进话题与三午拌嘴，三午厉声，她点头摇头，手下的曲子并不断。三午与施万春熟，总在讲要小女儿将来跟施万春学作曲，做钢琴家竞争太厉害。

三午有自己的一部当代诗人关系史。我谈到我景仰的诗人朋友，三午很高兴，温柔地说，振开当年来的时候，我教他写诗，现在名气好大，芒克，毛头，都是这样，毛头脾气大……

我一向不愿意学人事科干部多方查证别人兴头儿上的话，尤其是个经日疼痛的人。

三午的胃痛，并不影响他的嘴。有人请吃饭，三午就变得庄严而可怜，头发是早就梳好了，女儿们慢了一些，他就唉声叹气，以至愤怒，再至唉声叹气。立秋后，北京可以吃涮羊肉了，三午每请必到。冬日大风，三午是骑自行车的，有些不忍请他，但不可走漏消息于他，否则会愤怒以至腰痛胃痛。三午每次出动，骑一架无梁女车，能避免蹁腿的高难度，将手杖夹在后架。到了饭馆门口，存车，交两分钱，扶杖而行。在门口三午很小心，因为必须侧身上望，才能看到是否有人正推门出来。进得门去，能很快找到先来者在哪一桌。入座，目光惊喜，嘴唇湿润，蓄势待发。好菜好饭与三午是惺惺相惜，用“烈火干柴”形容男女事，较之三午饮食，显然不够分量。虽然如此，三午毕竟是我见过的人中吃相真诚者。汉乐府“将进酒”乃歌饮之词，景观诗意俱佳，吃而能形成诗意景观，随三午之死而逝，呜乎哀哉尚飨。

三午吃时的投入，并不影响他的随时发现女人。他能一边迅速咀嚼，一边侧头捕获，眼随目送，之后愉快地吮呒着。张宗子《陶庵梦忆》写祁止祥，次句云“人无疵不可与之交，以其无真气”。除了腰形折曲，三午是美男，发现美女美食时，则身无病态。我每每乐见三午此时，面对真诚的享乐主义者，疵又何妨？十二亿人若亡，可能会亡于无疵。

三午常谈起与他有过关系的女人，都是我不认识的，不便置词。男女之私，与饮食之私不同，妄谈即失切肤之感。

三午大约有些卑名在外，不少人偶谈到三午，均有不屑。我听三午谈别人，亦常有鄙语。与三午认识的人非常多，大部分渐不来往，所以三午房中常是新面孔。三午常杵着胃说，唉，某某要去某国，我帮一下。三午曾问我要不要出国，他可以帮忙。我当时对此类话题茫然于无知，乏能力置可否，加之三午好吹牛，我倒安下心当他吹牛来赏心悦目。如今想起三午至死“赖”在北京，真真是享乐主义令人羡慕。

三午不写旧体诗。也许写过，但没念过。他写翻译体的。有一次，像往常，三午卧在沙发上，良久，说，我昨天有诗。声音开始颤起来：“嫁女儿的日子里，半夜起来找酒……”

父亲

一九八七年三月某晚我正在纽约夏阳的画室里，这个画室是仓库改建的，旧得好像随时要出危险，但实际上什么意外也不会发生，意外是绕了半个地球从电话里传来的：父亲病重，我立刻准备自美国离去。

从六十年代初，家里就笼罩在父亲病重的气氛里，记得夏天我们在院子里与邻居喧哗，母亲出来制止，我们还小，还不能随时将父亲的病重放在心上。

父亲的病是在唐山劳改时染上的肝炎，由急性而慢性而硬化，之后，它将是父亲死亡的原因。在随时准备父亲离开我们的时候，“文化大革命”开始了，父亲是一九五七年的右派，是死老虎，批斗，陪斗，交代，劳动是象征主义的，表示侮辱，之后，去干校，一切都是当时的理所当然，但是，父亲在理所当然会死去的时代没有死，居然活到一九七九年。

这一年，对父亲来说是重要的一年，犹如一九五七年。

我记得春节之前的某日，接到电话，晚上回到父亲家

注：本文原刊于《九十年代》，1988年6月。

里，父亲背对着桌灯坐着，父亲工作时面向桌灯，累了就转过来，母亲说，组织部来人了，准备在春节前把全国的右派平反的事落实，这当中有你父亲，你怎么看？我只想到，钟惦棐这三个字前将要没有形容词了，但是，我没有这样说，我知道这件事对母亲是非常重要的。

母亲在一九五七年以后，独自拉扯我们五个孩子，供养姥姥和还在上大学的舅舅。我成年之后还是不能计算出母亲全部的艰辛，我记得衣裤是依我们兄弟身量的变化而传递下去的，布料是耐磨的灯芯绒，走起路来腿当中吱吱响，中式剪裁，可以前后换穿，所以总有屁股磨成的四个白斑，实在不能穿了就撕开由姥姥糊成布嘎渣做鞋，姥姥总说膀子疼，一年二十多只鞋要一针一针地做。养鸡，目的是它们的蛋。冬日里，鸡们排在窗台上啄食窗纸上的糨糊，把窗户处理得像风雨后的庙。当时，全国的百姓都被搞得很艰难。由于营养的关系，小妹妹姗姗体弱多病；三弟大陆去和母亲拔红薯秧来家里吃，兴奋得脸上放光；四弟星座得了一次机会做客吃肉，差点成为全家第一个死去的亲人。谁都难，但不知道父亲在劳改中怎么过。我坐在椅子上，思量怎么说我对平反这件事并不看重，我怕伤母亲的心，可能父亲也会生气，这毕竟是改变了他一生的事情。

而且父亲是右派这件事，也对我们很有影响，大哥里满不能上高中，因为我们这样的子弟是不能上大学的，而高中是为上大学做准备的。大哥是读书的人，成绩总是很好，我至今不知道此事对当时十几岁的他在心理上有何影响；但父亲执意要大哥再考高中。我想，这是一种寄托。大哥一九七八年从插队的地方考上大学，父亲在给我的信中只陈述了这一事实，不知道父亲写信时于灯下还想到什么。

十八岁那年，父亲专门对我说：咱们现在是朋友了。因为这句话，我省出自己已经成人。中国古代的年轻人在辟雍受完成人礼之后，大约就是我当时的心情：自信，感激和突然之间心理上的力量，于是在这个晚上，我想以一个朋友的立场，说出一个儿子的看法。

于是我说：如果你今天欣喜若狂，那么这三十年就白过了，作为一个人，你已经肯定了自己，无须别人再来判断，要是判断的权力在别人手里，今天肯定你，明天还可以否定你，所以我认为平反只是在技术上产生便利。另外，我很感激你在政治上的变故，它使我依靠自己得到了许多对人生的定力，虽然这二十多年对你来说是残酷的。

父亲笑着说：我的党龄现在被确定为四十年，居然有一半时间不在党内，你妈妈今天炖了锅牛肉，你去街上看看还有没有切面卖，我们吃牛肉面。母亲也很高兴，叙说着今天的牛肉是托谁才买到的，父亲就问有没有蒜，牛肉面没有蒜怎么成！

一九七九年以后，父亲开始大量地写文章，发表在那年的《文学评论》上的《电影文学断想》，使很多人省悟到他还活着，中国电影出版社要将他一九五七年以前的文章结成集子，父亲于是让我去搜寻一下。北京图书馆的报和刊分两处借阅，我刚从乡下办回城里，没有工作，就终日跑了东城跑西城。国家图书馆是不做索引的，只能逐日翻所有报纸的所有版面，刊物好多了，可以查目录。父亲以一篇《电影的锣鼓》被毛泽东亲自点名，我当时八岁，回答不出老师的诘问，学舌说爸爸是坏人，不会讲敌人，因为不明白敌人是什么意思。二十多年后，我才亲眼看到这篇文章，复印了拿回去给父亲看，父亲亦有他的感触，出版社怕得罪某某人，将书名定为《陆沉集》，父亲要用《电影的锣鼓》，最后只有妥协。一个搞地震的朋友，险些上当，经我提醒，才没有买去作工具书。

父亲的家里，开始有许多人来了，母亲见到某些面孔，提醒他警惕，父亲明白，感慨门可罗雀和门庭若市的变化，但还是来了请坐，提供所需。父亲认识许多死去的人，他说起五十年代去看老舍的《青年突击队》首演，老舍在应酬之间，低声对父亲说：这样的戏你还来看！他讲过不少赵丹的事，但只写了一篇短文《赵丹绝笔》，与赵丹的《管的太具体，文艺没希望》同慨。我曾和父亲议论过外行领导内行的问题，我认为应该是外行领导内行，内行做内行的事，擢其做领导，岂不使之成为外行？岂不浪费？古人说：无能故能使众能，无为故能使众为。父亲说，论起罗织罪名，显隐发微，还得内行，这样的内行当领导，最能伤筋动骨，而外行顶多闹些“关公战秦琼”的笑话，以求少伤害计，实在应该外行领导内行。我很少发宏论，但常说“我认为”，父亲就讲起他在干校每每作检查时说“我认为”，于是遭到批判：极端资产阶级个人主义，检查的时候还在说“我”认为！父亲很感激一个在干校被定为历史反革命分子的人，这个人见父亲的交代总不能通过，便拿去修改一番，于是父亲的交代不但通过，而且还被示为其他各种分子的临时榜样。父亲询其故，这个人说，我从前在国民党的报纸做事，看家的本事就是这样写文章呀。父亲又很可惜全国的交代材料都被销毁了，认为应该选出一套“交代文学”来。巴金建议成立“文化大革命”博物馆，父亲说，其中可以陈列各种交代材料，我附议必须编一本“文化大革命”辞典，否则后人会很难释读这些交代，例如“交代”；而且副词连用“最最最”会让后人认为祖先有一个时期都是结巴，于是给后世的古人类学、考古医学、训诂学的研究都造成困难。父亲大笑。

父亲身上有两样令我羡慕，一是笑，二是鼻子。在我还不能从理论上辨别对父亲的判决时，只有从父亲的笑声里认定他不会是坏人。父亲的鼻子，从相术讲，不但隆中，而且悬胆，但父亲的际遇却总是不配合他的鼻子，我想，这和他与电影的关系不无影响。电影发明了才一百年，相术还不能归纳它，但也难说，靠电影发迹的明星大部分与相好有关。

每年总有几部影片出麻烦，我向父亲请教其中原因，父亲说，电影是唯一能进中南海的艺术，唯其能进，所以麻烦。我亦对电影剧本必须文学化不赞同，父亲说，那你叫只懂章回话本的审查者怎么明白你要拍什么呢？我于是明白父亲是知其难为而为者，再好的鼻子也救不了他。母亲常常愤怒于父亲的不休息，我想我理解父亲，某种人是不能休息的，休息对他们意味着放弃，于是，死亡就显现了。

纽约大雪，美国不大兴送人到门口的，所以夏阳在门外挥手，令我错觉，以为已身处北京，转头便可去医院看父亲，互相说笑话，于是父亲大笑，而且说：洗澡吧。

红楼梦结束于大雪，猩红的斗篷，两行脚印一个人，离去时留下的，不似曼哈顿街头如斯散乱。

父亲三月二十日去世，因为太平洋上那条人为的国际日期变更线，我在理论上和实际上都迟到了一天。

火化前，来人川流不息，其中有真正希望父亲消失者，这使得父亲像一个军人，但父亲只是一介连洗澡都不好解决的中国书生。夏天，用布围住院子的角，提水来洗；冬天，公共澡堂像医院，等叫到号才挤得进去。父亲年纪大了，我陪他去，以防晕倒。在热水里，父亲紧闭着眼睛，舒服得很痛苦，我这时想问什么是人生最大的幸福，又怕他忍不住失言。父亲凡开会住可以洗澡的旅馆，必通知许多同命运者去洗澡，然后大家头发湿湿的坐下来谈洗澡以外的各种事。父亲住医院，也如此办。护士对湿头发的探视者并不奇怪。沐和浴在中国从上古就是与身体最密切的事，除了饮和食，而且严肃到与心有关。汉以后，日本学去不少沐浴的制式，愈洗愈有名堂，父亲访问日本回来后，我问观感，父亲说：随时可洗澡；再问观感，说：胜得好惨。

虽然有中国电影艺术研究中心在主持料理父亲的后事，北京电影制片厂遣专人协助，各地电影制片厂仍欲来人，母亲说不出的感激，一一谢绝，吴天明还是从西安电影制片厂遣人助理，此时他环臂立于灵堂之外，不发一言。陕西人是自古见中国事最多的人之一，他明白这个书生生前做过什么，希望什么，遗憾什么。

我与大哥去捡拾父亲的骨殖，焚化炉前大厅空空荡荡，遍寻不着，工人指点了，才发现角落里摆一只铁箕，伏下身看，父亲已是灰白的了，笑声不再，鼻子不再，只有熔化的眼睛，滴落在额骨上。

父亲的像前无以祭，唯有《电影的锣鼓》《陆沉集》《起搏书》《电影策》这几本他的心血文字。

碎一个，少一个

我得以认识胡金铨导演，是一九八五年。这一年我在洛杉矶南加州大学（USC）有个关于中国电影的小讲演，是张错教授主持的。话题中我说到《侠女》这部电影，十分推崇。讲演过后，有个长寿眉的小个子男人过来握手，自我介绍是胡金铨。我很吃惊和兴奋，不料导演就在洛杉矶此地。

在洛杉矶的时候，常常接到导演的电话，“有事儿吗？”“没事儿聊聊啊。”我在洛杉矶的生活中，与胡导演聊天，是隔三差五的享受，常在一起聊的，有八十年代初从北京电影学院去的穆晓澄夫妇。我没有记录的习惯，现在想起来，是大损失，也许小穆倒会记得许多导演聊的内容。

胡导演是一九五〇年才离开北京，因此关于北京的话题，是我们之间常聊起的。导演说，以前家里有汽车，出门时汽车外左右脚踏上有家丁吆喝着赶人。我问，汽车是不是木头做外壳的那种？导演说：“对，你怎么知道？”

注：本文原刊于台湾《联合报》，2012年7月2日。

我说小时候见过这种车，很好奇车壳不是铁的而是木头的，车内非常宽大。

有一次和胡导演聊到佛经，导演说当年初到香港，做过校对，先是校对电话号码，后来觉得很烦，无趣。有一天看到电线杆上贴的广告有校对佛经的，以为可以当书读，比数字更有趣吧，就去应聘校对。结果佛经校对要求一个字都不许错，做了不久就又转回校对电话号码本儿了。

有一次和导演聊到音乐，导演讲起卡拉扬（Herbert von Karajan）曾想拍摄歌剧《图兰朵》的电影，那些年将经典歌剧拍成实景影片有个小热潮，导演应卡拉扬邀请去柏林，与卡拉扬磋商很久，但后来计划搁浅。如果那次合作做成，今天我们一定会有这样一部电影经典。一般中国人只知道卡拉扬是交响乐指挥，但音乐指挥的最高成就是指挥歌剧，卡拉扬上世纪七十年代指挥的《卡门》和《奥赛罗》，是旷世经典，录音质量匪夷所思地好。

胡导演一直想拍动画片《张羽煮海》，为此准备了很多造型图。南加州有海族馆，我常陪导演去。我是内陆人，不懂海，所以很有兴趣看各种海生动物，觉得它们天生就长成动画片的角色。胡导演没有完成这个题材，如今这3D动画时代，不知会有哪个后人重新关注这个题材。

九十年代初，有一天胡导演在聊天的时候说到想拍《画皮》，我说这个故事在《聊斋志异》里总是受到注意，就是因为它多了一层皮。“如果导演你来拍，何不再多一层皮甚至几层皮？人性是兽性的一层皮，但人性可不止一层皮啊！性格是多重组合，皮应该不止一张。观众都知道小说里只有一层画皮，导演你拍出的如果是画了一层又一层，就是新的意思了。”导演很兴奋，说：“就你来写这个剧本吧。”

胡导演多才多艺，为他写剧本难又不难。剧本完成后，有一次聊到场景，我推荐山西的雁北，要山有山，要平原有平原。繁峙的悬空寺，景观奇特，大同的云冈石窟，丰镇的大车店。尤其是沿长城的堡子，就是袖珍城，明清时代的老城墙城门城楼，都是现成的。

胡导演后来去山西选景，田壮壮导演协助。胡导演和田导演原来家世相通，面相上也看得出来，两人都是寿眉络腮胡，两人都是走起路来一摇一摇的。

还有一次印象深刻。聊天时导演说按中华民国的法律，女演员每月都要去政府部门检验性病，因为娼、优是划在一起的。导演说这简直太落后了，于是联合了一些导演向政府提出废除，后来终于废除了。

导演有一次聊到郑佩佩，说佩佩从上海移民到香港，因为有学舞蹈的底子，所以演《大醉侠》时很出色。后来导演带剧组去台湾，先总统召见。在等待召见的时候，佩佩见到幕帘下有一双脚，揪导演看，导演说：“别看，那是警卫的脚。”过了一会儿，佩佩又问：“蒋光头怎么还不来啊？”导演出汗了，小声叮嘱佩佩：“你在大陆学的叫法儿，千万不能在这儿用啊！”佩佩还问：“为什么呢？”导演笑着对我说：“你看看佩佩这个傻闺女！”

还有一次导演聊到胡蝶，说很赞赏她，可是头一次在香港影棚里见到胡蝶，才发现胡蝶是小脚！没戏的时候就坐着歇息。我很惊奇，说以前不是有诗讽刺张学良和她跳舞吗？导演说大概诗人不知道胡蝶是小脚吧。

胡导演是个典故篓子，可惜没有写回忆录。

从我上个世纪八十年代中得识胡导演，即听他说起他在筹备拍摄《华工血泪史》，十多年下来，种种不如意，唯资金来源最为难办。导演名取金铨两个字，按老辈子的说法，大概是命中缺金，所以特别要带金的字来作名。闲聊时问过胡导演。导演笑嘻嘻地说：“不知道，爹妈取的，大概是吧。”不料胡金铨导演最后的磨难，就在电影投资上。

一九九七年初，胡导演的《华工血泪史》终于筹得资金，万事俱备，要投入拍摄了。此前李翰祥导演突然在拍片现场去世，让胡导演警惕，因此决定在自己的片子开拍前，去台湾荣民总医院检查一下身体，排除疾患。导演日常身边有个小盒子，内分很多小格，每格单是一种药，到了规定时间，导演一边聊着，一边从各格里挑出药片来，攥成一小把，用水吞下，接着聊。每到此时，都令我目瞪口呆。

导演去台湾了。没过几天，噩耗即传来：导演心血管扩张手术顺利，出手术室后还要当天报纸看，不料不久就衰竭辞世！

我个人的想法是，导演日常吃的那些药，已经构成导演身体的机能了，手术中和手术后，是否应该不让那些药品断线？

世事难料无常，胡导演在最不该的时候辞世，奈何、奈何！

导演一生达观，多才多艺，几近电影方面的文艺复兴式的全才人物，对华语电影殊多贡献。在洛杉矶玫瑰岗墓园安葬胡导演骨灰的追思会上，朋友们推我致辞，我记得我的意思是，胡金铨导演的离世，好比名贵瓷器，碎一件，少一件。

适得其志，逝得其所

对于张爱玲的死，我其实没有资格置喙。我出生成长成熟于一个张爱玲格格不入的社会，这从她的《对照记》图四十六、四十八的说明可以读出，我猜她可能犹豫观望过，终于不能忍受，一走了之。环境再恶劣，没有可以退缩的私人空间，容易死掉。小隐隐于野，大隐隐于市，巨隐隐于心，只有杨绛在小说《洗澡》中写出连心都无法隐的惊心动魄。张爱玲五二年离开中国大陆到香港，五五年再到美国，不料在美国差一点又隐不成。

洛杉矶有一位女士是“张迷”，文字及小意象处颇学得有几分，知道张爱玲不见人，就去张爱玲住处附近租屋监视，也叫她惊鸿一瞥瞥到“鸿”出来倒垃圾。终于是晤不到，于是就翻检张爱玲的垃圾，而且将自己的变态写成文章发在报纸上，逼得张爱玲只好搬家。崇拜竟可以像苛政，达到猛于虎的地步，令人不寒而栗。

我猜张爱玲是一个有“洁”癖的作者，这种洁癖使她最终于生活里拒绝与“脏”或可能“脏”的人来往。我想

注：本文刊于《亚洲周刊》，1995年9月24日。

我自己恐怕就是一个“脏”人，她不打算与我同类的人来往是对的。我身上可能有令人感兴趣生好感的部分，但处久了，“脏”东西摊开了，就会被人厌恶。坦诚相处，不太是好的意思，你不能保证对方不认为你的“坦”与“诚”是忍受不了的“脏”。

张爱玲被人发现死后的次日，洛杉矶华文报纸登出那位女士在桌上铺排张爱玲的垃圾的照片，同日的报纸有美国参议院议员派克伍德因性骚扰而宣布辞职，后被同僚限期离开的新闻，读后觉得世界好像有些许公理可言。

张爱玲遗嘱自己死后请遗嘱执行人立即火化她的遗体，将骨灰抛撒旷野。张爱玲生前不晤人，不应门，不接电话，不回信，这已经是“志”了，张爱玲死后才被人启门发现，可说是适得其志，逝得其所。人生难得“志满意得”，张爱玲做到了，正该为她高兴，不料洛杉矶的华文报纸有些人认为按遗嘱做太过凄凉，治丧人员定二十天后追悼，究竟要如何，仍在商量之中。

崇拜张爱玲的人无疑是好意，不忍凄凉。为了尊敬所崇拜的人，却忘了逝者的遗嘱是要尊重的，这是信。逝者不可能再怨再怒了，有感情的只是活着的人，世间若无信，即便是好意，另外的人到底不安。若尊敬张爱玲，就让她按自己要求的方式走吧。

所以我想我没有资格置喙张爱玲的生与死，因为张爱玲拒绝做公众人物而且做得干净彻底，我只能对“公众”

对她的死的反应置喙。

张爱玲的公共物是她的文字，我来试着稍稍置喙一下。

不妨抄一下我在《闲话闲说》里的一段：“记得是八四年底，忽然有一天翻上海的《收获》杂志，见到《倾城之恋》，读后纳闷了好几天，心想上海真是藏龙卧虎之地，这‘张爱玲’不知是躲在哪个里弄工厂的高手，偶然投的一篇就如此惊人。心下惭愧自己当年刚发了一篇小说，这张爱玲不知如何冷笑呢。于是到处打听这张爱玲，却没有人知道，看过的人又都说《倾城之恋》没有什么嘛，我知道话不投机，只好继续纳闷下去。幸亏不久又见到柯灵先生对张爱玲的介绍，才明白过来。”

张爱玲的感觉方式，表达方式与一九四九年后大陆形成的共和国文体格格不入，这是我读她的小说时觉得“新”的地方，也是我认为不会有多少大陆人学得了她的原因。迷可以迷，学是一定学不好的。要学她，得没有受过多少共和国文体的浸染，或有能力抗拒腐蚀，或与张爱玲有相近的文化结构、感情方式，这也就是为什么学她学得有些意思的都在台湾、香港。不过痴迷地学，小心大树底下不长草。

另外，北人写南，或南人写北，都有一种说不出来的好，道理不知道，但我们算一下古今以来的作家，差不多是这样。南人写南、北人写北也有好的，比例上不多。南唐后主李煜是南人写南的好例子，他的词哀婉凄凉，算得绝唱。鲁迅其实在北方很久，文体在北方形成，所以可算是北人，他的《野草》是北方意象，他最简捷犀利的杂文则是写南。张爱玲写南，她的感觉、意象和灵魂是北方的，所以才是苍凉，而非南人写南的凄凉。“苍”是近于无色的黑，北方的狼，整天跑来跑去，却常常在苍茫时分独自伫立良久，之后只身离开。

我以前不太理会得张爱玲为何会写苍凉的意象，及至看到她的绝笔《对照记》中写小时候在北方及其家族，于是猜测苍凉在她幼年就渗进心底了。

其他

听敌台

一九八九年，结束了八十年代，八十年代早结束了一年。

一九七六年结束了七十年代，七十年代早结束了四年。

不过，算上一九七六年后的四年，八十年代有十三年。

七十年代呢，从一九六六年算起，有十年，所谓十年“无产阶级文化大革命”。

按decade划分，不准确，不符合。人生不是猪肉，不可以这样一刀一刀按斤切。

上个世纪七十年代，对我来说，度日如年。

有一天我在山上一边干活儿一边想，小时候读历史，读来读去都是大事记，大事中人，一生中因为某件大事，被记了下来。可是想想某人的一生，好像也就那么一件大事，那么，没有大事的一天天，怎么过的呢？也是如此度日如年吗？七十年代正是我人生中最好的一段时间，无穷的精力，反应快捷，快得我自己都跟不上自己，常常要告诫自己，慢一点慢一点，你有的是时间，你什么都没有，

注：本文原刊于《七十年代》一书，北岛、李陀主编，牛津大学出版社，2008年。

但你有的是时间。

时间实在是太多了，因为田间劳作并不影响思维，尤其是分片包干，简直是山里只有你一个人。天上白云苍狗，地上百草禽兽，风来了，雨来了，又都过去啦。遇到拉肚子的时候，索性脱掉裤子，随时排泄。看看差不多可以收工了，就撕掉腿后已风干了的排泄物，让它们成为蝼蚁的可疑食品。在溪流里洗净全身和农具，下山去。

当时都想什么呢？杂，非常杂，甚至琐碎，难以整理。本来想到什么，结果漫漶无边，直至荒诞。由荒诞又延出一支，把自己逗得哈哈大笑。思维是快乐的。

一九七一年的林彪事件，几乎是当天从境外广播中听到的。这是七十年代最重要的事。大家都从床上坐起来，互相看着，震惊中涌出喜不自胜。虽然竹笆草房永远是透气的，但是大家还是往外走，觉得外面空气好一些。

场上有个红点，走过去，是队里支书在蹲着抽烟。我们知道支书也是敌台热爱者，照香港的说法是敌台发烧友。大家都不戳破，逗支书说还不睡觉啊？明天还要出工上山，睡了吧；别心思太重，什么事要拿得起放得下啊，等等等等。支书一个都不理，只抽烟。

大概一个月后，省上派工作队到县里，召集队一级以上的干部到县里。队长回来后很得意，说咳，早鸡巴就晓得的事，还要鸡巴搞得多紧张，把人围到山上，鸡巴山下民兵围得起来，妹！机头都扳开，乱就扫射，打你个鸡巴透心凉。党中央说了，鸡巴林彪逃跑了。

云南是没得“鸡巴”说不成话。但是只听“鸡巴”就想歪了，它只是语助词。

我们就做惊讶状，啊？林副主席？队长说，没的副主席啦，林彪；啊？往哪儿跑啊？咳，副主席自己有飞机，你们这些小狗日的，哪个不听敌台！还要装不知道！那你在县里也装不知道？咳，我们么，在组织嘛。

这种互相装傻充愣，永远是我们的娱乐之一。不过，当林立果的《五七一工程纪要》（“五七一”是“武装起义”的谐音，恐怕后人不懂，注一下）传达下来的时候，立刻让我们对林氏父子另眼相待，尤其是《纪要》中称“五七干校”和知青下乡是变相劳改，大家都点头。《纪要》中对毛的行状刻画，简练准确，符合我们的想象。割江而治，老办法，但还是好办法。隔江对峙，南边恐怕制度上会不同于北边。制度不一样，我们恐怕会好过得多。四川知青和昆明知青都觉得挺高兴，有上海知青担心会在上海打得很厉害：隔么好来，瓦特了，屋里厢嘛……（那么好了，完蛋了，家里头嘛……）

其实事情已经过去了，说着说着好像事情马上会发生。

《五七一工程纪要》的行文口气是“文革”初起时大学生的语言，不过林立果当时已经被提拔为空军作战部部长，他的文本语言，其实影响至今。我偶然看到刘亚洲先生的文章，也是这样的口气。百年来中国一直没有完成工业革命，即第一次现代化。苏联好像完成了，还赢了“二战”，所以新中国误会为工业革命并不威胁政权，尤其是工业现代化也并没有阻止德国出现希特勒。周恩来在“九大”提出四个现代化，似乎顺理成章，结果不久就出事了。

当下的所谓后现代，实质是针对第一次现代化，也就是解决了工业现代化之后的批判，大致是第二次现代化，即后现代。后现代要解决的是现代化社会中的各种权力的问题，以前的二级权力现在成了一级权力，商业化、媒体的权力、话语权，等等等等。八十年代出国留学者出去碰到的是第二次现代化，教授们开出的教科书大致都属于第二次现代化内容。他们九十年代归来，可能忘了国内第一次现代化远未完成，而且退到初级阶段了，手中有磨好的洋刀，结果庖丁乱解牛，模糊了两次现代化。我听过不止一个留学生说，你不知道，国外知识已经换代了。这种话，对于国内的人来说，真是压力而又压力，百多年来，中国人一直处在一种希望的压力之中。我还记得八十年代初北大请来美国的詹明信，批判媒体，主要是电视的权力控制。在美国，没错，但八十年代初在中国，全国才有多少电视机啊！有电视机，也只是个政治权力的喉舌啊。

一九七六年的“四五”天安门事件，也是从境外广播听到的。第二天在山上，大家都在议论昨天发生在万里之外的事情。当地出生的人问起天安门广场有多大，那时北京知青都办回北京了，结果在场的人只有我见过天安门广场，我大致目测了周围几个山头的距离，用手划了一下，说从这儿到那儿，从那儿到那儿吧。大家一齐惊呼“妹”。“妹”是云南的惊叹表示音，等同现在港台流行过来的“哇”。惊叹时常常还会“妹妹”或“妹妹噻”，也等同“哇噻”。不过我喜欢妹妹。

七十年代听境外广播，当时叫敌台，我不知道在全国知青当中普遍不普遍。云南知青中相当普遍。云南是一个得天独厚的地方，中央人民广播电台，听不太清楚，报纸也要多少天后才运到山里，收藏在党支部书记家，卷烟抽的时候都是向支书手上撕条报纸。所以中央的电台和报纸，对听敌台的人来说，只能算参考消息。听敌台，并非只是关心政治消息，而主要是娱乐。我记得澳洲台播台湾的广播连续剧《小城故事》，因为短波会飘移，所以大家几台收音机凑在一起，将飘移范围占满，于是总有一台是声音饱满的。围在草房里的男男女女，哭得呀。尤其是邓丽君的歌声一起，杀人的心都有。第二天在山上，总要有一段时间剧情大讨论，昨天没顾上听的人，借机补课，总是矮人一截的样子，听过的人则都在发飙。

还有就是香港的宗教台，“主说……”，“主，告诉我们……”，“《以西结书》，第二十章，在旷野之违逆，这样，我就使他们出埃及地，领他们到旷野，将我的律例赐给他们……”我那时记忆力真好，过耳不忘，随时可诵。我也不会忘记听这台的上海知青似乎睡着了，可是忽然就有眼泪流出。

台湾台，男播音员的声音有点干瘪，女播音员的声音，“大陆同胞……”，有点妖，男知青的话：听着挺好，可是不跟她上床。

苏联台，有一个播音员声音怪，好像是叛逃过去的人，可是听口音又辨不出是哪省人。“这里是莫斯科广播电台，啊（很短的一个啊），莫斯科广播电台……”好像瞟了一眼什么。

美国之音，英国BBC，等等等等。多的是叽里哇啦的外语，所以每个知青的收音机短波线上，都刻上道儿标示出汉语台的位置。我有一个道儿刻的是BBC英语台，不是听英语，而是这个位置经常有音乐会实况转播。现场观众的噪音，乐队定音，咳嗽，鼓掌，大概是指挥出来了，慢慢静下去，咳嗽，安静，音乐起，不久又有咳嗽。音质相当好，有现场的空气感。为了这个频道，七十年代中，我特地在回北京路过上海的时候买了一台很贵的熊猫牌全波段晶体收音机，需四个一号电池，一百六十块钱（当时一块天津手表一百二十块钱）。不很大，但一个书包放不进。我记得喇叭是椭圆形的，直径按长径算，挺大的，可以辨出定音鼓，邓丽君不在话下。因此很长一段时间，这个收音机成为晚十一点前的公共收音机，十一点一到，是我的音乐会实况转播时间，收归私有。

听敌台，思维材料就多了。思维材料多了，对世界的看法就不一样了。对世界的看法不一样了，就更觉得度日如年了。

大概是一九七五年还是一九七六年，记不清了，总之，北京知青中能回城的都回城了，我还在云南，我决定了我一生中的一件大事。

我决定建立一套音响。音响是我八十年代才有的概念，它指的是由音源、前级输出、后级，或称功率放大输出，加上喇叭组成的播音系统。我当时要做的这套播音系统，其实是我那台熊猫收音机的放大。我在北京的朋友黄其煦帮了大忙，他小学时就已经有做收音机的照片在报上发表，做我的这个巨型收音机算是手到擒来。苦的是他要满北京买零件。我不记得是我一九七六年上北京去取这套东西，还是有人帮我带来，总之从北京到昆明，火车要走三天；从昆明再到所在山沟，长途汽车也是三天。就这样，一个单声道大喇叭（十英寸？）的播音系统终于立在我的草房里了。

我特地请黄其煦留了电唱机的插口，因为我有几张苏联和捷克的大唱片，这回我要认真地听一下它们。当然，我主要是要好好听BBC的音乐会实况转播。音箱我用我认为的最好的木料，还做了架子。总之，是永久使用的架势。

开播，对不起，声音有点惨。本队的和翻山越岭来听的朋友们，都挺客气，“来来来，喝酒喝酒。高高山上一头牛啊，尾巴长在屁股后头哇，四个蹄子分了八瓣啊，个鸡巴硬得赛了车轴哇，七巧七巧！五魁五魁！你喝！”

声音不好的原因是电压的问题。前数年电拉到山沟里，电压衰减到灯丝可以直视。但我坚信电的问题会好起来的，只不过现在我还要用我的四个一号电池的熊猫收音机了。后来县里有人跑来要买，我没有卖。幸亏他没买成，因为七十年代末，就有四个喇叭的手提收音机走私进来了，哐叽哐叽，震耳欲聋，八十年代提前进入我的七十年代啦。

度日如年中，我开始研究树木，判断它们中的谁是好的木料。我和别人各执长解锯的一端，破开树干，锯成板材。我开始打家具，实实在在在这里生活下去。

一九七六年，开始死人，周恩来，唐山大地震，毛泽东，“四人帮”被抓，一路滑坡。毛泽东死时，我正在北京，毫无感觉，买些东西，准备回云南过日子。到了昆明，“四人帮”被抓的消息传来，市面震动，一路到景洪，都是如此。亦是无甚念头。到了队上，知青们都说，哈，你逃过去了。追悼会的时候，都到县上，不去不行。没办法，只好在会场自己昏倒，昏倒总要抬出去喽，抬到树荫下，好自在，后来多一半人昏倒，可怜大小干部不敢昏倒，站着听。

当晚备了酒，与昆明知青上海知青四川知青拿了吉他，进山到小水库边，裸体喝酒，弹吉他，扎到水里去，让小鱼咬鸡巴。女知青笑浪谑谑，同时嘴里总是有吃的。我从北京带来的种种，霎时消耗。明月当空，星辰灿烂，唯愿人长久，到老不白头。

当此时，心下澄明。

（此文有删节）

盲点

知青在二十世纪六十年代中到七十年代后期的上山下乡，是一件不大不小的事。

为什么说是六十年代中？很多人忘了，一九六五年就有中学生被送去乡村了。侯隽、邢燕子，好像还有什么人，毛泽东、周恩来等一干人接见，作为榜样，一直利用到“文化大革命”。我记得当时我在的初中班上就有一个同学被送去山西曲沃插队。当时说是自愿报名，于是没有人报名。对十多岁的孩子来说，大家不明白为什么好好的学不上，也就是不“好好学习天天向上”，去农村干什么？后来突然就有这个同学报名了，我还记得这个同学忧戚的眼神。他身上绑了个红绸带，写上些字，全校开了个大会，敲锣鼓，把他送走了。当时有多少人走不记得了，印象中不多。后来印尼的艾地在印尼暴动革命夺权失败，牵连到印尼政府排华，大批的印尼华侨学生涌到北京中学来，前面的事也就忘了。

华侨学生们也不上课，在操场上铺个毯子弹吉他唱歌

注：本文原刊于《文史参考》，2010年9月（下），第18期。

吃面包喝汽水，很让我们这些在教室上课的学生分心，他们过的是匪夷所思的日子啊。有个年纪大的印尼华侨做了地理老师，听不太懂他在说什么，却不怎么鄙视他，因为他在课间打羽毛球绝对是一把手，随便就杀得我们满地找牙。他是金牙金链子金手表，估计亡命之人也就是这点东西了，不料他突然会拎个相机给全年级合个影，叼烟歪头咔嚓咔嚓很随便就照完一卷。惊叹还没平复，转天又骑来一辆英国凤头自行车，锁都不锁就放在校门里边，最闹的学生也只敢和大家一起围着看。我们彻底服了，不服不行，天外有天啊。

年底的时候，去曲沃的同学回来了，叼着烟，抽几口就用食指点烟灰，还递给老师一支，老师说不抽不抽还是收下了。隔不久听说他成社会青年了，又隔不久听说让警察逮了，有说是进了监狱，有说是押回曲沃了。

又为什么说是不大不小的事呢？因为关系到个人命运的事，当事的人当然觉得很大，不相干的人觉得也没什么。

当时毛泽东说“知识青年到农村去，接受贫下中农的再教育，很有必要”，但是后一句话不明白了，“各地农村同志应当欢迎他们去”，为什么？难道老人家的最高指示，农村的同志敢不欢迎吗？下去才知道，原来乡下穷得揭不开锅了。我们在华侨面前觉得是穷人，到了乡下，才知道真穷的在乡下呢。用穷来形容，客气了，乡下的同志根本就是在生死线上挣扎。乡下要缴公粮，也就是农业税，硬指标。新中国的工业，轻工业、重工业、核工业，都是中国农民积累起来的，全世界罕见，独一份，而农业税的免征，才是几年前的事。凡是插过队的知青，都不要歧视甚至欺负农民工，他们是生死线上来的人。

我也一样，在乡下插到第十个年头的时候，已经没有“插”的意识了，已经就是农民了，时刻准备着偷、抢。暴动我一定冲上去，人民的解放军一来，我一定抱头鼠窜；逮着了，我一定下跪，说下次不敢了不敢了，就把我当个屁放了吧；判刑了，太好了，监狱是有饭吃的地方啊！做苦工？平常不就是做苦工吗？一辈子不就是个苦吗？活着干，死了算。

你可能鄙视以上的种种，那算你狠。知道吗？知青要接受贫下中农的再教育，结果就会是上面的结果。阿Q就是哪里有革命，也就是暴动，就去哪里。

所以，如果，你还算明白事，还算有眼力，一定要想办法接受地主富农的再教育。这在当时不是一件容易的事，他们处在被管制、被侮辱的情况中。产生中国文化的这个阶层，历经千年的这个管理精英的阶层，已经残破不堪，硕果凋零，前途黑暗血腥，风烛残年，营养极度不良，经年的管制批斗中的每一天，都是在黑暗中摸索着躺下。我从来不知道他们的梦是什么，反而是替他们做一些恶梦。

我尽可以再絮叨一遍乡下的贫穷，知青的不容易，但当地狱第十八层的目光向上望向你的时候，你不寒而栗，连庆幸的心都没有了。最令人难受的，是他们根本不向上望，而是向下望，难道地狱还有第十九层吗？在最初的日子里，你根本接触不到他们的眼神，即使他们的子女的眼神，也很难接触到。

这个阶层，千百年来源源不绝地供应出读书人，继承接续着中国文化命脉。历来强调的耕读世家，才产生中国文化和中国人的国民性。只有恒产阶层，才会坚持仁义礼智信，撑国族于不倒。鲁迅笔下的阿Q，莫名其妙地被解读为国民性，实在是自己侮辱自己。

从制度铲除了农业恒产阶层，生发和维持中国文化的土壤就没有了，经济管理，精打细算的意识就没有了，必然会产生大跃进，必然会饥荒大批死人。

只有在乡下持续到十年，你才有可能与地主富农以及他们的子女建立起牢固的关系。始终要谨慎，否则会连累他们。十年时，所有人都知道你没有退路了，才会平等待你，视你为贱民同类，才会与你相濡以沫。

确实，上世纪八十年代初，不再划分阶级了，好像都一样了。记得听到消息的那天，我自己喝了点酒，我那时还没有戒酒，好像应该感叹点什么，其实脑子空空的，变得毫无概念。到了晚上，躺到床上，关了灯以后，黑暗中才出现十年中认识的地主富农朋友，地主富农的子女朋友。谢谢你们，因为接受你们的再教育，我才没有荒度时光，谢谢你们！这么说，是不是显得生分了？你们的故事，这个社会还不愿意听，你们需要耐心等待。

（此文有删节）

香港与清朝

一九八四年，我第一次到香港参加图书展览，加入一个几十人的代表团。我在团里有点不知道怎么处，因为除了我，团里都是全国中央一级出版社的社长、总编辑，德高望重资历深，我虽然发了一些小说，身份则是隶属于街道办事处管的“社会闲散劳力”。

出去之前，大队人马在广州集训，告诫“到香港不是出国”，算有道理吧，“到香港后要有泱泱大国的风度”，那香港就是“小国”了？到小国也是出国吧？要不然为什么得申请护照？可惜每人只配一点港币，正好是泱泱街道的风度，于我正合，是苦了德高望重资历深者，不知道怎么以大国处。

集训的最后一个下午，香港过来的人要求大家提一些想法，最后解决一下疑问。有个老总编说，香港来的同志讲过街的时候要注意号志灯，红灯停，绿灯过，我要请教的是，过街过到一半时候，红灯亮了，我是停下来，还是继续过，还是退回来？几十个人都愣住了。香港来的同志

注：原载于《明报月刊》，1998年3月号。

急得有些结巴：这不可能！不可能！怎么可能？没有这种可能！我在香港几十年了，没有碰到过这种情况！

老总编嘴角不知是皱纹还是笑意，怎么不可能？街宽的距离是一定的，灯变换的时间也是一定的，每个人的速度不一样，就有各种可能。

讨论的结果是，这个问题在理论上有意义，在实际上没有意义，算啦算啦，会场非常活跃，几天来学文件的闷气，总算出了一口。

临行前一晚，香港来的同志又告诫大家头发上搽些油，因为香港不同于内地，内地的同志们朴素惯了，所以，啊？哈哈，搽些油。

集训地小卖部的一两瓶头油马上就要卖光了，我看有个剃头铺子，进去说，留头不留发，来个板儿寸吧，总不能板儿还搽油吧！

到了香港，觉得过街的理论游戏可能会实际发生，否则香港人走起路来为什么像“趋”，但“趋”是小步疾走，很古的恭敬步法，穿和服的日本妇人就是“趋”来“趋”去，香港人是大步疾走，可又不是“跑”，算是“疾行”吧，疾行的程度到了开门后不管后来人，更不要说lady first了，girlfriend例外，可以first。

一九九二年，我第一次去台北参加个有关文学的会。文学而有会，是近代兴的，古代远了不说，能想象曹雪芹参加小说会议吗？若远了说，能想象李白参加诗歌会议吗？艺术而有会议，是民国以后兴起来的。住的是圆山饭店，远看像个巨大的阁，最初我以为是佛光山，很叫接待的人笑话了一阵。梁思成犯过的误，在这个饭店被发扬光大为错。为了与大屋顶的比例配合，柱子建得甚是粗大，从住下的小客房望出去，逼在眼前，简直是定海神针，人则成了东海的虾兵蟹将小喽罗，而且窗外这样大面积的红，很叫我以为是“文化大革命”的红海洋在台北重演。

圆山饭店的饭，是典型的场面菜，也就是名称好（讨官场的吉利），油腻（显示殷实），两天吃下来，虚火就上舌头了。李安的《饮食男女》，父亲居然是圆山饭店的厨师，而且在家里也做场面菜，恐怖之极。他就不怕女儿们脸上长疱，舌头上起泡？火气大的女孩子哪个敢娶？齐如山在回忆录里特别讲到大吃大喝、送重礼是民国开始的风气。

会开到某一天，突然“行政院长”连战莅临。我以前对“莅临”二字不太能体会，这次知道了。先是便衣数人健步前行，散开，目光如箭，之后再有数名便衣围随（不是尾随）连战进入。待连战在台上坐定，便衣们就在会场四周立好，双腿叉开，双手在裆前交握，眼神慢慢地在我们身上刺进来钩出去。我本来正要去厕所，此时急用锁阳收阴功，枪子儿不长眼，轻起即妄动，犯不上为了肚子里的一点废水，把命搭上。

不过这也证实了我的猜测，两岸对规格的想象是同质的，即行政要人象征会议的，台湾称“水准”，大陆叫“水平”。有意思的是，两岸都有人玩政治小机锋，各有小得意，倒衬出香港与会者是君子。

记者、主持人难免有个误会，一旦你写了点文字，或唱红了几首歌，再或者拍了一两部电影，就认为你什么都知道，从建国方略到皮短裙。我自然也免不了被记者误会，其中总有一个问题是：

你认为两岸三地的人有什么不一样？

这倒不是一个大哉问，但也是个中哉问。问题是我有什么资格回答我没有深入过的香港、台湾？所以老老实实答以印象：大陆是共和国，台湾是民国，香港是清朝。

香港一八四零年由清朝租给英国，所以没有经历过辛亥革命，没有经历过历次政治运动，没有经历过“无产阶级文化大革命”。中国习俗在保留上没有过重大冲击。中文偏紧，清朗，例如流行歌的词中极难见到“的”字，律文中有时尚可见到“尔等居民”。新界妇女听说还无继承权。可以设计自己的生活方式，有随四时运行帝力于我何有哉的民气，所以是清朝。

四九年两百万大陆人徙台湾，所以经历过辛亥革命，没经历过“无产阶级文化大革命”。台湾尚存一股民初革过帝制的命的民气，也有因革命而来的憨气，对东西洋依然有因革命而来的敬慕。管制文书用语里不见“的”，以示庄重，流行歌的词里却“的”来“的”去（“的”非常难唱，从周璇、白光到时下还没哪个人唱好过，不妨设下“的”奖，治治歌词里“的”的病），是民初以来的语体文风气。

大陆经历过辛亥革命，经历过历次运动，高潮是“无产阶级文化大革命”，结果是什么都不信除了信邪，邪气来了真个是天王老子也不怵，食到子时哪管丑时，不讲信用却个个言商业，投机倒把到至高境界是“宰熟”。流行歌呢？麻袋装土豆儿，怎么摸都有疙瘩，所以流行港台歌。我是大陆肚子里的蛔虫，吃进来些什么，到肠胃里变成些什么最清楚。

（此文有删节）

知识分子？

“知识分子”这个词在中国出现得很晚，大约不到一百年。它最初写成“智识分子”。“智”一般是指“智力”。“智”又有“聪明”的意思，而“聪”“明”是说耳朵和眼睛的功能很好，所以“智”包括了感官和思维两方面的能力。“智”又常常和“慧”连在一起用，而“慧”则是中国文字中用来形容最高级的精神状态。可能因为最初的用字几乎是形容圣人了，地位太高，于是降下来，写成“知识分子”，“知”是“懂”，“识”是“辨别”，中国人说“某人有某方面的知识”。“分子”是“某种人”的意思。

以上面的解释来看，“知识分子”好像并不是专门指某种人，因为除了智力障碍，任何人都具有“知识分子”的能力，但“知识分子”显然不是一个医学名词。

一般在中国称一个人为知识分子，是指这个人读过书，并且以书本上的知识为职业。在中国这样一个文盲很多的国家里，常常有人自称知识分子来让别人景仰他。

注：原刊于意大利《君子》（*Esquire*），1993年。

一百年前的中国，有字的纸是不能随便丢掉的，因为人们认为字是神圣的。与神圣在一起的人难道还不高贵吗？因此自称知识分子的人一般都很骄傲，一百年前他们自称“读书人”，或者被称为“士”。“士”在最早的时候是为国王或者贵族做事的人，他们起草文件，制作颂辞，甚至领兵去作战。从传统的意义来说，中国的“知识分子”是“士”“读书人”的现代称呼。

古代的读书人每天做什么呢？很简单，就是读书。以前家里的小孩子做功课的时候，一家人都要安静，不能打扰，因为这个小孩子正与神圣在一起。最有实际意义的是，一个小孩子如果记性好，又有领悟的能力，经过几年的努力，他就有可能在国家的考试中成功。如果他考中了第一级，就是“秀才”，之后再考，又考中了，就是“举人”，全国的举人可以到首都去进行最高级的“进士”考试，考中的第一名，就是“状元”。举人可以参与地方的政治事务，可以被推荐为国家的官员。状元是最荣耀的，皇帝和显要的官员会把女儿嫁给他，虽然他们的女儿不一定漂亮。

孔子在公元前六世纪时就自己实行“有教无类”，也就是任何人都可以去受教育，这无疑是世界教育史上的重要开端。两千多年来，对读书人的要求是考得怎么样，而不问读书人的出身，读书的目的和结果是做政府的官员。所以说，一百年以前的中国“知识分子”是和实际的政治成为一体的，如果问他们“知识分子与政治的关系”这种问题，就好像问他们“饿了是否要吃饭”这类不需要回答的问题，那时没有“政治”、“政权”这些字，只有“天下”，天底下的大事都包括了，所谓“以天下为己任”，意思是天底下的大事就是读书人的责任所在。

这也就决定了上个世纪与本世纪交接时中国发生政治革命时，几乎所有的“读书人”，包括考上与没考上的，做官与没做官的，保守的与激进的，都积极投入政治。知识分子的的口号“国家兴亡，匹夫有责”，号召没读过书的人都来参与。胡适后来提出“多研究问题，少谈些主义”，中国知识分子中开始出现与政治分离的倾向。这是需要一些勇气的，直到现在，中国知识分子还是认为不关心政治是不道德的。可以说，中国知识分子与中国政治的关系是一种“道德完成”的关系。

我不在这里讨论“道德”，只想提出一个问题，为什么中国没有东欧意义的“持不同政见者”？是否在道德的传统的意义上，中国知识分子与专制政权有共同的地方?

中国只有两个王朝限制知识分子参与政治，一个是马可·波罗去过的元朝。当时元朝的统治者蒙古人改变了考试制度，限制汉人做官，将人分为四等，第一等的是蒙古人，第二等的是色目人，也就是中亚和中亚以西的人。因此马可·波罗可以做元朝的官，而汉人因为读了书无官可做，也就是不能参与政治，所以就去搞戏剧，元朝一百六十多年，有记录的剧作家就有一百二十多人。

我在下面摘录中国上海辞书出版社出版的《辞海》中的“知识分子”定义：

> 知识分子　有一定文化科学知识的脑力劳动者。知识分子不是一个独立的阶级，而是分属和依附于不同的阶级。历史上，各个阶级为了巩固自己的统治，都要培养自己的知识分子。我国解放后，随着社会主义革命和社会主义建设的深入发展，知识分子队伍发生了很大的变化，他们中的绝大多数已经成为工人阶级的一部分，是党的依靠力量。

如果一个中国人的知识素质高于这样的分类描述，他会认为自己是“知识分子”吗？他不认为这是一种政治需要，是中国两千多年来君主对“士”和“读书人”的传统要求吗？

我在这里简略地叙述中国知识分子，并不表明我对知识分子有明确的定义。我只是按照习惯用法，否则无法进行技术性质的叙述。“知识分子”像气体，当你用定义逼近它的时候，它散开了，是模糊的，当你退远想它的时候，它好像具体存在着。我想用“怀疑精神”来定义，可是你能肯定人类中只有一种叫“知识分子”的人才有怀疑精神吗？也许“知识分子”这个词表达的是人类对自己的精神能力的一种要求，那这就使这个词具有褒义，可是在我的经验里，无聊，褊狭，做作，也很容易在被称为或自称为“知识分子”的人身上找到。也许问题是，我们为什么要被“知识分子”这个词困扰？我们为什么不越过“知识分子”直接讨论“人”？当“人”的问题被解决得更深入之后，我们也许会发现“知识分子”只是一只可以换来换去的鞋。因此我认为重要的是每个人体现出来的知识素质，而非谁是知识分子。

（此文有删节）

未窃书

十月在台北，接到洛杉矶朋友的电话，讲他经过我住的公寓门口，门扇大开，以为是我回来了，以为不妨小聊一下。进去一看，原来是失窃，而且不知是何时开始的。

我想，回去，贼亦不会将东西还回来，朋友既替我上了一把新锁，还是将台北的事情做一了结再说。这台湾是好出不好进，凡要进，像我持大陆护照的，申请递上去，两个月才得批准，若出了再要进，又要等两个月。

不料台北的事情一拖就拖到十二月初。这事情是侯孝贤拍《海上花》，一路下来，因为两岸的缘故，障碍重重，最终是剧本没有在大陆得到通过，只好在台湾拍罢。在台湾拍，又是禁止大陆服装进口，又是道具进口的问题，一拖，又有演员撞期的问题。总之，电影还未拍，已经是灾难片的规模了。

终于是十二月十七日离开台北，经香港转机到上海。我七月从上海经香港到台北，启德机场至旅馆的一路上，几乎一个番鬼也没有见到，在旅馆签入的时候，柜台前小

注：原刊于《明报月刊》，1998年2月号。

猫三四只，都是我历次的香港经验里没有的，而且入海关时，没有长龙可排，很不适应。这次回程再经香港，想了想，没有出关，过境直接去了上海。

上海亦萧瑟。都说上海变化大，可是算算四九年来，近五十年没有变化，逐渐沦落成一个乡下大集，交给国家的税却是最多的。这几年无非是造桥修路盖房子，基本建设而已。早就该干的活儿，刚开始干了几年，离大变化还早。不过这话不可对上海人说，上海人活着，最重要的是面子。前年我在上海街上看一家夜总会门口照片上舞女的大腿，背后讪笑说："乡务宁窥洒蓦子啦，当心把颗头看进屄里拖勿出去！"乡下人看什么东西啦，后面的无需再翻成普通话。我常说方言最生动，这就是一例，而且透着上海人的要面子性格。

于是在上海等二十五日的飞机回洛杉矶。我的旅行经验是节日当天或次日乘飞机最宽松，这当然是指经济舱，商务舱头等舱不必积累我的经验。我估计洛杉矶家里的那把意大利阿玛迪琴一定被贼拿走了，既然是等，不妨到上海音乐学院去定做一把琴。去了，不料指导做琴的教授竟是当年一起在云南的上海知青，这些年去德国修制琴专业，回来做成教授，很有样子了。工作室里闹闹嚷嚷，很有意大利琴坊的气氛，于是寻思什么时候来这里做一个时候的琴。

回到洛杉矶，进家，所有的书被扔在地上如初春厚厚的脏雪。一本一本地整理，有久违的，有常用的，它们都被误会过当中夹着钱，也都自我证明了清白，不过还是需要我来一本一本地安慰一下呀。

三十六计走为上

人为什么会逃？当然是脑指挥的，好，我们来看看脑。

我们人脑，由三层脑叠加而成。基础是爬虫类脑，主管我们基本的生命活动，其中的“下视丘”，有“进食中枢”和”拒食中枢”，负责饿了要吃与防止撑死，也就是负责我们的“食”。下视丘还有一个“性行为中枢”，人类的“色”本能即来源于此。同样古老的还有一个嗅叶，负责接收和分析气味。嗅叶只有两层细胞，第一层负责接收气味并加以分类，第二层负责传递讯息给神经，指挥身体的反应。气味对古老动物的重要，可说是攸关性命，食物可食否，是否为性对象，攻击与逃避的决定，都靠与气味记忆的比对结果。

第二层脑是古哺乳类脑。之前的嗅叶进化发展成嗅脑，并逐步形成情感中枢，哺乳动物例如猫狗开始有情绪功能。俗话说的“蛇蝎心肠”指的就是爬虫类脑的功能，而“舐犊情深”则是古哺乳类脑才有的功能。在进化过程

注：原刊于《明报月刊》，1998年11月号。

中，逐渐形成的情感中枢逐步修正学习与记忆这两大功能，古哺乳类动物才有了更复杂的反应的可能。

一亿年前，到了新哺乳类动物的脑，也就是灵长类动物例如猩猩，和之后人类的脑，开始增添了几层新细胞，智能开始出现了。

不过，再看回情感中枢的嗅脑那一部分，因为里面有两个部分极为重要，一个命名为“海马回”，一个命名为“杏仁核”，都是因为它们的形状，而非其功能。

我们知道，杏仁核的功能，是纽约大学神经科学中心的约瑟夫·勒杜克斯（Joseph leDoux）发现的。勒杜克斯发现，当负责思考的大脑皮层对刺激还没有形成决定的时候，杏仁核已经指挥了我们的行为。为什么会这样？勒杜克斯的革命性发现是，除了我们已经知道的丘脑到大脑皮层的神经元，他找到了我们以前没有发现的丘脑直达杏仁核的一小绺神经元。这样，杏仁核可以抢先于大脑皮层的处理过程，直接激发情绪反应与相应的行为反应方式，先斩了再说。我们有很多悔之莫及的行为，就是因为杏仁核的反应先于大脑皮层的思考，不免失之草率。

勒杜克斯用实验证明了杏仁核处理过我们从未意识到的印象和记忆。他以极快的速度在试验者眼前闪过图形，试验者根本没有“察觉”，可是之后，他们会偏好其中的一些很奇特的图形，也就是说，我们在最初的几分之一秒，已经记得内容并决定了喜欢与否，情绪可以独立于理智之外。

杏仁核储存情绪记忆，当新的刺激出现，它就将之比对过去的记忆，新的刺激里只要有一项要素与过去相仿佛便算符合，它就开始按照记忆了的情绪经验起动行为。例如我们讨厌过一个人，以后只要这个人出现，我们不必思考就讨厌他或她。勒杜克斯称此为“认知前的情绪”。

至于海马回，则是一个情境记忆库，用来进行信息的比对，例如，关着的狼与荒野中的狼，意义不一样。海马回管的是客观事实，杏仁核则负责情绪意义，同时也是掌管恐惧感的中枢。如果只留下海马回而切掉杏仁核，我们在荒野中遇到一只狼不会感到恐惧，只是明白它没有被关着而已。又如果有人用一把枪顶在你脑袋上，你会思考出这是一件危险的事，但就是无法感到恐惧，做不出恐惧的反应和表情，于是枪响了。这是不是很危险？

杏仁核掌管的恐惧，在动物进化中地位特殊，分量吃重，因为它决定了动物在生死存亡之际的反应，攻击还是逃避。

我们的童年时期，是杏仁核开始大量储存情绪记忆的时期，这也就是一个人的童年经验会影响一个人一生的原因。一个成人，在事件发生时，最先出现的情绪常常就是他的杏仁核里童年就储存下来的情绪模式。父母在小孩子面前吵架甚至动手，小孩子虽然小到还抱着奶瓶，但他已经“看”在杏仁核里了，他只是还不能思考这个记忆。

因此，童年，少年处在无产阶级“文化大革命”时期的人，他们的杏仁核，就是中国的情绪命运。我的问题是，一个香港人，他或她的童年情绪记忆是什么？他们离中国大陆那么近，父辈对中国大陆的描述是怎样的？在学习和阅读的过程中，进入杏仁核里的情绪记忆是什么？八十年代中，我在北京认识了一个从香港来采访的女孩子黄碧云，我非常震惊我们的情绪反应不一样。我想，老天爷，怎么可以对警察和居委会无所谓！看着黄小姐一脸无辜的茫然，想，还是不要打扰她的杏仁核里的纯净吧。

攻击和逃避是我们脑中最原始的求生存的反应，深刻影响着我们的情绪。从中国的文字记载的历史来看，攻击是最常见的伟业，不过，或隐或显的是逃。当然，逃不了就降，所以降也是常记载的。中国南方多客家人，客家人，就是历代的逃亡者。我的祖上，就是南宋时逃到福建的。闽粤多“钟”姓，这个钟，是为了躲蒙古人的种族灭绝政策，由杂姓改成的，好像“赵”姓改为“黄”，避首当其冲的皇家姓的危险。不过我的祖上在明初没有改掉当年暗示“中原”人的“钟”，大概是忘掉原来姓什么了，于是继续姓钟，清初再客到四川。

中国文学中的古典名篇《桃花源记》，我小学时在课堂上背得还不错，后来到乡下插队时才醒悟原来五柳先生将逃的结果弄成境界。“文化大革命”开始时湖南桃源杀地富反坏右，不少人一路逃到云南深山里，开小片荒过活，我有一段时间常从生产队翻山去教他们的子女识字，他们是桃花源记的后代啊。

有个忘年交八十年代初告诉我，当年凡是有被捕再放出来的学生，鲁迅先生总要请到家里，先问进去打不打，若回答打，则再问受得了受不了。毛泽东称鲁迅为硬骨头，但鲁迅大概有二十多年的时间是在逃，北京广州上海直到租界。“留得青山在，不怕无柴烧”，我们也才有鲁迅先生的文字遗产。

我住的洛杉矶，当年逃出东南亚的人非常多，与之交，苦海余生岁月留痕，又都勤勤恳恳过日子。我有时打工去给他们儿女的婚礼拍录影，他们都是将整个酒家包下来，新郎新娘都好看得不得了，亲朋好友男女老少吃得脸上放光，我从心里祝福他们。

一九八六年秋天，我到美国爱荷华，聂华苓送了我一本她的小说《桑青与桃红》，我拿回住处看，看来看去，就是一个“逃”。我想，大概只有聂华苓一个人写出了中国人逃的文化积累吧。当时已经开始触到九七问题了，之后不断有香港人“逃”去澳大利亚、新西兰、加拿大或者美国，没逃的人也在准备逃。“逃”是我的说法，正规表达是“移民”。

一般来说，我们产生决策的过程是感觉器官将感觉信息先传到丘脑，转为脑的语言，再传到大脑皮层的感觉处理区，整理成感觉，形成认知和意义，再传给情感中枢，决定如何反应，再通知其他脑区和全身。如果不是刀马上要劈到你，我们有足够的时间对情势作出判断，只是杏仁核还是会影响我们的情绪倾向。

我们的脑中有一个前额叶，前额叶主司压抑，负责所谓的理性，理性包含文化模式。如果你的文化积累里“好汉不吃眼前亏”，“棍棒打不着腿快的”占主导地位，罪不在你，三十六计走为上吧。

但愿天下人能安居乐业，不再逃，如果不行，就再下一代，再下一代……

古董

三十年河东，三十年河西，真是这样。

小时候，家住北京宣武门内，离宣武门外的琉璃厂很近，放学后没事就去玩儿。一是有个姓松的同学家就在那边，到他家去玩儿。他家的院子现在想来就是古董，小，什么都缩一号，非常精致的四合院，院门上有复杂的砖雕。

清代的清教意识浓，皇城内禁娱乐场所，所以南城，也就是出了宣武门、前门、崇文门，才是花花世界。前门大街以东，也就是现在的崇文区，多匠作。宣武区呢，多戏园子、妓院、商店、茶馆、餐馆、各省会馆；秋决刑犯在菜市口，看杀人是民间的一大节日；民间杂艺在天桥，街角站着职业骂街的，收钱之后叫骂谁就骂谁，语词通俗刁钻，也是一派豪气；古董字画古旧书就在琉璃厂，举人士子穷读书的，搜寻故旧。所以宣武区可称得上是帝京的驰费之地，天子脚下的温柔乡。

温柔乡里却多豪杰志士，琉璃厂以东，是杨梅竹斜街

注：原载于《九十年代》月刊，1993年8月号。

等八大胡同。烟花巷是最时髦的，妓院是最早安电话的，革命志士在窑子里聚议，电话通知同志，饿了电话叫席，危险由电话里传来，比捕快早一步溜掉，所以有蔡锷与小凤仙的佳话。窑姐儿也算得上革命之母吧。

于是大臣和京官常有在南城另建宅院的，方便娱乐。这样的院落，比内城的正经宅院多人气，我的这个同学家，就是这种性质。我心目中的理想环境，是这种小一号儿的，真正为人活得舒适，而不是为身份地位。不过这些俗世样貌，已经是消失的古董了。

我这个同学很喜欢我到他家，一是我们的家庭都属于新中国的“敌人”，两个小孩子在一起甚为相得，没有政治的压力；二是他很喜欢向我展示他父母昨夜在床上的痕迹。双人床上，他像军事地图前的将军，讲解战役，我则像个下等兵，因为我父亲是右派劳改去了，家中并无战役。将军有一天说，“真想结婚了”，听得我肃然起敬，可不知道他看上了谁，因为我们上的是男校。

二呢，是班上有个姓杨的同学，对山水画狂热，用毛笔蘸水彩颜料在任何纸上画贺天健式的山水，说实在，挺好看的。他家在乡下，上学穿挽裆裤，裤腰一折，用红腰带捆住，常被班上的同学笑话，可是踢球的时候，他守门最好，常常用裆就把球拦住了。我也是穿挽裆裤的，和他一党，不过我的开裆裤是改良式，系的是松紧带儿，坐着时肚子前会凸出一大块。我们两个常在一起，倒不是裆的原因，而是我也喜欢画画。我画的很杂，喜欢画什么就画什么，喜欢怎么画就怎么画。有一次画了一张花木兰给可汗搓澡，被老师没收了，估计是被老师收藏了，因为找家长谈话后没有还给我。

我们两个都不屑参加学校里的美术小组，坐在那里画石膏，画静物，有摆样子给窗外经过的人看的意思。我们是放学后去琉璃厂的小子。

琉璃厂，是我的文化构成里非常重要的部分，我后来总不喜欢工农兵文艺，与琉璃厂有关。我去琉璃厂的时候，已是公私合营之后的时代，店里的人算是国家干部职工，可是还残存着不少气氛。

安静。青砖墁地，扫得非常干燥。从窗户看得见后院，日斑散缀，花木清疏。冬天，店里的炉子上永远用铁壶热着开水，呼出一种不间断的微弱啸音。

人和气。熟人进店，店员立起来招呼，请坐沏茶，聊，声音不大不小；一般人，随意检阅，刚有疑问，店员已经到了。我们小孩子，店员是不管的，可是要看什么，比如书搁得高了，店员也够下来递给你。觉得好玩儿的东西，店员就自得其乐讲故事。我的许多见识，就是这样得来的，玉，瓷器，字画儿，印章。一个小孩子，其实对名家的东西并不当真，而是对喜欢的东西着迷，之后渐悟。

店里的习惯，是培养将来的买主，可是新中国的下一代，是不会买古董了（钱就是一个问题，可当时的东西也不贵），他们是革命的接班人，跟着毛主席，砸烂旧世界，终于是史无前例的无产阶级“文化大革命”。

三十年河东，三十年河西，风水轮转，一点不假，现在古董又值钱了。

什么东西一值钱，就有仿冒品，历来如此。

有一本《金石书画笑史》不妨重印，或什么讲古董的杂志连载一下，一定让看的人心情愉快。清代古砖值钱，因为值钱，所以官场中送礼讲究送砖。毕沅到江西做官（这官也实在做得是地方），有个知县送十多块砖，派人押来，因为毕沅五十大寿。

毕沅当然是欢喜得很，赏了这个押差。押差当然也是欢喜得很，一欢喜就得意，一得意就想奉承。于是表功，说知县怎么怎么不容易，按照旧样仿，烧造，浸色，做旧，养苔。毕沅具体气成什么样，很难想象，因为他素称通博，而且手下有一帮有名的金石考订专家，像宋葆醇、俞肇修、赵魏等等。

不过钱泳的《履园丛话》也记了砖的事情。嘉庆年间谢启昆做浙江布政使的时候，因为整治庭院，挖出八块砖。砖上有“永平”字样，于是谢启昆考订为晋惠帝永平年间的古物。得了古董，谢启昆命名自己的书斋为“八砖书舫”，而且设宴雅集，自己赋诗记之，和诗的多到数十人。偏偏有个人不识相，说这“永平”两个字是明朝永平府烧造标记，古董于是不那么古了。谢启昆气得大骂："你们这类嗜古家，就会穿凿附会，一块砖也值得深究吗！"

钱泳记的这件事，好像不是在骂人，因为不识相的人也许说的是实话，只是不识相罢了，谢启昆则是将雅趣看得很透，把话兜底讲出来，倒有真意，谁还能再说什么？

认真说起来，清朝在古董的趣味上是很宽的。这和大清律有关。清朝的清教意识很重，规定八旗子弟不可经商，怕受腐蚀。不经商干什么呢？每月领了饷银，多也不多，物价稳定，吃穿够了，于是只好游手好闲，玩笼鸟，玩鹰，放鸽子，遛狗，斗蛐蛐，收鼻烟壶，听戏。

因为听戏，八旗子弟养成为专业听众。听戏真的是听，不是看，眼睛是闭起来的，而且脸不朝戏台，更专业的是钻到戏台下面听。对这样的专业听众，唱戏的怎么敢唱错？

开玩笑的话，可以说大清朝亡于不许子弟经商。一八四〇年前，因为瓷器、丝、桐油的出口，清朝是白银入超国，一仗打下来，贵戚才渐渐明白洋人是要有贸有易。清朝三百年，如果贸易的意识健全，历史会不会另一种样子呢？

我有时候到宣武区游逛，会想，古时候，这里是商业区呀。可是，它怎么连仿冒古董的样子也没有了呢？

鼻子

如果你有鼻子，你肯定有鼻子，如果你正在上班，恰好老板不在，恰好你手上没有什么要紧的事，比如老板两分钟以后就要的什么文件，或者部长下午的讲演稿。

好极了，如果你还有第三个恰好，也就是一个镜子在手边，随便什么镜子都行，随便多大都行，只要你能用那个镜子看到你自己的鼻子，那么你不妨——

专心地，研究性质地注视你自己的鼻子，只是鼻子，不要附带地浏览你自己的眼睛或者嘴巴，这两种与爱情有关的公开部位，你平时注意得太久了，这一次只要你注意你自己的鼻子。

注视五秒钟，七秒钟，十秒钟，二十秒，怎么样？想不到罢？有点可怕，是不是？

老板或者部长回来了，注意他们的鼻子，只是鼻子，怎么样？是不是想换个工作了？

先不要冲动，道理很简单，哪儿都有鼻子。

警告：千万不要把这个游戏告诉你的情人，或者只注

注：刊于意大利《君子》（*Esquire*），1993年。

意情人的鼻子！

鼻子可能是我们身上最没有用处的东西。

第一，鼻子可以用来呼吸，可是当你最需要呼吸的时候，比如剧烈运动之后，注意一下那些打破世界纪录的专业运动员，他们把嘴张开了。这不是很奇怪吗？

你忽然觉得鼻子有点痒，于是你赶快把嘴张开，打了一个很痛快的喷嚏，之后你掏出手绢，擦鼻子。鼻子惹了麻烦，不得不让嘴来解决，鼻子有什么用？

第二，鼻子的病很多。你感冒了，鼻子完全失控，你不得不一次又一次地整理它。如果你有鼻窦炎，你是不是很想把它割掉？你有鼻子出血的毛病吗？这些有关鼻子的麻烦我都有，我只差鼻癌了。我有时候恨起来，想，还不如去染上梅毒或者麻风，这两种病都是鼻子烂到没有。鼻子没有了之后，我可以专心地考虑其他问题。

鼻子是我们身上最脆弱的部分之一，拳击手除了放一个牙垫在嘴里以防牙齿被打坏，他们还常常动手术换掉鼻骨，这样做了之后，还是常常被打得鼻子出血。他们一定恨鼻子。

鼻子还有一个麻烦常常被我们忽略。当我们接吻的时候，因为鼻子在前面阻挡，所以我们不得不互相错开，必须这样接吻才可能发生。我属于蒙古人种，鼻型低矮，但我也必须侧头才能接吻，我的鼻子虽然低，但它无论如何也比脸高。

从逻辑上来判断，所谓鼻子，其实是有两个洞在脸上就够了，也许一个也够了。

我有理由呼吁成立一个“废除鼻子”组织或者一个“无鼻党”，但是我没有，因为鼻子关系到人的好看与否，这似乎与开始时那个游戏的结果有矛盾。

好看是一种系统。系统中的任何一部分，无所谓好看不好看，只有在一个系统里，才会产生好看的意义。鼻子是这样，眼睛，手，都是这样。曾经有一个男人对一个女人说她的手非常好看，因此爱她。第二天女人派人送给那个男人一只“非常好看的”手，那个男人昏倒了。

“好看”的意义是由主观决定的。你很奇怪你的朋友为什么会爱上一个难看的人，你的朋友没有解释，因为他心中有一个自己的“好看”的系统，这个系统是模糊的，整体的，活的，他心里想，“情人眼里出西施”，怎么向你解释呢？还是算了罢。

有些食品需要重吃

有些食品需要重吃，比如窝头。北方城里有点年纪的人都吃过统购统销或深挖洞广积粮时代的玉米白面，这种玉米面，包括白面、米、黄豆等等从粮库出来的粮食，都是当年新粮顶出来的陈粮。陈了几年？不知道。我在上个世纪的一九八二年在北京买过一次肉，注意了一下肉皮上的紫色戳记，说明这块肉是一九六二年入南京冷冻库的。二十多年了。多年的陈粮，油性尽失，做成食品，缺乏弹性，如同渣滓，划拉喉咙，感觉深刻。另外，陈粮容易发生黄曲霉素，现在三十至六十岁的人多发癌症，与他们长久吃陈粮有关。

现在不同了，所谓基本解决温饱，也就是你可以吃到新粮了。农贸市场和稍有规模的超市，都有新粮卖。我的意思是，将你童年、少年、青年、壮年、中年、老年吃过的粮食种类，都买新粮重吃一遍，感觉会非常不一样。粮食是长人、养人的，吃新粮，不用我说你也会体会得到，是重新做人。

注：此文原收录于张弛编《西红柿炒自己》一书，海峡文艺出版社，2003年。

我从十多岁去乡下插了十多年队，虽然常吃不饱，但只要吃到，还是当地的新粮，另外空气好、阳光足。回城后不久又转去美国，吃饱不是最重要的，而是新粮、空气好、阳光足。所以直到现在，除了近视，无有疾病，精力足，耐力强。所以听我的建议，虽然现在空气不好，大部分时间阳光不足，但请吃新粮。

周代（包括周代）之前，从记载看，人的饮食，还是简单的，相对现在的要求，不甚好吃。很模糊地比喻，有点像现在英国的饮食。英国的饮食，连英国人自己都不敢恭维。英国的规矩是，品评食品，是没有教养的，于是只好一路难吃到现在和将来。

周代好像也是这样，重视的是吃的礼仪和吃的量。周王和诸侯，吃完一顿饭，就要放下碗，显示吃饱了，要由臣来劝，才再吃。周对商的看法之一，是商人吃喝太多了，酗酒，导致一个国家都是醉鬼，商纣王是酒池肉林，太多了，太过分了。其实酒池肉林不过是取之不尽的“果子酒佐以卤肉”的意思。

历代称呼做生意的人为“商人”，商代人是很能做买卖的，他们发明了钱，用贝表示。我们现在表达入骨或最爱的词还是“宝贝”。商人也一直有奢侈的意味。比较商代人，周代人是清教的。

粥是周代最重要的食品，很有周代的本质。

说来好像很矫情：粥，不是稀饭。粥确实不是稀饭，更不是泡饭；稀饭和泡饭还与饭有同质关系，粥则是另一种烹调。

北方熬粥，粥的料源很多，小米、玉米、大麦，总之，杂粮类很多，最说明问题的是八宝粥或腊八粥。传说腊八粥是将杂粮的尾脚混煮，取物尽其用之意，我的看法是入冬后北方蔬果稀少，人体内维生素取之不易，遂将杂粮豆类混煮，取得最大程度的多种维生素。

北方熬粥，多放些微的碱，熬出来的粥黏、稠。其实北方的水质偏碱性，而放碱常常是因为酸性体质的人的需要，一般不放碱已足够。广东的煲粥，北方人喝过常会些微感到胃酸。

粥是好东西，常食有益，“粥养人”。曹雪芹晚年贫困，说他常“啜粥”，可见曹雪芹是江南人，以粥为贫。

我在威尼斯住的时候，不能忍受洋米的品质，所以就拿洋米熬粥。主人非常诧异，终于有一天问我为什么总喝粥。我说粥是好东西，为什么不喝呢？他说：在意大利，粥是犯人喝的。

汤也是好东西。我不好煲汤，煮久了的东西，其实营养尽失。这话得罪广东人，我无意与广东人为敌。我做汤，与煲、煮相反，例如西红柿鸡蛋汤、黄瓜鸡蛋汤，都是先将西红柿或黄瓜切好，要刀功好。所谓刀功，是说切得适宜，这里的刀功就是将西红柿或黄瓜切成开水浇到它们不会过熟的程度。先将切好的西红柿或黄瓜片放在汤碗里，如果愿意，将少许盐、芝麻油、虾皮、紫菜放入。之后煮水，水开后将先打好的鸡蛋入水只一搅，迅即起锅将汤水倒入汤碗，西红柿鸡蛋汤或黄瓜鸡蛋汤或什么新鲜蔬菜鸡蛋汤就做好啦。如果愿意，也可将另煮好的粉丝、豆腐之类再放入汤里。

总之，原则是这类汤千万不要混煮。这样的汤，鸡蛋嫩到非常容易吸收，蔬菜鲜到维生素尚未破坏，所谓不会暴殄天物，烫而鲜。

不过从鲜来说，我觉得最鲜的汤是川菜里的“开水白菜”。照传统做法，先要煮主汤，也就是将火腿等杂鲜煮好捞出，只剩清汤。再将白菜芯在开水里焯一下，放在汤碗里，放好胡椒粉。这时将主汤清汤倒入汤碗，再将汤碗入笼屉里蒸，蒸好就成了。

这道汤的关键处理是在蒸。蒸是中国的发明，意义不在四大之下，只是传播不广，局限在东亚。蒸是保鲜的最佳烹调术。这道汤的另一关键在白菜芯，白菜芯搞不好会有一点腥，但是腥这种味道搞好了就是非常好的冷鲜。

所以这道汤我的做法是，开水即好，不必火腿之类杂鲜，用开水冲汤碗里的白菜芯，少顷将水倒出，晾到温再倒入汤碗，撒胡椒粉，入笼屉蒸，蒸好撒些许盐，最好是川盐，也就是自贡井盐。

这样做出来的“开水白菜”，异常鲜美。烹调过程中，开水冲白菜芯是为将白菜芯的腥转成鲜，蒸是为了保持汤的鲜而又能烫，胡椒则是典型的冷辣。这样一道汤的冷鲜最终要由盐发出微妙来。

材料简单，依靠程序，掌控微妙，我喜欢这样的烹调。

短文两篇

小传

我叫阿城，姓钟。今年开始写东西，在《上海文学》等刊物上发了几篇中短篇小说，署名就是阿城。为的是对自己的文字负责。出生于一九四九年清明节。中国人怀念死人的时候，我糊糊涂涂地来了。半年之后，中华人民共和国成立。按传统的说法，我也算是旧社会过来的人。这之后，是小学、中学。中学未完，文化“革命”了。于是去山西、内蒙插队，后来又去云南，如是者十多年。一九七九年返回北京。娶妻。找到一份工作。生子，与别人的孩子一样可爱。这样的经历不超出任何中国人的想象力。大家怎么活过，我就怎么活过。大家怎么活着，我也怎么活着。有一点不同的是，我写些字，投到能铅印出来的地方，换一些钱来贴补家用。但这与一个出外打零工的木匠一样，也是手艺人。因此，我与大家一样，没有什么不同。

注：《小传》刊登于《作家》，1984年11月号。《感谢〈作家〉》一文为作者小说《会餐》于1985年获《作家》首届小说奖后，应杂志主编王成岗所请，写的一篇感言。

感谢《作家》

若自己的稿件被《作家》选登，需极清醒。万不可以为名字在《作家》上出现，便是作家。

我的一篇短文《会餐》得到《作家》小说奖，没有不高兴的道理，但我知道我仍只是一个作者，还远不能成“家”。

人们常常说的成名成家，实际并不是一回事。成名很容易。去卧一次轨；飞起一砖，击碎商店玻璃。总之，造成社会的同情或扰乱治安以及产生种种社会影响，你便成名，令人挂在嘴上。成家极难。首先，要是一种劳动；再能将劳动的量变为质，通规律，成系统，有独创，方能成家。百姓中所称的“把子”，就是家，虽然可能是犁田、打铁，却都符合“家”的要求。

以此观己，远不到“家”。近半年常被人称为“青年作家”，于是假作镇静，其实是在暗中控制惶恐，另，我已三十六余，早已进入中年，一定说我还未发育成中年，便很苦恼。儿童时便真实地做一个儿童，不要充大；青年时便热情地做一个青年，狂一些也没关系；中年时便认认真真地做一个中年人，为家庭为国家负起应负的责任，自有中年的色彩与自豪。非要挤进青年行列，胡子刮得再干净也仍有一片青，很尴尬。

青年人常以为事情可以由一个人做，中年人就明白成功的事情总是众人造成。《会餐》就是众人齐努力，才得以让人看到铅印出来的文章，因此感谢《作家》编辑部就不是一句客套话。

发奖会上若由每人介绍自己，我便会站起来，说：“中年作者阿城”。然后，鞠一个躬，坐下。

一个误会

编辑先生：

今晚出去买冻饺子回家当晚饭，路过报亭买些报刊准备回家消遣。煮饺子等水开的时候，翻了一下贵报，发现D30阅读页上有关于木心先生的三篇专文，其中何立伟、陈丹青两位都是朋友，写得好，很为他们高兴。陈子善先生我记得很久前见过，也写得好。

但读完后不幸张望到编者按，不好了。编者按说丹青和我曾师事木心先生，说丹青师事木心是准确的，但我这边不确。

称一个人是另一个人的学生，非同小可。师是真要拜的，我记得丹青说真拜过木心的。鲁迅也是真拜过章太炎为师学“小学”的。学生，包括出师的，如果言行有辱师门，老师是要向行内或社会公告不认这样的前学生的。医门（中医）、武门、戏行至今如此，规矩严谨。学生对老师有义务，即老话说的“一日为师，终身为父”；老师对学生有责任，最起码是《三字经》说的“教不严，师之惰”。

注：本文刊于2006年1月19日《南方周末》“来函照登”栏目。

我记得大概是一九八五秋在纽约，丹青约我与木心先生在丹青家见的面，得赠书一册，之后二十年间并无电话书信来往，只再在纽约见过三四次，所有关于木心先生的消息均得自丹青。在我眼里，丹青真是好学生，聪明过人，身体力行，任劳任怨。这些秉性我都没有，再加上个旁观性格，做不成学生的。

误会也许出自我推荐过木心先生的文章。何立伟的文章中说我复印过木心的书寄给他，此事我真的忘记了，很为自己的壮举（街上复印两角五一页啊）感动。我是见了好的东西会与朋友分享，曾经将日本汉字版的胡兰成《今世今生》（日本人的题字如此）借给丹青，一年后还回来厚了半公分，上面还有植物油，可能纽约识中文的连餐馆伙计都看过了，丹青说木心先生也看过了。胡兰成不是我的老师，为的是他的叙述独特，我的推荐说辞是兵家写散文，细节虽丰惟关键处语焉不详。我还推荐过陈存仁先生的《银元时代生活史》《抗战时代生活史》绝版本给过上海的吴亮先生，还回来时书脊断裂，复印过了？感兴趣就好。陈存仁先生也不是我的老师，为的是他写上海，记忆力过人，原来他是记日记的。此外我尚推荐过齐如山先生的全集，李辰冬先生的诗经研究，古正美先生的佛教史研究等等。

木心先生的文字介绍到中国来，我能在丹青、何立伟之外提供的一点是，共和国缺这样本来就应该有的知与识的构成，包括上面说的数人。我还有十数个人的文字要找机会推荐，若都误会成我的老师，好像现在不少人很随便就称某名人是哥们儿朋友，实在是对被称者的不敬，所以可能的话，贵报能否为读者着想正名之？

颂编安

阿城

二〇〇六年一月七日

《南方周末》编者附言：

在编发关于木心的文章时，编辑采用了陈村先生《关于木心》一文中的说法（“阿城和陈丹青是知道他的。在纽约，他俩曾和其他人‘凑份子’听过木心的课，如当年周氏兄弟在日本听章太炎的课。”），认为阿城曾“师事”木心，疏于求证，应负失察之责。这里谨向读者并阿城先生致歉！

十三点加一点

1. 在地球上生活了一亿年的恐龙，已经消亡了五千万年。据说，如果它们存活到今天，人类是恐龙眼中的“野生动物”。人类的历史还不足恐龙消失后的岁月的一个零头。

“野生动物”是人类的说法，究竟谁是野生，如果全球的生物开会，不知道说得清说不清。譬如我若为蜜蜂，第一就要辩一辩人命名我为蜜蜂是否合适。第二，在我们蜜蜂的复眼里，人类真是混乱，而且残忍，用“野生”二字形容，客气了。

女人类眼里的男人是否也如此？是，则不寒而栗。

2. 人类不能用其他动物的思维角度看世界，应该是人类对自己的不自觉的保护。否则，在生物链中，人类不能获杀链中的其他生物得以生存。人类区别于其他生物的自觉是互相获杀。

男人是自觉还是不自觉呢？是，亦不寒而栗，需要找些理由来平衡情绪。想了想，有了，女人也是人类，也就是说，是“共犯”。

注：本文写作时间为九十年代。具体年份作者已记不清。

3. 幸亏人类有幽默感，会养些宠物来调剂情绪。谁见过豺狼虎豹随身携带宠物，或把宠物留在洞穴里，自己去觅食？真有那一天的话，人大概会是第一种被别的动物宠幸的动物，人类不缺乏被宠爱的情感和技能。重要的是，宠物恰恰不被人类认为是野生。

常常见到有些男人雄纠纠地做宠物，做男人的或做女人的。情绪愈来愈平衡。

4. 男性世界和女性世界也许正处在1.和2.所设想的困境里面。譬如，我大概有一些些把握认为，书写文字是父系社会的产物。甲骨文里已释出的部分，都是男性的虔诚。甲骨文之前的“文字”只发现了十几个，加引号是因为学者们还在争论那些东西是不是文字，我还没有听到谁在讨论那是不是母系社会的文字。六十年代，台湾“国立”师范大学教授李辰冬翻了《诗经》一个案，考证三百零五首诗为尹吉甫一人所作，但也等于认定了中国文学的最高典范，诗系统的第一部文字作品是男性写的。我同意已故的陈世襄先生对诗在中国文学中的决定性的地位的判断，但一路判断下来，用男性文字写女性文学会不会有很难克服的“先天”障碍？

这个判断可能需要给“前题”买保险，因为也许男人发明文字只是为了记录女人发明的语音，只是后来“男货”愈靡愈多而已。

5. 湖南有一种“女字”，男人看不懂，可以用于女性文学，但恐怕先要女性人重新来识字。当用“女字”写的文学在市场行销时，男人亦需扫盲，才会购买阅读。当然，识“女字”的女性人可以翻译给男性人听，但会不会发生英文翻中文或中文翻英文那些不可逾越的困难呢？只采取“女英雄”改成“女英雌”的办法，过于取巧，恐有后患。改，应当从根本上改，譬如将甲骨文中的“女”字改成站姿。须重新发明甲骨文。

卡尔·马克思说，无产阶级失去的只是锁链，得到的是全世界。但愿如此。

6. 有一个大好时机被错过了，就是电影发明的时候。

影像和音响里没有“女字是跪着的”这种原始问题，难题已经去了一大半，只有使影像或音响发生出甚么意义的问题。可惜的是，意义被男性霸占了。但又不是没有希望，因为影像和声音没有将“女英雄改为女英雌”的难题，只有谁怎么拍的问题。

“怎么拍”的问题是一个大问题，所谓“老”问题，“大”问题，“难”问题。

7. 一九八六年夏天，我在深圳的一个食堂遇到白桦。好像遇到作家只能问在写甚么，我未能免俗，于是很谨慎地问他在写甚么。白桦说，在写《女儿国》的电影剧本。

我想起白桦以前是昆明军区的作家，觉得写一个关于云南摩梭人这样的母系社会的电影剧本，他不会有甚么问题。

电影拍出来，看了，觉得是一部男性幻想母系社会里的爱情的影片。假如真的拍出一部母系社会的两性关系的影片，很可能现在的男人和女人都看不懂。女人甚至会觉得厌恶，因为女人被改造的时间太久了。

8. “第五代导演”的彭小莲拍了一部《女人的故事》，现代女性导演拍女性，说服力应该是没有疑问的，但我的怀疑被证实了，那是一部男性政治的电影。我记得五年前听女编剧肖茅讲过这个剧本，听她神色激动地谈了全部细节之后，我发现并没有增添我对女性人的经验，我预感到这会是一部添补中国男性政治改革形象的电影。肖茅和彭小莲都是很有能力的女性人，尚且如此。

9. 问题回到“人可能是恐龙眼中的野生动物”。因为“野生动物”是人的观点，所以这个假设判断句不会是恐龙的判断。我之保守地认为女性电影还没有出现，很可能因为我是男性人，根本就不懂女性，遑论女性电影？

10. 也许可以抛开这些，索性以男性人的眼光拍一部记录电影，说不定反而是一部女性电影。二十世纪七十年代，我在怒江峡谷接触过摩梭人。黄昏时分，男人们陆续回来，大多疲备而温和，女人们忙碌但不兴奋，老年妇女有权威地坐着。入夜，骠男人开始随着女人活动，老年妇女则围火塘说话，间或有个把老年男人，静静地坐在一边。体弱的男人开始披着毯子聚到背风处准备过夜。我估量了一下自己，心安理得地挤到背风处。我第一次体会到物竞的和平风貌。

也许男性只知道甚么是男性，而不知道甚么是男性人。“不识庐山真面目，只缘身在此山中”，难在身处山外，未必就识庐山面目。

11. 战争，大概是，母系社会时女人驱使男人去打，父系社会时男人驱使男人去打。阳刚，大概从母系社会时就是男丁的盾牌或盾牌上恐吓对方的图案。后来，盾牌变成性格。

新的盾牌是甚么？好像是女人上前线杀人，成为“共犯”，“男女平等”。

道家由兵家来，老子讲阴柔，他到底离母系社会比我们近，小道消息多。

12. 从渴望新经验来说，我等待女性电影的出现。说起来，艺术，包括音乐，舞蹈，绘画，雕塑，都是在母系社会发生的，因此艺术最本质的意义与功能可能都来自女性。也许“女字是跪着的”是父系社会的贬意判断，而彼时的跪并非贬意，但如何剥去伪意呢？另外，如果是伪意，而伪意又无疑是我们现在判断、释读、交流的“元”，失去“伪意”，我们如何才能避免因无元而产生的真空状态呢？“拔剑四顾心茫然”，因为“剑”是伪的，又必须以伪剑为工具，找到消失在“历史”之前的所以然来。

13. 人类需要伪。多数情况下，当众承认伪，是为了再次伪装起来。伪不是只有否定价值，伪在艺术中无疑具有美学价值。所谓艺术的真诚，说的是另一范畴的事。

14. 水清则无鱼。

一刀落下，只有两面。

人的性格只有两重吗？那太无趣了，也太简单。三重，开始有趣了。多重，又等于甚么都没说。我不喜欢《聊斋志异》里剥了画皮就只是个厉鬼，再也不会是别的甚么了。无趣。逻辑也太简单，也许厉鬼是画皮的画皮，或厉鬼有不只一张皮，或皮之不存鬼将焉附……开始有趣了。

或许因为人类性格多重，《画皮》的简单才有魅力？无聊时，把断章像洗牌一样混合，将十三点加一点再排排看，也许可显出新的错觉。

所以，女性电影，再想想罢。

［附］只吃一种肉是危险的

王小波和王朔

王小波是学统计的。我有个很好的朋友，和我是中学同学，和王小波在人大的时候是同学，到美国也是同学。统计是非常严格的一件事，而归纳则是，材料如果对我要说的道理不匹配，可以不归纳进来。统计不可以，是不可以回避的一门学问。可以读出来，王小波在阅读上、小说上起步太晚，在小说的做法上，大概是杜拉斯这个范围。

我到法国去，有一天住在一个朋友家，我躺在床上看到天花板都是裂缝。早上起来和主人吃早餐时，我发现餐厅也都是裂缝。我说，这个上面为什么都是裂缝？他说我楼上是杜拉斯。我说裂缝和杜拉斯有什么关系？他说，你不知道，那是个疯狂的女人，我不能对她说你把我家都弄裂缝了。杜拉斯也是很有她自己的特点的。

这又说到刚才，谁对我有影响（的问题）。我不这么看这个问题，以前我总是做一个比喻，我吃羊肉，猪肉，也吃牛肉，我不忌口，但你说我这个食指是猪肉变的还是

注：本文原刊于《热道》，2009年5月。根据作者2008年12月27日在北京单向街书店的谈话内容整理。整理者谭旭峰。

羊肉变的？它不是这个关系吧？

所以同理，我要说的是，只吃一种肉是危险的。我想小波如果没有突然过世的话，随着阅读的更宽泛，他会进入另外的境界。这种境界很多人能够体会到。随着你的阅读，学习，接触的面越来越广的时候，人家发现你可能性格都变了。为什么？读得越多的时候越不尖锐，读得越少的时候越尖锐。

王朔他还挺有心气的，他叫“浑不吝”。真的很难一句话说王朔。但是作为一个作家，王朔的作品影响了一个民族的语言，这件事情非同小可。我觉得鲁迅先生是这样，因为我们后来很多人就用鲁迅的方式说话，遣词造句，思维惯性也一样。王朔做到了这点。他开创了一种语言形式，就是颠覆性的。以前我们听文件会觉得很神圣，可到他那儿怎么味儿全变了，我们发现可以不那么尊重，不那么神圣，不那么可怕了。语言对一个民族的影响是很大的，我觉得王朔做到了这件事。

说《梅兰芳》

说到《梅兰芳》，这个事情也挺有意思的。这是好几年前了，有一个制片人请我写写梅兰芳的剧本，因为他得到了梅葆玖的授权。梅兰芳不是什么人都可以拍，必须得到家属和文化部的许可才能够拍。他得到家属的许可以后，认为这个事情可以大做。我自己的判断是，现在不能够很好地写一个梅兰芳的剧本，有很多东西根本不能写，应该交给后面三四代人去做，我们不可以做。

但是这当中有一个很有意思的东西，是什么？他同时还要拍一个梅兰芳的纪录片，我把这个活儿承担下来了。但是随着后来拍片权倒手——因为这个变成一个资源了嘛——就倒掉了，结果纪录片也做不成了。本来那个纪录片我的构想是拍两个版本，一个能在中国广电局审查通过的，另外再拍一个版本卖海外。

我父亲跟梅先生熟，梅先生的很多事情我从小都听说过，也见过。虽然年纪很小，但是你见过，有时候它就会存在脑里一个叫海马回的器官里。这个东西会像牛反刍一样，没事这个影像从海马回里倒出来，你再重新去审视这个影像。梅家的很多其他有关系的人，我也有意无意碰上了。

中国所谓的“戏子”真的是非常难。一九四九年以后，说相声的人生存得好了。以前说相声是真没有地位，叫“撂摊的”，在天桥自己拿着白灰洒一个圈子，说相声的时间不能超过一分半钟到两分钟，到两分钟是非常危险的，为什么？人听到最后，到外圈去听去了，随时准备走，因为说完就得要钱了。我小的时候还看见天桥那儿说相声的，说到快结束时，外头就往里扔啃完的冻柿子，“啪”就扔进去，白薯皮也往里扔，不但不给钱还带有侮辱性。戏子也特别难，这个也非常难写出来，就是生存。梅先生为什么众人一致说好？首先一个，比如到了深秋，梅先生马上叫账房拿出银子做多少套冬衣，挨家送给清贫的同行。我们现在叫“慈善行为”，梅先生用到点子上去了。有的人做慈善，是给人家锦上添花，那叫没用到点子上。梅先生是雪中送炭，雨中送伞，就一套，大家都一样。

像这样的事情，不是别人不懂，是别人不做。梅先生做得好，而且坚持下去了。像这样的东西，才叫江湖气。我们现在说那个江湖气，是流氓气。江湖气就是人情世故，互相帮助。就跟以前镖局一样的，北京出发了，说是押东西去山东，这一道上豪强很多，你打得过谁？你谁也打不过。镖局的本事是什么呢？派一个人前去说和，我们过两天有货要过，拜托。钱留下。其实就是买路钱。这一趟，镖局打着他们的旗杆，凡是看见这个杆，沿路豪强都不骚扰。江湖就是人和人，社会和社会，社会当中的集团和集团这些关系。所以，如果拍梅兰芳，他是在这样一种文化氛围当中。等于在骂现在。

（电影《梅兰芳》里有一句话，叫“谁毁了他这份孤单，谁就毁了梅兰芳”。）

这“孤单”是知识分子的话，江湖中人不能让别人知道自己的孤单。以前的人，孤单一冒头儿，他就找事把它解了，不像知识分子，享受这个孤单，认为孤单高贵，有品格，等等，这不是江湖中人。我们现在的社会还是轻松多了，我们七八十年代，有个什么事，我得骑车到你家里，要不在的话，那骑回来才叫孤单。现在电话里说，咱们上哪儿聊聊，喝个咖啡什么的，但是我们不知道为什么要喝咖啡，常常是解决我们临时的孤单。以前这些事，解决得很好，真的只有到了吃不上饭了才造反。以前这些关于人际、人的心理问题，社会有一整套的解决办法，那么多因素互相结合着，都能解。

我注重的是梅兰芳“江湖”的方面，所以他才会有和齐如山等人的关系。这其实也是以前人的所谓“底线”。我们看齐白石的回忆录，那就是感恩录，什么时候谁跟我说了一句话，谁什么时候帮助我，使我有了改变，其实就是一生当中谁帮助他，他通过回忆录来分别谢他们，这就是江湖人。梅先生张口闭口也都是，那年什么事是谁帮了我，全部是这些。关于处理人情的能力，和对人情关系变化的预测，等等，那是任何老百姓都看的东西，电影是个大众媒体，你把它拍成小众的就不行了。

算命这回事

我讲的话可能让很多人受打击，因为我发现现在大家讲的星座，是以太阳为中心的星座系列，跟中国没关系，中国人是以北极星为中心的星座系统，紫微斗数。现在流行的星座系统是阿拉伯人的系统，他们生活在沙漠地区，靠航海做贸易，在沙漠和大海中，只能靠星座来辨别方向，他们把各种性格、各种可能性，以星座来比附。中国是北极星，所谓太一，永远不动的，青龙、白虎、朱雀、玄武，周天运转。

中国的算命，是西汉和东汉之间的王莽新政时发达起来的，为了证明自己的合法性。算命、谶纬是对易这个系统的一次大异化，非常大的异化，到现在影响还特别大。易是很简单的道理，“易”就是变化，新石器时代对熵的变化总结。

但是它里面还是有一个“根”，这个“根”是什么？这要说到种族了。种族是什么？就是肾上腺的分泌程度，就是一瞧这个人，说，你三日之内必有血光之灾。为什么？他肾上腺特别足，他一定出事。而西伯利亚，也就是鲜卑，人类学说的蒙古人种，各种化学物质分泌出来很快就造成平衡，所以这样的人，他就不可能三日之内有性命危险，肾上腺素被综合的速度使他能够避免很多冲动行为。骨相也是，骨相是什么？其实就是看你的种族构成，一摸你这个髋，就像刘翔的，刘翔的髋是黑人的髋，你蒙古髋再怎么也跑不过他。那是先天，你再怎么咬碎牙，努力刻苦锻炼没有用。一摸髋，大腿骨，祖先的血缘大致就知道。所谓“五行”跟这个也有关系，是方位，这些综合起来形成口诀，综合起来构成你的血缘成分里面哪一个种占的成分比较大，因为到你这一代的时候，哪些基因变成显性的了，比如你的肾上腺的分泌水平和被平衡的程度。这个是底线，之上是催眠。

西化很重要

我小的时候不太懂，后来慢慢自己理。后来我发现，“西化”很重要，好比说外来文化很重要。

我们传统的语言，我们能说到什么？我们说是清朝以前吗？还是明朝以前？在东汉的时候，已经开始有一次外来文化进入中国，就是佛教（的进入）。佛教早期的翻译，我觉得比玄奘要翻得好，玄奘翻译的接近准确，但是早期语言是有文采的，玄奘的东西没有文采。所以我们现在读《心经》念玄奘的版本，不如去读鸠摩罗什的版本，那个文采好，最合适用广东话念，非常好听。

佛教一开始时，为了传教，用非常原始的语言，就是放羊的人也能听懂。后来佛教语言有一次“雅化”，变成梵文，这个梵文就是雅言了，有些底层民众就听不懂了。听不懂必然导致信徒的收缩，收缩的结果必然导致供养少了。

玄奘的这次译经影响了我们的书面语，他确定下来的中文，对中古世纪以后的中国产生非常大的影响。中国的文字最初发明的时候——按照张光直的说法，是纵向的，是为和神沟通的，给神画个小图。为什么不重语法呢？神看得懂图，不需语法。中国到后来才开始变成文字向横向传播，佛经需要横向传播，所以造成一次非常大的变化。

后来到明末，利玛窦进来以后，他是耶稣会的，当初《圣经》的译者是谁，现在很难查到了，但这次译经没有官方支持，我估计更多的民间的、下层的读书人参与了，因此那里面的话非常适合我们横向传播，它适合纵向交流和横向交流，有很朴素的神性，“上帝说要有光，于是便有了光”。我也是读佛经和《圣经》，受到非常大的启发。

另外就是中国语言里有它自己的节奏，话本小说对我影响非常大。我的小说里标点不起语法作用，而是节奏（作用）。比如说，“他站起来，走过去，说”。要写成一块，“他站起来走过去说”，就完了。要把节奏标出来。在读的时候，你会有这个感应。

赵本山是“巫”

（阿城在《常识与通识》一书里提过“艺术起源于巫”的观点，如何来的很久没人能理解，在下面阿城有自己的解释。）

其实是自己的亲身经历，亲眼看到这些使我首先对文艺理论产生了怀疑，第二对艺术起源的问题发生兴趣。变成我长久的兴趣之一。我跟朋友们聊起来，总说艺术起源于巫，人类学称为“萨满”，其实中国的巫还有另一个系统在长江以南，就是“傩”。

现在怎么能看到“萨满”？东北就有，我插队的时候，六几年，到东北，那个时候还有。现在的“二人转”就是“巫”的一种，每年的春节晚会其实整个一晚上大家就等赵本山呢，为什么是这个状况呢？赵本山就是有这个本事，这就是“巫”的本事。

回到刚才说的“二人转”，你要是看过东北“跳大神”，你就知道他们有什么本事。你说，我昨天梦见我奶奶了，我想跟她说句话。巫婆说，没问题。然后就开始做。其实是催眠，（让你）进入催眠状态，深浅由巫婆、神汉掌握，以后巫婆神汉就开始说话。在被催眠的情况下，你认为那是你奶奶的声音，如果你不被催眠，像我这样的在旁边看着，觉得跟他奶奶的声音一点关系都没有。但是在整个催眠这个过程里面，想奶奶的这个孙子得到疏解了。在引导你进入催眠状态的时候，有诸多方法，其中包括致幻。

东北九月就下雪了，一直到第二年四五月份才能出去。这多半年干什么？就是炕上弄这些事。那个时候“二人转”还是秘密状态，各个屯子窜，说好了就聚到一个地方，谁家屋子里。语言呢？一说你就乐，有些东西没那么可笑，但是进入这个笑的气氛里，什么你都乐，就是傻乐。这时，比如说赵本山是巫师，他只要点一下你就进入催眠了，他会引导你。